虎と兎

吉川永青

朝日新聞出版

目次

装画　岩本ゼロゴ
装丁　ジュン・キドコロ・デザイン

虎と兎

一　白虎の魂

いざ、自刃すべし。この一戦には負けた。だが正しいのは我らであり、官軍を騙《かた》る賊共ではない。それを示すために。

慶応《けいおう》四年（一八六八）八月二十三日――。

鳴り止《や》まぬ砲撃の中、しかし飯森山《いいもりやま》の木立には静かな時が流れている。誰もが耳ではなく、胸に声を聞いた。口ではなく、心で語りかけた。父と母、兄弟、姉や妹、友。この世に残してゆく慕《した》わしい顔と、自らを育んだ会津《あいづ》の野山に向けて。

「そろそろ、か」

二つ年長の十七歳、間瀬源七郎《ませげんしちろう》が呟《つぶや》く。虎太郎《こたろう》は瓜実顔《うりざね》の中、切れ長の一重瞼《ひとえまぶた》を開き、皆の顔を見た。あまりにも清々《すがすが》しい眼差《まなざ》しの群れであった。

白虎隊――士中二番隊は今日、戸《と》ノ口原《くちはら》の戦いに敗北した。猪苗代湖《いなわしろこ》の北西岸は突破され、今や官軍は会津の本拠を踏み荒らしている。城下町・若松《わかまつ》は無論のこと、鶴《つる》ヶ城《じょう》さえ砲火の中にあった。

二番隊は元々が五十人だが、敗走してこの飯森山に辿《たど》り着いたのは二十人のみ。否、本来が二番隊ではない虎太郎を含めれば、二十一人である。

とは言え、ひとり増えたところで何が変わるはずもない。敵陣に斬り込んで一矢報いんとしても、犬死にの骸《むくろ》を積み上げるばかりだろう。城に戻らんとすれば、城下を取り囲む官軍に捕われて生き恥を晒《さら》すことになる。

ならば自ら命を絶ち、武士の本分を明らかにすべし。これを以《もっ》て官軍の全てを拒み、味方を奮い立たせようではないか。皆の思いはそこに行き着いた。誰ひとり異を唱えなかった。

然《しか》るに、である。

「なあ三村《みむら》。おまえも自刃に加わるつもりなのか」

間瀬が「承服しかねる」と滲《にじ》ませながら声を向けてきた。虎太郎は「何を仰《おっしゃ》るんです」と目を吊《つ》り上げた。

「俺も皆さんと一緒に戦ったじゃないですか。なら自刃だって同じでしょう」

間瀬はひとつ頷《うなず》き、次いで二度、首を横に振った。

「おまえのそういう気骨は見上げたものだ。だから皆も、下士のおまえが潜り込んで来たのを受け容《い》れた。白虎の同志だって認めたんだ。だがな」

「だが、何です」

と、左脇から軽く肩を叩《たた》かれた。

「そう噛《か》み付くなよ」

柔らかな丸顔は永瀬《ながせ》雄次《ゆうじ》である。互いの家が近く、幼い頃から上士と下士の垣根を越えて昵懇《じっこん》にしている朋友《ほうゆう》であった。

永瀬は間瀬に「少し待ってくれ」と頼み、皆の輪から虎太郎を引き離して、やや南に離れた崖際に導いた。

「虎太郎よう。思い直す気はないのか」

「雄次さんまで！　俺が下士だからですか」

「違うよ。おまえ、まだ十五じゃないか」

士中一番隊と二番隊は上士の家柄で組織されていた。下士の虎太郎は本来、足軽隊に加わるべき身である。しかも歳《とし》がひとつ足りないため、正規の隊士ではなく、幼少組として城に残っているはずだった。

「おまえは本当なら、ここにいなかった。だろう？」

鶴ヶ城も二之丸《にのまる》にまで砲撃を受け、あちこちに風穴を開けられている。斯様《かよう》な有様ゆえ、出陣しなければ生き延びていたとは言いきれない。だが生と死の賽《さい》を振れば、きっと生の目の方が出やすかったろう。永瀬はそう言って虎太郎の右肩を強く摑《つか》む。

「間瀬さんが躊躇《ためら》っていたのは、そういうとこなんだよ。他の皆も同じだと思うぞ。意気を買って迎え入れはしたが、俺たちと違って天に『生きろ』って言われていた奴だ。それを一緒に死なせていいのか……って」

おまえには生きて成すべきことがある。天がそう定めたのではないか。諭《さと》されて、しかし虎太郎は決然と目を吊り上げた。

「俺だって生き恥は晒したくない」

「おまえのそういう負けん気な、俺は好きだよ。長い付き合いだし気持ちだって分かる。だがな虎太郎、おまえは俺たちの出陣に潜り込んだだけで、そもそも二番隊に名が含まれておらん。生き残っても恥にはならんのだ」

「そういうことじゃないよ。俺の親父《おやじ》だって官軍に殺されたんだ。親父の無念を晴らして、会津のために何かしたいから一緒に戦ったのに。どうして俺だけ除《の》け者なんです」

「何かしたいって気持ちがあるなら、それこそ生きて何かを成せ。重ねて言うが、まだ十五なんだぞ。命があれば、きっと何かができる。俺たちのためにも、そうしてくれ」

「歳を言うなら雄次さんも十六でしょう。ひとつしか違わないじゃないか」

永瀬は困り顔で腕を組んだ。そして辺りを右へ左へ、ゆっくり足を運ぶ。何かを考える顔が少し青ざめていた。

「おまえには力がある」

伏し目がちに呟き、永瀬は虎太郎の両肩に手を置いた。

「俺は上士で、おまえは下士だ。でも強いのは、いつもおまえだった」

幼い頃から体が強かった。相撲を取っても十本のうち七、八本はおまえが勝った。武士の子として剣を学んでも、おまえの方が早く上達した――。

永瀬の言い分に間違いはない。共に太子《たいし》流の剣術を学んでいたが、三ヵ月ほど前、虎太郎にだけ初伝が免許されたくらいだ。もっとも官軍との戦いが始まって、目録の授与は先送りになってしまったが。

「何て言うのか、おまえの方が天に気に入られている。俺はそう思う」

人というのは公平にできていない。生まれながらに天分の違いがあり、力量に差がある。永瀬はそう言って、青ざめたままの顔に眩《まぶ》しげなものを見せた。

「生き残れば、きっと何かできる。やるべきことがある奴なんだ、おまえは。だから」

穏やかな微笑をひとつ。両肩に置かれた手に、ぐっと力が込められた。

「運が、あるといいな」

言うが早いか、永瀬は虎太郎の両肩を思いきり突き飛ばした。

「え？　あっ！」

何を思う間もなかった。皆と離れた崖の際から、あれよという間に身が転げ落ちて行く。がさがさと落ち葉に揉《も》まれる音、横向きに激しく転がる体、擦《す》り傷の痛み。激しく目が回った。

「が！」

剝《む》き出しの岩に、嫌というほど右腕を打ち付けた。次の刹那《せつな》には細い木の根に左の脛《すね》を叩かれる。総身の軋《きし》み、そして。

「……う、あ」

別の木の根に、ごつんと頭を打った。目の前が、くるりと闇に返った。

＊

薄暗い中、ふと目が開いた。獣臭さと腥《なまぐさ》いものが鼻を打つ。

ここはどこだ。崖から突き落とされて、俺はどうなった。思いつつ、身を起こそうと右手に力を込める。

「うあっ」

猛烈な痛みが走った。鈍痛が肘の少し上に集まって凝縮され、寸時の後に爆発する。

「……ぅあ、あ、は……」

声にならない。起きかけた身が、ばたりと倒れる。それが響いて、またも右腕が重く激しい痛みに苛《さいな》まれた。

「何だ。これ」

呻《うめ》きながら呟く。息が熱い。総身が震える。動く左腕を持ち上げて額に触れてみれば、高熱を発しているのだと知れた。

「お。気い付いだか」

年老いた素っ気ない声と共に、足音が近付いた。浅黒く皺《しわ》の多い痩せた顔、熊か何かの毛皮を羽織った男が上から覗《のぞ》き込んだ。

「あんた誰だ」

未《いま》だ痛みが落ち着かぬ中、額に脂汗を浮かべて問う。男は「はあ」と息をつき、頭の左脇に腰を下ろした。顔を向ければ男の膝と囲炉裏、自分が横たわる筵《むしろ》の端が目に入った。

「甚助《じんすけ》づう者だ。猪《いのしし》やら鹿やら、この山で猟して食ってる」

「……訳が分からん。何なんだ、これは」

甚助と名乗った猟師は、ひとつ気の抜けた笑いを漏らし、そして語った。官軍との戦いに際して会津藩は領民からも兵を募った。応じて志願した者は四千を超え、三千の農兵を始め力士隊や猟師隊、修験隊などに編成されたのだが――。

「けんども、おら六十過ぎてっがら兵になれねえでな。んだがら獣さ獲《と》って、皆の食い扶持《ぶち》さ稼ぐごとにしたんだ」

白虎隊が出陣した日も、前の日に仕留めた猪を二頭、荷車に乗せて鶴ヶ城に献じたらしい。しかし城を辞して間もなく、官軍が城下に詰め寄って来た。甚助は山に紛れて身を隠しながら、何とか家に——この山小屋に戻ろうとしたのだという。

「しだらな。途中の崖の下に、おめがいた」

気を失ってはいたが、息はあった。ゆえに背負って連れ帰った。右腕と左脛の骨が折れていたので、骨接《ほねつ》ぎをして添え木を当ててあるという。首だけ傾けて見れば、先に猛烈な痛みを覚えた右腕は粗末な板で挟まれ、薄汚れた麻布で巻き締められている。左の脛も同じようになっているのだろう。

「ここは飯森山なのか」

「尾根続きだけんども、ちっと山奥だ。東山のが近え」

「……白虎隊は?」

問うてみるも、甚助は「分がんね」と返すのみであった。

「目の前に生ぎてんのがいんだ。そっち助けんのが先だべ」

大まかにだが、どうにか呑《の》み込めた。

突き落とすに当たって、永瀬は「運が、あるといいな」と言った。果たして自分には、永瀬が望む形の運があったという訳だ。

しかし。自分にとって、果たしてそれは幸運と呼べるものなのだろうか。

共に戦った皆が自刃したというのに、ひとり生きている。父の仇《かたき》も討てず、武士として潔くあろうとする心も満たされずに、生かされてしまった。

やはり無念だ。悔しい。情けない。そうとしか思えず、目頭に熱い痛みが滲《し》みる。涙だけは落とすまいと懸命に堪《こら》え、声の揺れを捻《ね》じ伏せて恨み言を漏らした。

「何で助けた。放《ほ》っといてくれたら」

きっと、俺も死ねたのに——続くはずだった言葉を気配から読み取ったか、甚助は不機嫌そうに「でこ助」と吐き捨てた。

「息があんだ。お天道様《てんとう》が『生きろ』って言ってんだべさ。おらみてぇな年寄りと違うべ。これから色々やらねっかなんねぇ歳で、死んでなじょすんだ」

「だけど」

ひと言だけ抗《あらが》う。永瀬と同じ言葉を向けられて、我慢していた涙が溢《あふ》れ出た。言葉にならぬ嗚咽《おえつ》の向こうで、甚助が軽く溜息《ためいき》をつく。そして言った。

「あんな。おらの婆様《ばさま》が若え頃《わけ》にな、酷《ひで》え怪我《けが》したんだ」

山で茸《きのこ》を採っていた時、足を滑らせて崖から落ち、今の虎太郎と同じように左の脛を折った。手当てはしたものの、骨の接ぎ方が悪く、治った頃には足が外向きに曲がっていたそうだ。

「まともにゃ歩げね。足に力も入んね。そだ体になっちまった」

辛《つら》い。水汲《みずく》みも満足にできない。自分は家族の足手纏《あしでまと》い。どうして——そう思って泣き暮らしていた折、とある和尚にこう言われた。

「崖から落っこって死なねがったん、この世にやり残しがあっからだ……てな」

おまえにとっては子を残すことかも知れない。別の何かかも知れない。忘れてならないのは、天がそう告げているということだ。甚助の祖母に、和尚はそう諭したらしい。

「んだがらよ。おめさ放っといだら、おらぁ、お天道様に怒られっぺ」

「やり残したことがあるって言うのか。俺にも」

「んだ、きっと何かあっぺ。怪我ぁ治して見っけれ」

素直には受け容れられず、しばし泣き続けた。甚助は右の小指で耳を掻《か》き掻《か》き、何も言わずに背を丸めている。考えろ、噛み砕けと言われているように思えた。

少しずつ、少しずつ、嗚咽が落ち着いてきた。鼻の奥に涙の匂いを覚えると共に、永瀬の言い分が思い起こされた。

――俺たちと違って天に『生きろ』って言われていた奴だ――

官軍の横暴に抗いたい。父の無念を晴らしたい。その思いで士中二番隊に潜り込んだ。だが敗北を喫し、進退窮《きわ》まった。皆で話し合って自刃を決めた。

然るに永瀬は生きろと言った。それが天意なのだと。

しかし。自分は白虎隊の助けにもなれなかった。会津のため、死んだ父のために何かしたいと願いながら、何もできなかった。

――生き残れば、きっと何かできる。やるべきことがある奴なんだ、おまえは――

またも永瀬の声が耳に蘇《よみがえ》った。

やるべきことがある奴だ。この世にやり残しがある。永瀬と甚助、立場も何も全て違う二人から、全く同じ意味の言葉を向けられるとは。

まさか、本当に天意なのだろうか。

だとしても。果たして自分に、それだけの値打ちがあるのか。

分からない。考えるほどに辛くなる。熱のせいか頭も痛い。心に途方もない疲れを覚えて、長く息を吐く。

そして、ぼそりと問うた。

「……なあ爺《じい》さん。あんたの婆《ばあ》さん、見付けたのか。やり残し」

甚助は軽く目を見開き、誇らしげに「ふふん」と鼻で笑った。

「骨接ぎ。婆様が覚えたもんだぞ」

山での暮らしに怪我は付きもので、骨を折ることも間々ある。甚助の祖母は骨接ぎを学んで多くの者を助け、支えるようになった。その技が子へ、そして孫の甚助に受け継がれているのだという。

じわりと、胸に沁《し》みた。

遠い昔、打ちひしがれた娘がいた。だが娘は、失意の末に自らの値打ちを見出《みいだ》した。

時を超え、その技が自分に施されていた。この身を、命を、支えようとしていたのだ。人の命運、巡り合わせというものの何と奇なことか。

「……糞《くそ》ったれ。畜生め」

何かが、見付かるのかも知れない。胸の内に、その思いが微《かす》かに湧き出していた。

自分に「生きろ」と諭したのは、永瀬だけではなかった。甚助も然り。甚助の祖母にまで厚意を受けていた。或《ある》いは永瀬が言ったように、白虎隊の皆も同じ思いだったのならば。

多くの人の思いを、無下にはできない。応えるのが男ではないのか。

探さなければ。この命、繋《つな》がってしまった命を如何《いか》に使い、何を成すのかを。そして何かを変えなければ。胸を満たし始めた思いに、また目頭が熱くなった。

「とりあえず。少し……眠るよ」

「おう、そうすれ。おめが寝でる間に、兎汁《うさぎじる》でも炊いといてやっぺ」

ひと言に含まれた意志を汲み取ったか、甚助の声音に安堵《あんど》の念が滲んでいた。

以来、山小屋に匿《かくま》われ、折れた右腕と左脛が癒えるのを待った。そうした毎日にも、日のあるうちは絶え間なく砲撃の音が響いていた。

剣呑《けんのん》な中、それでも甚助は猟に出た。虎太郎に食わせるものを得るため、兎や鳥などの罠《わな》を仕掛けている。合間、合間に鶴ヶ城を窺《うかが》えば、官軍の大筒はついに本丸を侵し、火柱を上げているそうだ。

それでも夕暮れ時が来れば、城内の鐘楼から時を報《しら》せる音が渡って来る。これを耳にする度、虎太郎は胸を熱くした。鐘の音が届く間は落城していないのだ。

しかし。ひと月が過ぎた頃には、ついにその音も響かなくなった。

慶応から改元され、明治元年九月二十二日のこと。会津藩は官軍に降伏した。

*

骨が治るのには、ひと月半を要した。甚助に言わせれば早い方らしい。もっとも、虎太郎が若松の町に戻るのはもう少し先になった。長く歩けずにいて、両の脚からごっそり肉が落ちてしまったからだ。動かさずにいた右腕も同じである。

山を歩き回り、薪割《まきわ》りを手伝って右腕を使い、どうにか元どおりに動けるようになったのは十一月も末のことだった。

「酷いやられ様だ」

鶴ヶ城の南、石垣の下には堀の用を成す牛沼がある。それらを隔てて、虎太郎は本丸を眺め上げた。白く美しかった城壁は煤《すす》で真っ黒になり、そこから覗く大書院と小書院の屋根も穴だらけになっている。官軍の砲撃が如何《いか》に凄まじかったかが知れた。

両書院では年寄りや子供を匿い、また戦で手傷を負った者に手当てを施していた。虎太郎が本来属していた幼少組も、小書院の警護という名目で匿われる立場だった。

「覚悟を決めて二番隊に潜り込んだけど」

呟いて、乾いた笑いを「ふふ」と漏らした。

死ぬかも知れないと、それを受け容れて戦いに出た。故郷を侵され、父を殺されながら、自分は小書院に匿われるだけで良いのかと。

然るに、匿われていた者たちは大半が死んだという。

戦いに身を投じたからこそ、こうして生きているのだ。幼少組として小書院に詰めていたら、自分も他の者と共に消し飛んでいたに違いない。

命が繋がったのは、天に「生きろ」と言われているから。この世にやり残しがあるから。永瀬雄次や猟師の甚助に言われたことが、まことに正しいと思えた。かくも巧妙に仕組まれた生存の道を、自分は引き当てていたのだから。

「とは言え、だ」

母は六年前に他界した。父も此度《こたび》の戦いで三途《さんず》の川を渡っている。天涯孤独の身で、これからどうしたら良いのだろう。生きて命の意味を見付けよう、何かを変えようと決めて帰って来たのに。無残に焼けてしまった若松の町を目の当たりにすると、見通しの立たない寄《よ》る辺《べ》なさが胸を満たす。

この先、会津はどうなるのだろう。藩が降伏した以上、官軍の下知を仰ぐこととなる。そういう場所で、否、壊されてしまった日本という国で、自分は生きていかねばならない。

「畜生め。冗談じゃない」

故郷を踏み荒らした者の風下に付く。その屈辱を抱えた心で、果たして生きる道など見付けられようか。

「この世でのやり残し……か。だけど」

きっとこの国は、官軍の都合が好《よ》いように作り変えられる。自分が成すべきこととは、形を変えた世にも通じるのだろうか。世の中が全く変わるのなら、その辺りも全てご破算になってしまうのではないか。

改めて思う。どうしたら良い。自分が進むべき道はどこにあるのだ。俯《うつむ》いて、両手の拳を固く結ぶ。と、少し右の向こうから小走りの足音が近付いて来た。何だろうかと目を遣《や》れば、喜びに満ちた声が向けられた。

「やっぱり。虎太ちゃん」

やや丸みを帯びた顔に、鈴を張ったような目の、かわいらしい娘だ。ブラウスと呼ばれる白い上着、スカートなる紺の腰巻と黒の革靴に、藤鼠《ふじねず》色の外套《がいとう》。洋装であった。

「おまえ……。おけい、だよな」

近所に住まう下士の娘で、二つ歳上の幼友達だった。おけいは今年の初め頃、妻を亡くした外国商人に子守として雇われた。以来、会う機会もなかったが、正直なところ見違えた。その驚きゆえか、先までの懊悩《おうのう》に軽く覆いが被《かぶ》せられた気がする。

そこへ、もうひとりが駆け寄った。

「おけいさん。困りますよ」

呼ばわりながら追って来たのは、吊り目に細面の、三十路《みそじ》手前と思《おぼ》しき男だった。これも背広姿だが間違いなく日本人である。

「すみません、西川《にしかわ》さん。でも」

西川と呼ばれた男は、おけいの弁明を曖昧《あいまい》に聞き流して、じろりとこちらを見た。

「見たところ君は下士だな。歳は」

「三村虎太郎です。歳は十五」

見下した態度に苛立《いらだ》って、ぼそぼそと応じる。と、西川のさらに後ろから和装の白人が悠々と歩みを進めて来た。見たところ三十過ぎの男で、西洋人にしては背が低く、虎太郎より頭半分だけ長身の西川と大差ない。そして何たることか、男の腰にある小脇差には会津葵《あいづあおい》の紋が金色に光っている。

ぞわ、と総毛《そうけ》立《だ》った。これなん、おけいを子守に雇ったプロイセン商人、ジョン・ヘンリー・スネル。官軍との戦いでは米沢《よねざわ》藩の戦術指南を務めた男だ。会津公・松平容保《まつだいらかたもり》にも目通りして件《くだん》の小脇差を拝領、さらに「平松武兵衛《ひらまつぶへえ》」の名、そして若松に屋敷を賜った大物である。

「おまえ様、聞いてください。こちら、わたくしの幼友達なのですよ」

おけいが嬉《うれ》しそうに発した。しかし「おまえ様」のひと言で、虎太郎は「え？」と呆《ほう》け顔になる。子守として雇われたのなら「旦那様」であろうに、夫の如《ごと》く呼ぶとは。

「あ。ごめんなさいね、虎太ちゃん」

ひと頻《しき》りころころ笑った後で、おけいは、しんみりとした気配を纏《まと》った。

「あたしね、武兵衛様の後添《のちぞ》えになったの」

官軍との戦いに際し、おけいは常に武兵衛――スネルに従って各地を渡っていた。その間、藩士たる父と兄は戦で討ち死にし、母も大書院で命を落としたのだという。

「虎太ちゃんのお家《うち》も、ずっとお留守だったでしょう。だから」

てっきり、虎太郎も常世《とこよ》に渡ったと思っていた。それが思いがけずに再会して、嬉しくて堪《たま》らなかった。おけいはそう言って白い指を運び、目尻の涙を拭った。

「なるほど。まあ仔細《しさい》は分かりましたが、何も仰らずに走り出されてはね」

苦言を呈する西川に向け、スネルは「はは」と穏やかな顔であった。口元に湛《たた》えた髭《ひげ》は少し縮れて男臭いが、笑った面差しは整っていて、美男と評するに足りる。

「友喜《ともき》君、それくらいに。大事なかったのだから構わんよ」

友喜とは西川の名か。抑揚に少しばかりおかしなところはあれど、スネルの日本語は驚くほど流暢《りゅうちょう》であった。

西川を制すると、スネルは虎太郎に向いて右手を差し出した。

「虎太郎君といったね。ジョン・ヘンリー・スネルです。平松武兵衛の方が良いかな？」

この右手は――目を白黒させていると、西川が小声を寄越《よこ》してきた。

「握手だよ。互いの手を握って、害意がないと示すんだ」

西洋の慣習だと知ってはいた。が、初めて会った相手の手を握るなど、日本ではまずあり得ない。その違和に、差し出す右手も及び腰であった。

「初めてお目にかかります。三村虎太郎です」

握り合った手は大きく力強かった。スネルはにこりと笑い、うん、うん、と二度頷いた。

「若松に来たのは久しぶりでね。日本を離れる前に、目に焼き付けておきたかったのだが」

言いつつ、悲しげに目を伏せる。これほど荒れ果てているとは思わなかった、と。

「あの美しい町は、もうないのだね」

「スネル……平松殿。日本を離れるというのは？」

生国のプロイセンに帰るのだろうか。妻となった以上、おけいも共に海を渡ってしまうのかも知れない。

「ああ、それはだね——」

応じかけたスネルを、西川が「お待ちを」と制した。

「三村君は出陣も許されなかった歳ですよ。辛い目を見ることなく、皆に守られて運良く生き残ったんだ。しかも下士ときては、我々の求める能はないと思いますが」

先ほどから下士だ下士だと軽んじられている。それだけなら聞き流したろう。しかし、他は聞き捨ててならなかった。

歳がひとつ足りなかったからこそ辛い目を見たのではないか。心も体も、この上ない痛みを受けてきたのだ。

それを、こうまで侮るか。

何ひとつ知らぬくせに。

士中二番隊の、皆の思いを。

若き白虎たちの、決死の戦いを！

ぎらりと目が光る。苦悩で萎《しお》れそうだった胸に、負けん気の炎が上がった。俺は何かを見付けねばならない。そのために命を繋いだのだ。我々の求める能が云々《うんぬん》と言っていたが、知ったことではない。

「西川さんと仰いましたね。俺が辛い目を見ていないと、どうして分かるんです」

挑む眼差しで問う。西川が「む」と唸《うな》って口籠もった。何か言い返されたところで黙るつもりはなかったが、ならば畳み掛けてやれと、さらに言葉を捻じ込んでゆく。

「俺は下士ですが、白虎隊に潜り込んで戸ノ口原で戦いました。飯森山で崖から落とさ……落ちてしまって、皆と一緒に自刃はできませんでしたけれどね。他の皆も十六か十七で、俺よりひとつか二つ年嵩《としかさ》なだけでした。そういう歳の皆だって辛い目を見てきたんだ」

捲《まく》し立てて、煤けた鶴ヶ城に目を向ける。そして、なおも抗議の弁を続けた。

「匿われていた人たちだって辛い目を見たじゃないか。書院にいたから死んでしまった奴だっているんだ。なのに、どうして決め付け――」

「虎太ちゃん」

少しばかり強い声で、おけいが口を挟んだ。目が「そのくらいで」と語っている。やり過ぎたかと眼差しを向ければ、西川は悔しそうに黙っていた。もっとも、言い負かされて悔しがっているのとは少し違うようであった。

「西川さん。謝ってください」

おけいが窘《たしな》めると、西川は小さく二度頷き、虎太郎に向き直って深く頭を下げた。

「無礼を言ってすまなかった。それから……君の気骨には敬意を表する」

あまりの潔さに、かえって面食らった。思いの外、素直な男なのかも知れない。

思っていると、おけいが安堵したように笑みを浮かべた。

「それにしても虎太ちゃん、そんな思いをしていたのね。ねえ西川さん。あのお話、虎太ちゃんにもどうかしら。会津のために何かしたいって、あなた仰っていたでしょう?」

「え? あ……はい。しかし人数には限りがある。三村君にどういう能があるか分からんのに」

「虎太ちゃんの剣術は相当ですよ。太子流の初伝も近いって」

おけいが「ねえ?」と首を傾《かし》げ、目を向けてくる。今年の初めに会津を離れているから、免許されたことは知らないのだ。虎太郎は「ああ」と曖昧に頷いた。

「初伝は五月にな。戦のせいで目録は受け取っていないけど」

西川は「ふむ」と頷き、伏し目がちに口を開いた。

「我々の求める才とは違うが……まあスネル殿次第ですな」

それにしても、どういうことだろう。二人の話が呑み込めない。

戸惑う傍ら、おけいが「話だけでも」とスネルに目を向ける。スネルは「やれやれ」とばかりに苦笑を浮かべ、虎太郎に向いて穏やかに言った。

「詳しい話をしよう。まずは私の屋敷へ。落ち着いて考えるべきことだからね」

「え? あ、はあ……」

曖昧に頷くと、スネルは「よろしい」と歩き始め、おけいと西川もそれに続いた。虎太郎は訝《いぶか》しい思いで三人に付いて行った。

*

スネルの屋敷は小ぢんまりとしていた。もっとも、その小さな構えが奏功したか、砲弾を喰《く》らっていない。藩公からの下賜ゆえ丁寧な普請が行き届いていて、応接の一室にしても上等な畳が敷かれていた。

勧められた円座に腰を下ろすと、スネルと西川が左右に並んで差し向かいに座る。おけいが茶を煎じて運び、各々に差し出して、スネルの右後ろに控えた。

「さて。それでは、おけいの言っていたことについて話そうか。実はアメリカに渡ろうと思っているのだよ」

切り出された話に、虎太郎は困惑の面持ちになった。

「え？　アメリカに？　じゃあ、まさか」

「そう。君も行かないかという話だ」

スネルは軽く笑みを見せたが、すぐに少し渋い面持ちになって続けた。

曰《いわ》く。自分はイギリスが嫌いで、かの国に勝ちたい一心で商売に励んできた。徳川幕府と奥羽列藩《おううれっぱん》は、そういう自分に目をかけてくれた。だから官軍に抗い、庄内《しょうない》藩や米沢藩、長岡《ながおか》藩に武器弾薬を都合してきた。

「しかし力及ばず、奥羽は負けてしまった」

今や日本は徳川の力が廃され、官軍による明治政府の握るところとなった。そして官軍の中心だった薩摩《さつま》と長州は、自分が嫌うイギリスが支えていた。

「ならば、今後の商売でイギリスの後塵《こうじん》を拝するのは目に見えている。下手をすれば命さえ狙われかねない。だから日本を離れようと思ってね」

「てっきり、プロイセンにお帰りになるものとばかり思っていましたが」

「私も男という訳だ。日本では功を成せなかったが、このまま終わりたくないのだよ」

商人として、もうひと花咲かせたい。スネルはそう言って、ことの仔細を告げた。

相模《さがみ》国の横浜には外国人の居留地が設けられているのだが、そこにはプロイセン系のロートメン・ウィルメン商会が商館を構えており、これがアメリカへの移民を募っている。そうと知って、スネルは自分を売り込んだ。契約移民を率いる役回りを、私に任せてくれないか。商売で奥羽列藩を支えてきた男だ、と。

「これが認められたという訳さ」

なるほど事情は呑み込めた。その移民に加わらないかという話なのだ。とは言いつつ、どう判断したものか。降って湧いたような誘いに、頭の中が整理できない。そもそも、まだ分からないことが多すぎる。

戸惑いの末に喉《のど》の渇きを覚え、先ほど出された茶をひと口含んだ。

「もう少し詳しく聞かせてください。アメリカで何をなさるおつもりなのですか」

掠《かす》れがちな問いにスネルが笑みを返す。にやりと、どこか食えない笑みであった。

「たった今、君が口にした茶だよ」

西洋では茶の葉を醸し、紅茶として飲むのが常である。だが昨今、アメリカでは日本の緑茶が人気を博しているという。

「加えて私が会津公から賜った、この羽織」

下士には着ることが許されない、上等な絹である。日本で織り上げた絹も、西洋では評判になっているという話であった。

「日本の百姓衆や職人衆は良く働くし、手先も器用で技に優れている。そういう働き手をアメリカに送り込んで、あちらで茶を育て、絹を作って商売をする。それがロートメンの考えだ」

仔細が分かって軽く息をつく。そこへ、おけいが嬉しそうに目を輝かせた。

「夫が行くからには、あたしも行くことになるの。だから虎太ちゃんも一緒に、ね？」

「待て、何が『だから』だよ。ちょっとそこまでって話じゃないんだぞ」

いささか呆《あき》れて眉尻を下げる。おけいは不服そうに口を尖《とが》らせた。

「ちょっとそこまで、じゃあないから誘うの。異国ですもの。歳が近くて気心の知れた人がいる方が、安心できるじゃない」

聞いて、スネルが「あはは」と笑った。妻の我儘《わがまま》を容れるに吝《やぶさ》かでなく、虎太郎が望めば連れて行くつもりでいるらしい。

とは言いつつ話が大きすぎる。何しろ遠い異国だ。どうだと問われ、はい分かりましたと即答できる訳もない。

「俺は英語が分からんのだが」

「あたしが教えてあげる。武兵衛様の妻だもの、少しくらいは分かるから」

「百姓仕事もしたことがない」

すると、黙って聞いていた西川が問うた。

「算術は？」

「少しだけ。優れているとは言えません」

西川は「そうか」と長く息を抜いた。

「算術、他との交渉ごと、水路の設計。我々が求める能は、この三つのいずれかだ」

商売に於《お》いて算盤《そろばん》仕事は欠かせない。客との折衝も大事である。農地を整えるなら、治水に明るい者も必須であろう。算盤はさて置き、交渉ごとや治水は何ひとつ分からない。藩政に纏《まつ》わる某《なにがし》かの役目を得なければ、経験しにくいことである。

「俺じゃあ、役に立ちそうもないですね」

「かも知れん。が……」

言葉を濁している。何かを言おうか言うまいか、逡巡《しゅんじゅん》している顔であった。

おけいが「西川さん」と声をかけた。

「お心の内、話してもいいんじゃないかしら」

西川はまだ少し迷っていたが、四つほど数えたところで自らの両膝を叩いた。思い切ったように、強く。

「三村。もう面倒だから呼び捨てにさせてもらうぞ。俺は、おまえが羨ましい」

「え？　いや。それは？」

「城下で俺に食って掛かったよな。白虎隊に潜り込んで戦った、辛い日を見てきたって」

白虎の魂を馬鹿にするなと、心の声が聞こえた。西川はそう言って、長く、長く息をついた。

「俺には、そういうのがない。胸を張れるだけのものが」

西川は会津公・松平容保の下知を受け、ずっとスネルの付添役を務めてきた。長岡藩や米沢藩を行き来するスネルと常に共にあり、官軍との戦いに於いて戦場に立つことはなかったという。

「この話の大本、ロートメンは横浜にある。だから元々は関東だけで移民を募るはずだった。しかしスネル殿が、もう一度だけ会津を見ておきたいと仰せになった。そこで俺は、会津でも移民を募って欲しいと頼み込んだ」

会津には上士の子弟が通う日進館がある。この藩校で算術を修めた者、政《まつりごと》につながる諸々《もろもろ》を学んだ者なら、移民を成功させる力になるだろう。西川はそう言って、スネルの滞在を数日引き延ばしたらしい。

虎太郎は小さく「あ」と漏らし、真っすぐに西川を見た。

「おけいが言っていましたね。西川さん、会津のために何かしたいんだって」

苦しげな顔で「そうだよ」と返った。

「俺はずっと会津にいなかった。会津のために何もできなかった。だから」

官軍に敗れた今、新政府の下で生きることを潔しとしない者もいるだろう。せめてそれらの者たちに、違う道があると示したかった。思いを吐き出して、西川はしかし、ゆっくりと首を横に振った。

「生き残った奴らの、俺の知る限りに声をかけてみた。誰も手を上げなかったよ」

日本にいれば苦しくとも生きてはいける。アメリカに渡ったら、それさえ曖昧になるではないか。大本のところに恐《こわ》さがある。何より日本は故国、会津は故郷なのだ。皆そう言って尻込みしたそうだ。

「俺が考えていたような才を、三村は持ち合わせておらん。それは概《おおむ》ね分かっていた。だが、おまえには気骨がある。譲れないところで何としても踏み止《とど》まろうとする」

あの負けん気が眩しかった。だからこそ、剣術しか取り柄がないと知っても「スネル次第」と考えた。

熱の籠もり始めた言葉を聞いて、虎太郎はスネルを見た。目を合わせたスネルは、おけいに苦笑を向ける。幼友達として妻を支えられるなら、虎太郎にも少しは値打ちがあると、そう言っているかのような面持ちであった。

「なあ三村。おまえが尻込みしているのは、日本に未練があるからか？」

改めて西川に問われ、虎太郎は軽く俯く。

しばらく、考えた。

若松の町に戻り、あれこれ思うほどに心が萎れていった。この先をどう生きれば良いのか。生き残った意味、命の使い道を、果たして見付けられるのかと。あのままなら迷い道に入り込んで抜け出せなくなったはずだ。官軍の世、明治の世で、繋がった命をどう使うか悩み続けていただろう。

そこで、おけいに声をかけられた。アメリカに渡らないかと誘われて、正直なところ驚いた。覚束《おぼつか》ない思いを抱くばかりだった。

しかし。西川の思いを聞いて、心の霧が晴れた気がする。この人と自分は同じだ。自分は白虎隊に潜り込んで戦った。西川は移民を募ろうとした。会津のために何かしたいという、同じ思いに衝《つ》き動かされたのだ。

「未練がないと言えば嘘《うそ》になります。ですが」

明治政府とて、いずれは会津を立て直すだろう。しかし、それは紛いものなのだ。会津という名を持つだけの、踏み荒らされる前とは別の地平でしかない。

そこで生きるのか。西川が声をかけた面々のように、苦しみながら生きる道もある。生きている限り、心を萎れさせたままで。

自分は、それで良いのだろうか。

馬鹿を言え。萎れた心で何ができる。自分の何を変えられる。

今のままでは、いけないのだ。

「俺は白虎の友に応えないといけない。崖から落ちた俺を、介抱してくれた爺さんにも」

西川は、そして、おけいとスネルも黙って聞いている。伝わってくれと念じながら、胸の内を洗いざらい話した。命が繋がったのは、この世にやり残しがあるからだ。そう諭され、自らの生きる道を探そうと決意したことを。

「日本にいれば、俺の気持ちはいつまでも地獄のままでしょう。じゃあアメリカに行けば違うのかって言ったら、それも違うんだ。はっきりした答は出ない」

移民に手を上げなかった面々が言うとおり、異国に渡ることには拭い去れない不安が残る。混沌《こんとん》とした未来が目に見えているからだ。

「生きていくだけでも難しいかも知れない。俺が探したいものだって、見付からないかも知れない。でも」

全てに「かも知れない」としか言えない。混沌としている以上、それで当然である。

難しいかも知れない。見付からないかも知れない。それは確かなことだ。しかし。全てが「かも知れない」のなら、逆もまた真実であろう。生きていけるかも知れない。探したいものが、見付かるかも知れない。

できるか、できないか。決めるのは誰だ。

自分ではないのか。

自分で、あるべきなのだ。

ならば、賭けてみても良いのではないか。

そうとも。賭けてみよう。賭けるだけの値打ちが、そこにはある――。

「平松殿、お願いします。アメリカに連れて行ってください」

虎太郎の目が生来の気骨を湛えた。おけいが嬉しそうに「まあ」と微笑《ほほえ》み、西川が「ふん」と鼻で笑う。そしてスネルが、大きく頷いた。

「よろしい。だが他にできることがないのなら、農作業は覚えてもらうよ」

「もちろんです」

右手を差し出し合い、握手を交わした。城下で交わしたのとは全く違う、固い握手であった。

*

汽船チャイナ号の船足がじわりと緩み、湊《みなと》に近付く。そろそろ小船に乗り換える頃かと思いきや、船はそのまま桟橋《さんばし》まで進んで行った。日本では漁村を転じただけの湊が多いが、この国では大船を着けられる湊が支度されているらしい。

「さあ到着だよ。これがアメリカだ」

一八六九年――日本の明治二年――五月、乾いた熱い風の中、スネルが虎太郎と西川に笑みを向けた。ロートメン・ウィルメン商会の契約移民に先立ち、スネル夫妻と西川、そして虎太郎はアメリカ西海岸のカリフォルニア州、サンフランシスコに至った。

船足がさらに遅くなり、じわりと桟橋に寄る。長く幅の広い、造りのしっかりした木製の桟橋であった。

汽笛をひとつ上げ、船が止まる。船縁から下ろされた急な階段を進むと、航海の長さゆえか、陸《おか》に上がったにも拘《かかわ》らず体が揺らめいている気がした。

月代《さかやき》を剃《そ》らず、後ろで束ねた総髪。象牙色の小袖に紺青の袴《はかま》、腰にひと振りの刀――その姿で桟橋に立ち、虎太郎は異国の町並みに目を見張った。

「……すごいな」

洋館は横浜にも散見されたが、それは湊に近い辺り、西洋人の居留地と定められた一角のみだった。この町では違う。煉瓦《れんが》造りの構えにビイドロの窓が、道のずっと向こうまで隙間なく軒を連ねていた。

「船から眺めるのとは、だいぶ違うだろう」

スネルが肩越しに笑みを流す。黙って頷くと、この国について少し説明が加えられた。

アメリカ合衆国は元々が大陸の東部、大西洋岸のイギリス植民地だった。それが独立して建国となり、以後は西へ西へと開拓されて、今や太平洋岸に至るまで大陸の中央部を横断する国土となっている。東部からこの西部まで実に二千八百マイル、約四千五百キロメートルにも及ぶそうだ。

カリフォルニア近辺が斯様に賑《にぎ》わっているのは、二十年ほど前に金鉱が発見されたからだ。この「ゴールド・ラッシュ」以来、東部から山ほどの人が押し寄せた。掘った金を持ち帰る者も多かったが、この近辺に居着いた者も少なくない。

「今では金鉱も涸《か》れてしまったが、カリフォルニアは既に西の都と言って差し支えない。東西で行来しやすいように、大陸を横断するレールウェイも引かれたそうだ」

レールウェイというものについては、話には聞いたことがあった。確か、レールなる鉄棒を地に敷いて道と成し、その上に蒸気機関で動く車を走らせるものだ。

虎太郎が記憶を手繰っていると、スネルは少し遠くを指差した。

「ずっと向こうの、あれがステーションだ。日本で言えば伝馬《てんま》の駅のようなものかな。今は機関車が止まっていないけれどね」

声に従って五百メートルほど先を見れば、山型の屋根を備えた石造りの長い土台がある。その脇には、なるほど二本の線路が昼下がりの陽光に黒光りしていた。鉄に跳ね返る日差しは嫌になるほど強い。

「五月も半ばか。日本も、もう夏だけれど」

汗を拭いつつ、虎太郎は空を仰ぐ。

不思議なものを見た気がした。空の色が日本と違う。青いのは同じだが、なぜかアメリカの空は青が薄い。有《あ》り体《てい》に言えば少し寝ぼけた色、もしくは薄い青の裏側に赤みが潜んでいるかのように映った。この一事を以てしても、異国にいるという実感がある。

「お。スネル殿のご一行ですな」

上を向いて歩くうち、正面の先から日本語が飛んで来た。それに驚いて前を向くと、桟橋の根本近くに洋装の日本人がいる。半袖のシャツに濃い灰色のスラックス、頭にハンチング帽。どこにでもいそうな顔だが、細面のせいか、やや口が大きく見えるのが特徴か。

「おお。あなたが佐藤《さとう》君ですか」

朗らかに返したスネルに、佐藤なる男は握手の右手を差し出しながら近付いて来た。

「佐藤百之助《もものすけ》です。初めまして」

二人が握手を交わし、あれこれ話している後ろで、西川がひそひそと声を寄越した。

佐藤は九年前に徳川幕府が発した遣米使節の随員で、そのままアメリカに留《とど》まった身であるらしい。今は「ファー・イースト・プロダクト」なる商会で配達員として働いている。

「蝦夷《えぞ》共和国は三村も知っているよな」

「五稜郭《ごりようかく》の、でしょう？」

「榎本武揚《えのもとたけあき》総裁の縁戚に林董三郎《はやしとうさぶろう》という人がいて、その林殿の甥に当たるのが佐藤殿だ」

身分の高い親類があり、自身も遣米使に随身するような立場にも拘らず、アメリカに残って商人の下働きをしている。それだけで相当な変わり者と分かるが、日本とアメリカを結ぶという意味では双方から重宝されているらしい。

佐藤が働く商会は、今のアメリカで注目される緑茶を始め、日本の様々な産品を取り扱う。佐藤は配達員であると共に、そうした品々の仕入れと目利きも任されているそうだ。スネルの茶畑や養蚕から得られる品も、佐藤の店が取り扱うらしい。この辺りは全てロートメン・ウィルメン商会のお膳立てであった。

「カリフォルニアで茶を育てようって話も、そういう伝手《つて》があってこそだ」

西川と話している間に、スネルと佐藤が笑みを交わしながら歩み寄って来た。

「佐藤君。私の妻と先発の二人です。右側の友喜君は、移民のリーダーになる男ですよ」

おけいが静かに会釈し、西川が丁寧に一礼する。虎太郎も西川に倣った。

「西川友喜です」

「三村虎太郎と申します」

佐藤は嬉しそうに頷き、張りのある声を向けてきた。

「移民を決めた君らの勇気を、私は頼もしく思うよ。これから、よろしく」

佐藤が差し出した右手と、順に握手を交わしてゆく。挨拶を終えて桟橋を離れると、虎太郎は改めて空を見上げた。

やはりどこか赤く、日本とは違う青。この空の下、自分の生はどう変わるのだろう。どのように変えていけるだろうか――。


一ヵ月ほどの後、スネルはひとつの農園を買い取った。サンフランシスコから北東百四十キロメートルの先、サクラメントの町からさらに東に進めば、シェラネバダ山脈の西麓・エルドラド地方に至る。この地のコロマという小さな町の近く、ゴールド・ヒルなる丘陵であった。

農園はいわゆる居抜きの形で、十人ほど寝起きできる木造の家が三つ、さらに蔵が二つと水路まで備わっていた。また、近くに流れる川では魚も獲れる。これほど条件の揃《そろ》った地を短期に入手できたのは、ロートメン・ウィルメン商会の依頼によって、かねて佐藤が交渉を進めていたためであった。

移民の第一陣は、六月の末に当地に至る予定である。それを受け容れる態勢が整うと、スネルは農園に「ワカマツ・コロニー」の名を与えた。おけいの故郷、かつスネル自身が日本で最も美しいと愛《め》でた会津の城下から付けた名であった。

二　シャイアンの娘

六月末、ワカマツ・コロニーに契約移民が到着した。人数は二十二人で、ほぼ全てがロートメンの募集に応じた関東の者であった。

そして三ヵ月余り、十月も半ばを迎えた日の昼下がり――。

「松之助《まつのすけ》さん。水、汲《く》んで来たよ」

虎太郎《こたろう》が声をかけると、茶畑に屈《かが》んで土をいじっている三十路《みそじ》の男が、肩越しに「おう」と目を向けた。骨ばったいかつい顔である。

虎太郎は作務衣姿で、天秤《てんびん》棒を肩に歩み寄る。すると松之助は、天秤の前後に付けられた桶《おけ》を見るなり「馬鹿野郎」と眉を吊《つ》り上げた。

「持って来んのが遅え上に、水が少ねえ。何やってんだ」

日本では武士だったが、ここでは一から百姓仕事を覚えるべき身である。言ってみれば松之助は師匠なのだが、それにしても、と不平が漏れた。

「少ないって、九分目まで入っているじゃないか。持って来る間にも少し零《こぼ》れるんだ」

「口答えすんな。俺らは九分九厘《りん》まで零さねえで運んでんだ。いいか、お武家小僧」

松之助が、ぐいと立ち上がった。畑で鍛えられた屈強な体軀《たいく》、見上げるほどに背が高い。その逞《たくま》しい腕を伸ばして下り坂の丘を指差し、ぶっきらぼうな言葉が続けられる。

「こんだけの土地があんだぞ。ちょっとでも多く運ばにゃあ、どうにもなるめえ」

遠く向こう、歩いて半時余り——一時間と少しかかろうかという辺りの森まで、見渡す限りの農地である。実に六百エーカー、日本で言えば七十三万坪余りという広さだった。農場には水路が引かれているが、いささか短く、端までは行き渡らない。西川《にしかわ》が会津《あいづ》で人を募った折、治水を識《し》る者を求めた理由が分かる気がした。

「まあ仕方ねえ。さっさと撒《ま》いて、また汲みに行け」

虎太郎は「分かった」と返して柄杓《ひしゃく》を手に取り、茶の作付けされた畝《うね》に水を撒いた。左から右へ半円を描くように、ばらりと水が散った。

「いつまで経《た》っても下手糞《へたくそ》だな、おめえは。もっと散らせ」

「こう?」

もう一度撒くと、先ほどより少し広く散った。だが松之助は「そうじゃねえ」と呆《あき》れた溜息《ためいき》をつき、虎太郎の手から柄杓を引っ手繰る。

「こうだ。いい加減、覚えろ」

松之助が撒く水の粒は、虎太郎がやった時より多分に細かく、じりじり照り付ける陽光の下に淡い虹を作った。

その後も虎太郎は水汲みと水撒きを続けた。移民の中には幼子もいて、実際に畑を視《み》るのは虎太郎まで含めて十九人である。それだけの数で広大な農地を賄《まかな》うため、早朝から作業を始めて夕暮れ時までかかるのが常だった。

「おい、お武家小僧。もう上がれ」
五、六十メートルほど向こう、夕日を背にした松之助から遠く声が渡る。虎太郎は水撒きの手を止めて大声を返した。
「いいのかい。まだ少し残っているんだが」

「おめえに任せてたら夜中になっちまう。後は俺がやるからよ」

さも嫌そうな声であった。だが、こう言われてなお作業を続けては、また何か厭味《いやみ》を言われるだろう。仕方ない、と松之助の許《もと》まで桶を運ぶ。

「すみませんね。後、お願いします」

返事すらない。もっとも今日は、小さく頷《うなず》いただけ、ましかも知れなかった。

「まったく。おけいさんは、何でこんな奴に甘いんだか」

去り際にまで、松之助はぶつぶつと漏らしていた。

農地の丘を登り、北東の一角に進めば三棟の家がある。そこまでの帰路で、虎太郎は今日も疲れた溜息をついた。

「参ったな。こう毎日じゃあ」

松之助は総じてぶっきらぼうな男だが、ああいう厳しさ、或《あ》いは意地の悪さは、始めからではなかった。虎太郎がおけいの幼友達で、夜ごと英語を教わっていると知ってからだ。畑仕事を教えてくれる相手に文句を言いたくはないが、それでも、やはり嫌なものである。

思うに松之助はおけいを好いていて、それゆえ嫉妬しているのだ。とは言え、おけいと自分は幼友達で、互いにそれ以上の情はない。そもそも、あれはスネルの妻ではないか。

思ううちに空が茜《あかね》色に染まってきた。秋の——日本の暦なら十月は冬だが——夜風が枯草の匂いを運んで来る。三十メートルほど先、皆の住まいからはランプの灯りが漏れていた。

三棟の家にはそれぞれ十二ずつ部屋があるが、建物の大きさは同じではない。農地から見て奥の二つは造りからして大きく、部屋も大きく取られている。家族揃《そろ》って移民してきた者もあるため、その二棟はロートメンの募集に応じた面々に割り当てられていた。

一方、手前のひと棟は古く、最初にあった建物だろうと思われた。構えも小さければ部屋も狭く割られていて、ここがスネル夫妻と西川、および虎太郎の寝起きする家である。

その前に西川が立っていた。何だろうかと見ながら近付けば、どこか奇異に映る構えから流れるように身を動かし始める。

あれは何だろう。恐らく武術の類だろうが、虎太郎の知るものではない。

「西川さん」

ひととおりの動きが終わったところで声をかける。西川は「おう」とこちらを向き、三歩四歩と足を運んで来た。

「終わったか。今日も松之助に絞られたようだな」

「分かりますか」

「そういう顔をしている。だが、まあ怒らんでやれ。あれこれ手探りで、あいつに限らず苛々《いらいら》している者が多い」

手探り——ワカマツ・コロニーは、まさにそのひと言に尽きた。

農地に茶の種が蒔《ま》かれたのは、七月上旬だった。ロートメンが手配した種は実に六百万個である。もう一方の柱とすべき養蚕についても、三年ものの桑の苗木が五百本も送られて来ていた。

どちらも夥《おびただ》しい数である。だが畑に蒔かれて芽を出した種は、わずかに二百ほどでしかなかった。桑の木も、この三ヵ月で半分が立ち枯れている。

茶と桑の栽培に於《お》いて、日当たりと水捌《みずは》けの良い丘陵は絶好地だという。だが如何にせん、日本とカリフォルニアは気候が大きく違った。日本には四季の移ろいがあり、茶も桑もそれに応じて育ってきた作物である。対してカリフォルニアには雨季と乾季しかない。乾季の今は滅多に雨も降らず、秋という季節さえ名ばかりで、とにかく暑い。

そうした中で頭を絞り、苦労を重ねているのだからと西川は言う。虎太郎は「はい」と大きく溜息をついた。

「ところで西川さん、何をしていたんです？」

「ああ、今のか。このところ体を動かしておらんから、鈍《なま》らんようにな」

元々が上士の西川は虎太郎以上に野良仕事を知らず、畑の世話には一切関与しない。一方で、長らくスネルの付添役を務めた経緯から交渉の何たるかは熟知している。今はファー・イースト・プロダクトの佐藤百之助《さとうもものすけ》と交渉し、皆の生活に用いる物資を調達しつつ、コロニーの宣伝に奔走するスネルを補助してもいた。体を動かしていないと聞けば得心もできた。

「なるほど。見たこともない動きでしたけど、武術ですよね？」

「聞いて驚け。御式内《おしきうち》の技だ」

「え？　御留《おとめ》流の？」

御式内。会津藩が御留流――門外不出と定めた柔術で、上士の中でも武芸に秀でた者にのみ伝授されてきた技である。打撃、投げ技、節々の極《き》め技などは他流の柔術と同じだが、敵の力と動きを自分有利に使う独特の動きが組み込まれているらしい。

「さっきのは殿中の型、其之二《そのに》。廊下を歩いていて、そこに曲者《くせもの》が紛れ込んだ時の動きだ」

御式内には他にも多くの動きがあるが、全てに通底する要点は「速さ」であり、それを以《もっ》て相手十分の間合いを帳消しにできるのだという。

「これを極めれば、度胸次第で拳銃の相手もできる」

少し得意げに言われるも、虎太郎には多分に怪しく思えた。

「とは言っても徒手空拳だし、剣の方が強いんじゃないですか？　それに拳銃の相手なんて」

すると西川は「分かっていないな」と呆れ顔を見せた。

「俺はスネル殿の付添役だったが、まあ日本では敵の多いお人だったからな。この技で護衛したことが二回ある。そうだな……ちょっとここに立っていろ」

何をするつもりなのだろう。言われるままに立っていると、西川は二十歩ほど、十メートル近くも離れて地べたに正座した。先ほどのとはまた違う技なのだろうか。

怪訝《けげん》に思う中、不意に西川の身が動いた。

否、躍った。

西川はひと呼吸で間合いを詰めた。或いは、吹っ飛んで来たとさえ見えた。そして、鋭く右の拳を突き込む。虎太郎の胸までわずか一寸を残し、一撃が止まった。

「いいか三村《みむら》。剣で斬れるのは、自分の腕と得物の長さを足した間合いまでだ」

踏み込んで斬り付けても一間と少し、二メートル余りである。駆け込んで打ち込むにせよ、今のように十メートルも離れていては、近付くまでに拳銃の餌食となってしまう。

「言ってしまえば、剣は相手との間合いが近い時にしか使えん。向こうが銃を持っていたら、間合いの不利を帳消しにする速さが要る」

確かにそのとおりだろう。さらに言えば、速さだけではない。どうした訳か、狙いが付けにくいと見えた。もし自分が剣を構えていたとしても、きっと今の動きは防ぎ得なかった。

「すごい。いや、何て言うのか。すごい」

そうとしか言いようがなく、目が皿のように見開かれている。すると西川は「ふふ」と笑い、思いも寄らぬことを口にした。

「おまえも、やってみるか？　俺も中伝までだが、その気があるなら知る限りを教えてやる。会得できんでも、いい気晴らしにはなるだろう」

「いいんですか？　御留流なのに」

いささか驚いて問い返す。西川は「構わんさ」と寂しそうに笑った。

「薩長《さっちょう》の賊が日本を治めるようになって、会津藩もどうなるか分からん。もう御留流も何もあるまい。第一、俺たちは日本を出ちまった身だ」

虎太郎は、ごくりと固唾《かたず》を呑《の》んだ。成すべき何かを探したい、何かを変えたいと思い続けてきたのだ。ならば教わろう。これも変化だ、と。

＊

十一月、カリフォルニアは雨季に入る。水撒きからは解放されるが、逆に、農作業を知らない虎太郎にはできることがない。仕事を見て覚えようとしても、松之助に「邪魔だ」のひと言で片付けられてしまう。ならば離れたところから見ようとすると、今度は「鬱陶しい」と言われて追い払われる毎日だった。

斯様《かよう》な有様ゆえ、昨今では英語を学びつつ、近くの川で魚を獲《と》って皆の食に供するのが役目となっていた。

今日も朝から雨であった。案の定、畑に出ても松之助に睨《にら》まれ、何もさせてもらえない。そのくせ松之助は、あいつは役立たずだと陰口を叩《たた》いているらしい。そういうものを腹に据えかねている日は特に、西川の帰りを待って、御式内の稽古を付けてもらうのが救いになっていた。

「よし。構え」

「はい」

夕刻も間近の頃、昼間の雨が残した薄靄《うすもや》の中で西川と相対する。構えた体は、剣を取る時とは向きが違った。両手で剣を握れば、体は否応《いやおう》なく相手に正対する。しかし今の虎太郎は体の左側を相手に向けた半身《はんみ》の姿勢であった。

「体を前後に振る!」

厳しい声に応じ、素早く脚を動かし前へ、後ろへ。相手から見れば、正対した時より幅の狭い体が左右へ動く格好である。初めて御式内を見せられた折、狙いが付けにくいと感じた正体はこれであった。

西川によれば、半身の姿勢は如何なる柔術でも同じなのだという。体の中央に集中する急所を見せないためだ。

「半身を崩すなよ。でなければ銃の相手はできんぞ」

胸を目掛けて撃たれた場合、剣を構えて正対していれば、一発を受けただけで命を失う。対して半身なら二の腕が楯《たて》になり、心の臓が守られる。古くから伝わる武術の構えが、図らずも銃に対して有効である。西川からそう聞かされた時の驚きは鮮烈なものであった。

「そうだ。もっと速くだ。詰め寄れ」

左半身で詰め寄るには、左前に飛び、左後ろに飛び、これを交互に繰り返す。虎太郎の動きがさらに速くなっていった。

「よし、その間合いで飛べ。打て！」

指図の一声、左半身から素早く右足を踏み出して右半身に切り替え、併せて右の拳を真っすぐ突き出した。

「らあっ！」

これを会得するのは難しくなかった。打ち込みで右足を踏み込むのは剣術も同じだからだ。然《しか》るに、徒手空拳の今の方が遠い間合いから攻撃できている。この構えなら一気に飛び込めるからだ。剣を構えて打ち込みながらでは、こうはいかない。

「む……」

虎太郎の拳を受け、西川が鈍く唸《うな》った。

拳は中指と親指の第一関節をぴたりと合わせ、他の指で握り込む形である。中指の第二関節が突き出た「一角」の拳——西川は左の二の腕を楯として、この一撃を受け止めていた。

「よし。今日は、これまで」

稽古が終わり、虎太郎は「ありがとうございました」と一礼する。西川が安堵《あんど》したように腕を撫《な》で、渋く顔を歪《ゆが》めた。

「ああ痛い。たった一ヵ月で、結構効くようになったな」

一角の打撃はかなりの痛打を与える。脳天、眉間《みけん》、人中《じんちゆう》つまり口元、顎、喉《のど》、胸椎、鳩尾《みぞおち》、金的、体の中央に並ぶ急所を打ち抜けば、相手は少なくとも悶絶《もんぜつ》する。会心の一打なら命さえ奪えるものらしい。

「武術の筋がいいのだろうな。太子《たいし》流の初伝は、伊達《だて》ではないということか」

言いつつ、西川がシャツの左袖を捲《まく》り上げる。稽古を始めて一ヵ月余、幾度も拳を受けた腕は痛々しく紫に染まっていた。

「うわ。何か、その。すみません」

「構わんよ。俺の受け方が悪いだけだ。それより、そろそろ川に行かなくていいのか」

「あ、もうそんなになるのか。魚、少しでも多く掛かってるといいんですが」

「そうだな。さて、俺は先に湯に入っておくか。今夜は佐藤さんが来るからな」

商売の話をしながら、スネルと佐藤、西川で夕餉《ゆうげ》を共にするのだという。虎太郎は「では」と改めて一礼し、暗くなる前にと小走りに去った。

稽古の壮快さに、松之助に苛《いじ》められる鬱屈もだいぶ晴れた。だが商売の話と聞くと、それとは別の懸念《けねん》に心が曇っていった。

それと言うのも、この雨季ゆえである。

カリフォルニアの雨季は、日本の梅雨とは大きく事情が違った。乾季には嫌になるほど暑く、滅多に雨が降らない反面、雨季にはまともに日が差さないことが多い。

日本から持ち込んだ作物はこうした気候に弱かった。ようやく発芽した二百余の茶も、既に半分近くが枯れている。養蚕に使う桑の木に至っては、五百もあったものが既に二十本しか生き残っていない。

コロニーでは茶や桑の他、移民の食を賄う麦や青物も育てている。が、麦はさて置き、青物については酷《ひど》いものだった。長い乾季の暑さで、きちんと水をやっても萎《しお》れてしまう。雨季は雨季で、八分目までは根腐れを起こす有様だった。

言ってしまえば、コロニーは早くも行き詰まりかけている。昨今では食料も買い入れの方が多い。しかも雨季で荷運びが滞っているのか、諸々《もろもろ》の品が値上がりして歯止めが利かず、持ち出しばかり増えているそうだ。

「いや。こんな時だから、じゃないか」

次第に飯が貧しくなってゆく中、虎太郎の魚獲りは皆に——松之助がどう思っているかは分からないが——喜ばれている。さて今日はどれだけ網に掛かっているだろうか。

三棟の家から西に八百メートルほど進んだ先には森があり、その中にグラニット川の流れがある。森の木立はまばらだが、冬でも葉を落とさぬため常に暗い。もっとも、幾度も行き来して勝手を知る虎太郎にとっては苦にもならなかった。

木々の梢《こずえ》の先、黄昏《たそがれ》時の雲間に残照が見える。その、わずかばかりの明るさを頼りに、さらさらと軽い瀬音に辿《たど》り着いた。

グラニット川は二、三メートルの幅しかない。それでも、こんなところにも魚はいる。手ずからこしらえた麻紐《あさひも》の網を、虎太郎は常に三つ仕掛けていた。網から延びる細縄は河原の木に結び付け、それぞれの間を三十メートルほど離してある。

まず川上のひとつ。結んだ縄を手繰って網を上げれば、二十センチ余りの川鱒《かわます》が四尾掛かっていた。少し川下に行った辺りに二つ目の網、最も下流に三つ目を仕掛けてある。全ての網を合わせて八尾だった。コロニーの人数分には満たないが、おけいに渡せば干物に仕立てて日持ちを良くしてくれる。日々こうして獲り続け、数が揃ったところで焼いて振る舞えば良い。

持参した手桶に魚を入れ、帰路に就く。来た時はひとつ目の網に近い辺りからで、いつもはその辺りまで戻って森の中を帰るのだが、今日は三つ目の網の辺り、最も木々の多いところから東に向かい、森の外に出てから戻ることにした。既に日が暮れて暗いせいでもあったが、どちらかと言えば、ただの気まぐれだった。

その気まぐれが、虎太郎のこれからを変えることになった。

「あれ？」

五十メートルも先か、向こうの木陰に何かが見えた。この辺りでは特に太い一本の根元だ。何だろうかと目を凝らす。或いは獣か。鉢合わせて危ない獣はいないはずだが——。

桶を右手に下げ、万一に備えて左半身の格好になる。暗さに慣れた目で見遣《みや》るも、木陰の「何か」に動きはない。そもそも動く気配すらなかった。だが、と息を殺し、じりじり近付く。

と、十メートルほど進んだ辺りで、雲の切れ目から月光が差し込んだ。朧《おぼろ》げな青い光に助けられて、それの輪郭が明らかになった。

「……おい。人じゃないか」

間違いない。ぐったりと木の根に体を預け、頭を力なく左に倒している。眠っているだけなのか。そうであってくれと願いながら、大声で「おうい」と呼ばわった。

少し待つも、返事はなかった。もしや死んでいるのかと、半身の姿勢のまま慎重に進む。

あと三十メートル、人影はやはり動かない。

あと二十メートル、長い黒髪を後ろで束ねているのが見て取れた。

あと十メートル、また声をかける。

「誰だ。生きているのか」

すると、ゆら、とこちらを向いた。だが直後に、がくんと頭が落ちる。息はあるようだが相当に弱っているらしい。虎太郎は半身を解いて駆け寄った。

「おい、大丈夫か」

軽く肩を叩いてやる。ふらりと顔が上がり、頼りない声で、たどたどしい英語が返ってきた。

「……助けて、くれんの？」

女の子だ。やや赤みがかった褐色の肌。痩せた頰のせいで、元々大きいのだろう目がさらに大きく映る。子供と言って差し支えない歳《とし》だろう。そんな子が、どうして。

「生きているんだな。起きられるか」

相手の英語を聞き、こちらもそれで応じる。虎太郎の言葉に安堵したか、娘は薄《う》っすらと笑って目を閉じ、だらりと首を落とした。気を失ったらしい。

「おい、おい！」

起きられるか、どころではない。ただ、呼吸は静かだが浅くはなく、すぐに死ぬだろう者とは明らかに違う。

猟師の甚助《じんすけ》に助けられた時を思い出した。あの時の甚助は、白虎隊がどうなったかより、目の前で生きている者を助けるのが先だと言っていた。

「俺の番って訳か」

虎太郎は魚の桶を置き、娘を背負うべく、その身を引き摺《ず》り起こした。すると、がちゃりと硬い音がする。何だろうかと目を向ければ、娘の腰に二つの手斧《ておの》がぶら下がっていた。

「何者だ、こいつ」

軽く眉が寄る。だが、と思い直した。放って置けば危ういのだ。今なら助けられるかも知れないのだから、細かいことは後回しで良い。

娘を背負う。着ている上着は鹿か何かの革で仕立てたものだろうか。昼間の雨のせいか、しとどに濡《ぬ》れて冷たい。その内側から、明らかに高熱と分かる温《ぬく》もりが伝わった。

＊

驚くほど軽い身を揺すらないよう気を付け、しかし、できる限り急いでコロニーに戻る。家に入れば、おけいが居間で夕餉の皿を並べていた。

「おかえり、虎太――」

こちらの様子に常ならぬものを察してか、言葉が止まる。虎太郎は「話は後だ」とひと言、自らの部屋に娘を運んだ。狭い部屋、いささか硬い寝台だが、十一月の森よりは上等だろうと身を横たえてやる。

「すまんが、こいつの着物を脱がせて、体を温めてやってくれ」

「は、はい」

おけいを中に入れ、自身は部屋を出てドアを閉める。腕組みであれこれ考えた。

年端もいかぬ娘が、ひとり森の中にいた。それはなぜだ。痩せ細った顔、軽すぎる体から考えて、酷く疲れているのは間違いない。そこに雨を受けて熱を発したのか。ただの風邪くらいなら良いが。

考えるうちに、部屋から「いいよ」と声が届いた。ドアを開けて問う。

「どうだ。風邪か?」

「分かんない。でも、ぜいぜいした息じゃないし、多分このまま休めば良くなると思う」

おけいは少しばかり取り乱しているらしい。しかし娘の扱いは良くできたもので、寝台を見れば、毛布に包まれて落ち着いた寝息を立てている。濡れ鼠《ねずみ》だった服と腰巻、二つの手斧、荷物であろう革袋は窓際に吊るしてあった。

「負ぶったから分かるが、こいつ、きっとしばらく食ってないぞ。病人に食わせるもの、何かできるか?」

「麦粥《むぎがゆ》なら。付いててあげて」

おけいを送り出し、寝台の脇の椅子に腰掛けて、ぼんやりと娘の顔に目を遣《や》った。

赤茶けた肌。初めて目にした色だが、顔つきは心なしか日本人に近いようだ。二重瞼《ふたえまぶた》の目は大きく、吊り気味で幾らか鋭い。頬骨が目立つのは痩せすぎているせいだろうが、総じて少々きつい面相である。なのにどうしてか、娘の面差しに安らぎを覚える。あたかも、会津の凛《りん》とした空気に触れたような懐かしさがあった。

それにしても。先にも考えたが、年端もいかぬ娘がなぜ、ひとり森にいたのだろう。深い森ではなく、出くわして危ない獣もいない。が、自分が魚獲りに行く時以外、まず入り込む者もない場所だ。それと見て隠れていたのなら頷けぬこともないが、そうすると今度は「なぜ隠れなくてはいけなかったのか」の疑問が湧いてくる。

と、ぼそりと声が聞こえた。

「……あんたか。どこ？　ここ」

やや甲高く、肚《はら》の据わったものを思わせる声音。娘が薄く目を開けていた。虎太郎は「お」と腰を浮かせ、寝台の縁に手を掛けて身を乗り出した。

「気が付いたか。ここはワカマツ・コロニーって農園だ」

「そう。助けて……くれたんだよね」

娘は大きく息をついて、天井を見つめた。悲しそうな、それでいて何かを思い定めた眼差《まなざ》しであった。

そのまま互いに無言で過ごす。しばしの後、外から声が渡って来た。

「虎太ちゃん。麦粥、できたけど」

「心配ない。俺の友達だ」

ぎくりと身を硬くした娘に軽く笑みを向け、小声で警戒を解いてやる。そして、おけいに「どうぞ」と返した。

「目を覚ましたぞ。それと、こいつには英語が通じる」

おけいは「良かった」と顔を綻ばせ、足早に中に入った。手にした盆には、麦と乳の香る木椀《もくわん》がひとつ。それを傍らの小さな丸テーブルに載せ、娘に話しかけた。

「大丈夫？　お粥、食べられる？」

途端、娘は目の色を変え、がばと身を起こして手を伸ばした。

「食べる。ありがと。ちょうだい」

毛布がはだけ、裸身が露《あら》わになるのもお構いなしである。とは言え、胸には乳房と呼べるほどの隆起もなく、あばら骨ばかりが目立った。

椀と匙《さじ》を奪うように取ると、娘は浅ましいばかりに粥を掻《か》き込んだ。ろくに嚙《か》まず、味わいもせず、涙と洟汁《はなじる》を落としながら椀を空にする。

「……あんたたち、優しいね。あたしの仲間と同じだ」

涙を流したまま娘は言った。おけいが毛布を取って娘の体を覆い隠してやる。そこへ、玄関から声が流れて来た。

「いや佐藤君、そこを何とか頼むよ」

「とは仰《おつしや》いますがね、我々ファー・イーストはワカマツの客であるからして、出すぎた真似《まね》をするのは憚《はばか》られるじゃありませんか」

「客だからこそさ。コロニーが立ち行くかどうかは、君の会社との取引次第なんだ。ファー・イーストが口を利いてくれれば、ロートメンも嫌とは言えんよ」

スネルと佐藤百之助である。西川はまだ湯浴《ゆあ》みから戻っていないらしく、二人だけだ。

ぼんやりとだが、虎太郎にも話のあらましは察せられた。茶の作付りが上手《うま》くいかず、資金繰りも苦しい。ロートメン・ウィルメン商会から追加の支援を引き出すべく、口添えを頼んでいるのだろう。

「おけい、いるかね。食事の前に商談だ。まずは茶の支度を頼む」

廊下からスネルの声が渡る。おけいが「はい」と返すと、ドアが開いた。

「何だ、虎太郎君と一緒——」

部屋の中、常ならぬ様子を見て、スネルの言葉が止まる。佐藤も「どうしました」と顔を出したが、その面持ちは見る見るうちに渋くなっていった。

「三村君、その子はどうしたんだね」

「助けたんですよ。西の森で倒れていたんだ。熱があります」

佐藤は「なるほど」と慈悲の眼差しを見せた。しかし。

「忠告しておく。その子とは、あまり関わらん方がいい」

何を以てそう言うのだろう。面持ちと正反対な佐藤の言葉に訝《いぶか》しいものを覚える。

「放り出せって仰るんですか?」

「具合が悪いのだから、今すぐにとは言うまい。ただ、その子はインディアンだ」

遠い昔、コロンブスなる冒険家が初めてこの大陸を訪れた。西廻《にしまわ》りに航海してインドに向かうつもりが、ここに行き着いたのだという。往時はこの地を知る者がなく、コロンブスはインドに到着したと勘違いした。以来、本来のインドを「東インド」と呼び、この大陸を「西インド」と呼ぶのが慣例となった。ゆえに、この地に先住していた民をインディアンと呼ぶらしい。

「この忠告は君のため、コロニーのためだ。今一度言う。その子には出て行ってもらえ。出て行けるようになったらで構わんから」

厳しい言葉ながら、口調はそうでもない。先に見せた慈悲の眼差しは本物なのだろう。佐藤の脇に立つスネルもそれを感じ取ったか、軽く笑いながら口を挟んだ。

「まあまあ佐藤君、その話は追ってすればいいだろう」

それに、と言葉が続いた。インディアン――先住民には西洋人と相容《あいい》れない者も多いが、中にはアメリカという国の成り立ちを受け容れ、同化の道を選ぶ者もいる。娘が回復した後にコロニーで働いてもらえば、それらと同じに見做《みな》されるだろう。

スネルの言い分に、佐藤は「そうですか」と軽く頷いて頭を掻いた。

「貴殿がそう仰るなら。ただ、経営の思わしくない中で人を増やすのは感心しませんな。その辺りも含めて、出て行ってもらった方が良いと申し上げたのですが」

「佐藤君をお呼びしたのは、まさに今後の経営を相談するためですぞ。で、あれば。今はその話を第一にお願いしましょうか」

スネルは佐藤と共に廊下の左側、突き当りの執務室に進んで行った。

「なあ、おけい。こいつ、ここに置いていいんだよな?」

不安げに黙ったままの娘を案じ、念を押す。おけいは「大丈夫」と示すように、娘に笑みを向けた。

「主人が構わないって仰るんだもの」

そして「じゃあね」と立ち上がり、スネルと佐藤に出す茶を支度すべく、部屋を後にした。

*

「ねえ。さっきの人。あんたと同じ顔の男」

「ん？　ああ、佐藤さんか」

「あの人、あたしを追い出せって言ったんだろ」

難しい顔で黙っていた娘が、ぼそぼそと問うた。日本語は分からずとも察するところがあったらしい。利発な子だな、と虎太郎は苦笑を浮かべた。

「悪い人じゃない。心配するな。ところで、遅くなったが名前を教えてくれ。俺は虎太郎だ。日本って国から来た」

「あたしはルル。同族の言葉で兎《うさぎ》って意味」

「歳は？　俺は十六を数え……ああ、この国だと満十五歳か」

「あたしは十一」

やはり子供である。胸を晒《さら》して恥じるでもなかったのは、まだそういうことを気にする歳ではなかったからか。

「おまえ、インディアンなんだろ？　どうして――」

すると、ルルは眼差しで「待て」と示した。映し出された強い気持ち、有り体《あ てい》に言えば怒りの感情に、虎太郎の言葉が制された。

「インディアンって言うな。あたしらはこの大地に、アメリカ人よりずっと前から住んでた。色んな部族があるけど、あたしの同族は『ツェツェヘスタヘセ』だ」

「は？　つぇ、つ……何だって？」

するると今の怒りはどこへやら、ルルはくすくすと小さな笑い声を漏らした。

「言いにくいなら『シャイアン』でいい。他の部族はそう呼ぶ」

「じゃあ、シャイアンのルル。どうしてあの森にいた。しかも、ひとりで」

「逃げて来た。アメリカ人に襲われて」

ぽつぽつと言葉を拾うように、経緯が語られていった。

シャイアン族はカリフォルニアの遥《はる》か東に広がる大平原に暮らしている。バイソンなる牛を狩って干し肉を作り、また木の実や芋などを採集して口を糊《のり》しているらしい。バイソンの動きに合わせて住《す》処《か》を転々とし、どこかに定住することはない。

ことの起こりは昨年の十一月末。虎太郎が若松の町でスネルと知り合ったのと同じ頃だったという。アメリカ陸軍の第七騎兵隊に襲撃されたのだ。戦ではない。綿密に計画された、ただの虐殺だった。

「男たちが狩りに出て、年寄りと女子供だけの時を狙われた」

ウォシタ川なる流れの河原に野営していた時であった。そう語って、ルルは身を震わせながら目を潤ませる。

「アメリカの兵隊。大将っていうの？　カスター中佐って奴。あいつ……おかしい」

年寄りは銃で蜂《はち》の巣にしろ。子供は棍棒《こんぼう》で頭を潰せ。女は犯せ。腹に子がいる女は、腹を裂いて子を引き摺り出せ。母親の息があるうちに見せ付けろ。カスターは指揮下の兵にそう命じ、虐殺を楽しむかのように見物していたそうだ。

「……人でなしめ。何て奴だ」

虎太郎は声を震わせ、面持ちを怒りに固めた。日本で官軍を騙《かた》った者共も、鶴ヶ城《つるがじょう》に大砲を撃ち込み、女子供までまとめて殺している。だが少なくとも日本の官軍は、鶴ヶ城の大小書院に怪我人《けが》や女子供が匿《かくま》われていることを知らなかった。カスターなる男は全く違う。紛《まご》うかたなき外道ではないか。

ルルは軽く溜息をつき、掠《かす》れ声で続けた。

「でも、その時はまだ良かった。男たちが戻って来て、何とか皆で逃げられたから。シャイアンは他に移った。コロラドってところ。しばらくは大丈夫だった」

しかしアメリカ軍は執拗《しつよう》にシャイアンの足取りを追い、再度の襲撃をした。今年七月、サミット・スプリングスなる地でのことらしい。

「モケタヴァト。あたしの大叔父様も、その時に殺された」

シャイアン族の、一方のラギ――酋長《しゅうちょう》だったという。シャイアンの言葉が難しいためか、アメリカ人はモケタヴァト酋長を「ブラック・ケトル」の名で呼んでいたそうだ。

「この時は別の大将だった。カスターみたいに、人を殺して喜ぶ奴じゃなかった」

もっとも、その分だけ殲滅《せんめつ》は苛烈だった。シャイアン族は壊乱に陥り、皆が散りぢりに逃げるしかなくなったという。

「逃げるうちに他の人とはぐれて。それから、しつこく追われた。七月からずっと」

経緯は分かった。返すがえすも酷い話だと思う一方、それ以上に強烈な違和を覚えた。

「おかしくないか？　どうしてアメリカ兵は、ルルひとりをそんなに追ったんだろう」

七月にサミット・スプリングスで襲われ、今は十一月の末である。年端もいかぬ小娘ひとりに四ヵ月も構っているというのが、どうしても解せない。

心当たりはないかと問うと、ルルは寸時「まずい」という顔になった。

「少し疲れた。ごめん」

ぼそりと言って身を横たえ、背を向ける。語りにくいこと、話したくないことがあるのかも知れない。佐藤の忠言から考えれば明らかにしておきたいが、病人を相手に根掘り葉掘り聞くのも憚られる。

「……そうか。まあ少し眠れよ。細かい話は具合が良くなったらで構わん」

「いい。横になってれば疲れない」

遮《さえぎ》った声が涙に揺れている。悲しい、辛《つら》い、怖い。そういう思いだけではなかろう。吐き出したいものがあるようだ。

察しつつ、壁に貼られているアメリカの地図に目を遣った。コロラドなる地の所在を確かめたく思ったからだ。

——あった。カリフォルニアより、ずいぶん東だ。西川友喜《ともき》が地図に縮尺を注記してくれていて、それを指で計り、ひとつ、二つ、三つと動かしてゆく。

愕然《がくぜん》とした。

コロラド準州はここから千二百マイル、つまり二千キロメートルも離れていた。日本で言えば概《おおむ》ね五百里である。日本で旅をする者は一日に十里ほど歩くが、アメリカで同じには考えられまい。地図を見れば、コロラドとカリフォルニアの間には砂漠や険しい山脈が横たわっている。

そうと知って、虎太郎の声音と面持ちが硬くなった。

「……おまえ何やってんだよ。こんな遠くまで逃げる必要があるのか？　しかも、ひとりで。死ななかったのが不思議なくらいだぞ」

「追われたから逃げただけ。シャイアンは山歩きに慣れてんだよ。女には木の実や芋を採る役目もあるし」

暮らしの中で身に付けた力で逃げ果《おお》せた。ぎりぎりではあれ、地の恵みを探り当てて食い繋《つな》いできたのだと、平然と返された。

「それに大叔父様が教えてくれた。人も草や木と同じ、他の生きものと同じだって」

生あるものは全て、如何な困難に見舞われようと、誰かと戦おうと、天がそう定めていれば生き延びる。それがルルの大叔父・モケタヴァト――ブラック・ケトル酋長の教えであり、全ての先住民に共通する考え方だという。

だから、とルルは言う。自分が生きて逃げ果せたのは、まだ死ぬ時ではないからだと。虎太郎は、ふと不思議なものを感じた。自分の身の上を言われた気がする。

「でも、さすがに疲れちゃってね。今日は雨が降って寒くて。天が『ここまでだ』って言ってんだって思った。けど、あんたが助けてくれた」

仔細《しさい》を聞くほどに、ルルに寄せる同情の念が大きくなる。そして詳しく知るほどに、先に覚えた違和も膨らんでいった。

なぜ、なのだろう。どうしてアメリカ軍は、たかが小娘ひとりに血眼になるのか。

話を聞く限り、ウォシタ川で虐殺を働いたカスター中佐は狂人だ。殺しを快楽とする男が欲望を満たさんとして幼い娘を付け狙うのなら、無理やりにでも得心はできよう。だがサミット・スプリングスでシャイアンを襲撃したのは別の大将だった。にも拘《かかわ》らず、その折の方が執拗に追われたのだから、カスターの性癖云々《うんぬん》ではあるまい。

問うてみようか。しかしルルの様子を見れば、そこは話したくないのだと察せられる。

ならば聞くまいと、代わりに別の疑問を向けてみた。

「なあ。そもそもアメリカ人は、どうして先住民を襲うんだ？」

ルルは、くす、と笑った。含み笑いの中に涙の匂いがした。

「あたしらがどういう暮らしをしてんのか、そこから話すよ」

アメリカ先住民には、ほぼ全ての部族に於いて身分の上下がない。何かあれば皆が平等に意見を出し、皆の思いがまとまらない時にのみ、ブラック・ケトルを始めとする酋長たちが互いの摺《す》り合わせをするのだという。生活に使うものも、戦いの折に使う武器も、誰の持ちものと決めていない。全ての物資、全ての富は部族の皆で分かち合う。ゆえに、助けられる者は必ず助ける。戦いで腕や脚を失った同族は、生活の全てに於いて、部族を挙げて援助する。

虎太郎の目が丸くなった。日本とはまるで違う。否、唐土《もろこし》とも、西洋とも違う。

「何か、すごいな。人はそうやって生きていくべき……っていう形かも知れん」

「助け合わなきゃ、この厳しい大地で生きていけない。でも」

ルルは言う。そうした暮らしを続けているがゆえ、白人が入って来てからは、今のような苦難を強《し》いられることになった。

「大叔父様に聞いたことだけど」

遠い昔、初めてこの大陸を訪れた頃の白人は、長い航海の末に水や食料が尽きている者が多かった。先住民はそういう者を決して捨て置かない。渇きを癒す水を与え、空腹を満たす食料を与えた。

西洋人はそれを以て驕《おご》った。先住民は造物主の子たる我々を恐れたのだと。次からは先住民が水と食料を差し出すのを当然と考えるようになり、こう言って脅した。我らの船にコーン——唐黍《とうきび》を山と積み込め。さもなくば、おまえらの骸《むくろ》が山と積み上がるぞ、と。

無論、そうした者ばかりではなかった。この大陸から利益を得るために、先住民の力を利用した方が良いと考える者もある。それらは先住民からビーバーなる獣の毛皮を得て、見返りに銃と馬を与えた。

これが間違いの元であった。銃という利器、馬という便の良い生きものを得れば、狩りに於いて俄然《がぜん》有利となる。先住民が持たなかった個々の富という考え方、自他の優劣という考え方が植え付けられてしまった。

次第に先住民は、白人に依存するようになった。銃と弾丸を得れば対立する部族より優位に立てる。敵の部族を叩き、その土地を白人に渡すことで、さらなる弾丸や馬を得た。

そうして白人はこの大陸に入植し、農地を拓《ひら》いた。入植者の数が増えるほどに、より多くの土地が必要になる。白人はそれを、銃と大砲、騎兵の力によって先住民から奪うようになった。全ての人は幸福を求める権利があるのだから、という理屈らしい。

「待てよ。じゃあ、おまえらの権利はどうなる」

「白人は、あたしらを人だと思ってない」

吐き捨てるように、ルルは言った。

我らは造物主の子で、この大陸は造物主が我らのために与えてくださったものだ。先住民は邪教の神を信奉する者たちで、造物主の子ではない。だから殺しても許される。むしろ殺して、我らの正しき神に応えねばならない。それが白人の言い分――。

「あいつらの神様を信じて、仲間になった人もいる。そうしない人……あたしらみたいなのは悪魔だから、殺していいんだって。どっちが？」

血を吐くほどに激しい掠れ声で語り、ルルは嗚咽《おえつ》し始めた。そうか、と虎太郎の眉尻が下がった。ルルが吐き出したかったのは、この理不尽なのだろう。その末に苦難の逃避行を強いられたとあっては、なおのことだ。

この子を守ってやりたい。その思いが湧き上がった。

ルルと自分、或いはアメリカ先住民と自分には、重なるところがある。白人は暴論を楯に、強力な銃器で先住民を蹂躙《じゅうりん》してきた。自分も似たような目に遭った。官軍は我欲を胸に卑劣な策略を仕掛け、武威に任せて幕府を潰し、会津を踏み荒らしたのだ。

そうだ。ルルと自分は同じである。ならば。

この子に幸せな生を――それが自分の成すべきこと、命の使い道ではないのか。

「話し続けて疲れたろう。ごめんな」

ルルは軽く洟《はな》をすすり、しばらく黙った後で、蚊の鳴くような涙声を寄越《よこ》した。

「帰りたい。帰んなきゃいけない。シャイアンの、皆のとこ。でも」

襲撃を受ける度、シャイアンは離散と集結を繰り返してきた。ただしアメリカ兵の目を盗みながらのことで、集結の場所までは定められない。だから、どこにいるのか分からない。そう言って、またひとつ洟をすする。

その肩に、ぽんと手を置いた。伝わってくれ、と。

「帰りたいなら、早く良くなれ。眠るのが一番の薬だぞ」

身を横たえたまま、ルルがこくりと頷く。虎太郎は心からの笑みを向け、静かに部屋を出た。ふう、と長く息が漏れた。

台所に行くと、おけいが晩餐《ばんさん》会の支度を終えたところだった。

「あ、虎太ちゃん。どう？」

「ああ。あいつ……ルルって名前だってさ。眠らせたよ」

すると、隣の食堂から西川が顔を出した。既に湯浴みは終えたようで、料理を運ぶのを手伝っているらしい。

「三村か。インディアンの娘を拾ったらしいな」

「スネル殿が、ここに置いていいって。俺が面倒を見ますからご心配なく」

「きちんとやれよ。あと、おまえの飯はそこに置いてある」

佐藤をもてなす料理は、コロニーの資金繰りを考えれば大いに張り込んだものである。スネルと佐藤、および西川、席を同じくする三人分しかない。虎太郎の夕餉は赤茄子《なす》――トマトで煮込んだ大豆と、ルルに出した麦粥の残りだった。概ねいつもどおりである。

台所に立ったまま夕餉を取ると、居間に移って椅子に腰を下ろした。

ルルから聞いたあれこれを思い出し、考える。シャイアン族の許に帰りたいと言っていた。それがルルの幸せなのだろう。追われる身であれ、本来の仲間と共にあれば心強いものだ。散りぢりに逃げた者たちの集結地が分かれば、望みを叶《かな》えてやれるのだが。

「待てよ。もしかしたら」

できること、なのかも知れない。思案を巡らしつつ、時折小さく頷く。そして「よし」と膝を叩き、一番奥にあるスネルの執務室を見る。

柱時計が十九時半を指した頃、ドアが開いてスネルと佐藤が姿を見せた。

「では茶の納品が心許《こころもと》ないと苦情を入れる形で、ロートメンに連絡を取ります。しかし援助を申し入れるのは、飽くまでスネル殿ですからな。交渉はしっかり頼みますぞ」

「分かっているとも。君の助力に感謝しよう」

虎太郎はすくと立って歩みを進め、語らいながら廊下を進む二人の前を塞いだ。

「すみません、佐藤さん。俺からもお願いがあります」

「何だね、いきなり。あの子のことはスネル殿が認めてくれたろうに」

怪訝な顔に向け、丁寧に一礼する。そして。

「シャイアン族がどこにいるか知りたいんです。ファー・イーストの配達で隣の州に行くこともあるって、前に仰ってましたよね。広く動けるお方なら調べられるんじゃないですか」

虎太郎はもう一度「お願いします」と頭を下げ、縋《すが》る眼差しで続けた。

「あなたを頼る以外にないんです。ルルは帰りたがっているんだ。あいつに出て行ってもらえと仰るなら、調べてくださってでも罰は当たらないでしょう」

眉を寄せて唸る佐藤に、スネルがにやりと笑った。

「頼られるのは男の誉れ。さて、どうします」

溜息をひとつ漏らし、佐藤は「やれやれ」と呆れ声を出した。

「すぐに分かるとは限らんぞ。飽くまで片手間に調べるだけだからな」

「あ……ありがとう、ございます」

虎太郎は満面に笑みを弾《はじ》けさせ、深く、深く一礼した。

＊

ルルを迎え入れることについては、初めはコロニーの皆に戸惑いがあった。だがルルは木の実や芋類の採集に長《た》け、それによって食料の事情を改善した。日を追うごとに、皆もルルを仲間と認めるようになっていった。

そして年が明け、一八七〇年の二月、コロニーに二百の茶の木が送られて来た。種から育てるのが難しいなら、ある程度育った木を送るという、ロートメンの判断であった。

以後、虎太郎は茶の世話を手伝い、西川が手空きの日には御式内の武技を教わった。毎日の魚獲りも続けている。あとは無事に茶が育ってくれるのを祈るのみ。さすればコロニーにも先行きの光が見えよう。そう思い、信じて、皆が懸命に働いた。

然るに、九ヵ月の後――。

「何てこった。また枯れちまった」

浅黒く骨ばった顔が悲しげに歪む。虎太郎が野良仕事を教わる松之助であった。

「残ってるの、あと何本だ？」

控えめに問う。松之助は背中を震わせながら、悔しげに「五十二」と返した。

コロニーに植えられた二百の茶は、夏が過ぎ、秋を迎えた頃から、次第に元気をなくしていった。十一月、雨季を迎えてからは根腐《ねぐさ》れを起こす木も増えている。昨年に種から育てた木も含めて、既に五十二本しか残っていない。そうと聞いて虎太郎の面持ちも曇った。

「皆、あんなに頑張ってきたのにな」

松之助にどやされ、突《つ》っ慳貪《けんどん》に扱われながら、日々の世話を繰り返してきたのだ。悔しいのは虎太郎も同じである。しかし松之助は、その気持ちが逆に腹立たしいようであった。

「うるせえ！　何もできねえくせに」

何かに当たらねばどうしようもない気持ちなのだろう。だが、そんな言い方はあるまい。思う心に、ついつい仏頂面になる。

「……いや。すまねえ」

珍しく松之助が詫《わ》びた。野良仕事を教わって一年半近く、確かこれで二度目のはずだ。そのくらい心が萎れているのだろう。

「おいらの持ち場は四本しか残ってねえ。お武家が手伝うまでもねえさ。戻って構わねえぞ」

悄然《しょうぜん》とした声音から、ひとりにしてくれという気持ちが漂っている。素直に聞く方が良さそうであった。

「……分かった。スネル殿に報《しら》せておくよ」

短く返して茶畑を去る。今にも泣き出しそうな空の下、住まいに戻る足取りも重い。数歩を進むごとに溜息が漏れた。

玄関を抜けてすぐの居間では、おけいが所在なさそうに佇《たたず》んでいた。

「あ。虎太ちゃん」

ひと言「おう」と返し、丸テーブルの対面に腰を下ろす。眉を寄せてうな垂れていると、茶畑が思わしくないと察したか、労《いた》わるような声が向けられた。

「今ね、佐藤さんがお見えなの。大丈夫よ、きっと次の援助の話だから」

「だといいな」

ぼそりと返す。すると今度は、無暗《むやみ》に明るい声が寄越された。

「ルルちゃんのこと、シャイアンの話も何か分かったみたいよ」

虎太郎は「え?」と顔を上げた。シャイアン云々で気を支えられたのではない。むしろ逆の驚きだった。おけいの声が明朗だったからこそ、元気を取り繕ったのだと分かる。その裏には隠しきれぬ疲れが色濃く滲《にじ》んでいた。

改めて幼友達に目を遣れば、丸みのあるかわいらしい顔も少しやつれ、艶《つや》が失《う》せている。誰よりも苦しいのはコロニーの長たるスネルであり、おけいも妻として胸を痛め続けてきたのだ。浮かぬ顔を見せて余計に心配をかけたろうか。それではならじと、虎太郎は笑みを作った。

「ありがとうな。後で佐藤さんに――」

その言葉が終わる前に、スネルの執務室から怒鳴り声が飛んで来た。

「何を仰せか！　ここで梃入《てこい》れをせずにどうするんです」

佐藤であった。これほど激昂《げきこう》した声は、ついぞ聞いたことがない。

「九月の園芸共進会に出品して、コロニーの茶は好評を博したのですぞ。ファー・イーストにも山ほど注文が入っている。木が枯れて品を出せないなどと言ったら、ワカマツは信用を失うばかりだ」

「そうならないように、皆が懸命になっている。君は商人で、茶の育て方は知らんのでしょう。我々を信じて任せてくれ」

スネルの声も大きくなった。が、それで怯《ひる》む佐藤ではない。

「信じて任せた結果が今の有様なんだ。ロートメンも追加の援助には及び腰で、今度ばかりはファー・イーストが口添えしても無駄ですぞ。コロニーを立て直したいなら、スネル殿が資金を工面する以外にないでしょう」

おけいが、はらはらしながら廊下の奥を見つめている。虎太郎も胸の内は同じだった。執務室と、そのドアが荒っぽく開けられた。佐藤が「憤懣《ふんまん》やる方ない」という面持ちで出て来て、執務室の中に呼ばわった。

「今年の茶についてはファー・イーストが損を被《かぶ》ります。ですが次はありません」

ずかずかと廊下を進んで来る。そして虎太郎の姿を認めると、少し気持ちを落ち着けようとしたのだろうか、大きくひとつ息を吐き出した。

「三村君、ちょうどいい。シャイアンの居場所が分かった」

返答はいらぬとばかり、矢継ぎ早に言葉が連ねられた。曰《いわ》く、シャイアン族はいったん離散した後、少しずつ集結している。テキサス州にその一団がいて、バイソンの狩猟地を巡ってアメリカのハンターと折衝《せっしょう》を繰り返しているそうだ。

「ルル嬢は今日も芋掘りだろう。戻って来たら伝えてやるといい。以上だ」

言うだけ言って足早に立ち去る。玄関のドアを閉める音が、常より多分に大きかった。

知りたいと思ってきたことが、一年かけて明らかになったのは喜ばしい。だが、その喜びに石でも乗せられたように胸は重く、虎太郎の面持ちは陰鬱《いんうつ》であった。

無言でいることしばし、奥の一室から今度はスネルが出て来た。何かに思い悩みつつ、一方では決意といったものが同居している目であった。

スネルは静かに廊下を進んで来ると、虎太郎など目に入らぬかのように、おけいに向いて丁寧に頭を下げた。

「すまない。一度、日本に行って来る。資金繰りのためだ」

あの官軍との戦いも既に二年前となるが、そこに当てがあるという。スネルが武器を都合していた奥羽列藩《おううれつぱん》のうち、米沢藩《よねざわ》の未払いが二万両も残っている。日本外務省を通じてその支払いを求めるつもりらしい。

「とは言え、日本では私の命を狙う者もある。おけいは連れて行けない」

不在の間、コロニーは西川友喜に任せる。安心して待て。スネルはそう言って、おけいの頬を優しく撫でた。

その晩、虎太郎はルルにシャイアンの話を明かした。だがルルは、春になるまでコロニーに留《とど》まると言って聞かなかった。

「まあ……冬の旅は色々と危ないし、身に応えるだろうからな」

床に布《し》いた寝藁《ねわら》の布団から声を向ける。右隣の寝台から小さく笑い声が届いた。

「それだけじゃないよ」

ルルは言う。コロニーが左前になっているのは承知している。助けられ、一年も世話になってきたのだから、今の状況で自分だけが意志を通す訳にはいかないと。

「スネル、春には帰るんだよね？　それまで芋掘って、皆のご飯の足しにする」

「それでいいのか？」

シャイアンは移住を繰り返す部族である。佐藤の話は今のことであって、時が過ぎれば諸々が変わるかも知れない。

しかしルルは迷いなく「構わない」と返した。

「これまでと違って手掛かりはあるだろ。皆がどこに集まってたか知ってりゃ、後は追えるよ」

虎太郎は「そうか」とだけ返した。自分は、自らの何かを変えたいと思ってきた。ルルは自身の願いより皆の幸せを先に考えている。強いな、と思った。

幾日か後、十二月の初めになって、スネルは日本へと発《た》った。

虎太郎とルルは各々《おのおの》の役目に没頭した。ルルは特に熱心で、日のあるうちはずっと野山に分け入ってあれこれを探している。コロニーで過ごした一年で近辺の地形も覚えたそうで、収穫のない日は稀《まれ》であった。

＊

十二月も末の、ある日の夕暮れであった。

今日の農作業を終えた虎太郎は、御式内の稽古をすべく、ひとり家の外に出た。西川は物資の調達に出ており、もう少ししないと帰って来ない。そうした日は教わった型を反復して、体に叩き込むのが常であった。

この先どうなるのだろう。スネルの資金繰り次第とは言え、今のままで良いはずがない。何かを摑《つか》み取ろうとアメリカに来たのなら、自分にも他にできることはないだろうか。絶え間なく焦《じ》れ続ける心を、今だけは努めて静め、正座して十も数えるほど佇んだ。そして。

いざ、と素早く右膝を立て、踏み切って左半身に飛ぶ。左右の半身を繰り返し、二十メートルを進む。三つ数えるほどの間であった。

「少し遅いな。もう一度だ」

息が切れるほど同じ型を繰り返した。百秒ほど身を休め、次は歩く格好から半身になって素早く前に出る型に取り掛かる。と、少し向こうの薄闇に人の気配がした。

「西川さん？　お帰りなさい」

「残念。人違いだね」

英語が返ってきた。誰だ——思いつつ身構える。相手は黒い背広姿の、白人の男だった。大柄な体《たい》躯《く》は見るからに屈強そうである。髪は鮮やかな銀髪、透けるほど白い肌のせいで赤ら顔に映った。スネルや西川が白人を連れて来たことはあるが、その中にはない顔だ。

「どなたですか。責任者は不在ですが」

男は小さく首を横に振り、薄笑いで応じた。

「責任者に用はない。ルルというインディアンの娘がいるだろう。引き渡してもらいたい」

ぞくりと、背筋に粟《あわ》が立った。白人と先住民の関わりは承知しているが、ルルを名指しする以上、これは訳が違う。どう返すべきか。ルルの存在を認めてはならない。

「そんな娘はいませんよ。しかもインディアンですって？」

男の薄笑いが深くなった。

「嘘《うそ》は感心しないな。シャイアンの足取りを探る男がいると聞いて、そこを糸口に調査は済んでいるのだよ。ルルは間違いなく、このワカマツ・コロニーに身を寄せている」

シャイアンの所在を探っていた男とは、佐藤に違いない。自分が頼み、佐藤が動いたことで、逆に嗅ぎ付けられてしまったか。

それにしても、未《いま》だにルルを追っているとは。軽く眉が寄った虎太郎を見て、男は不敵に頬を歪《ゆが》めた。

「ルルを引き渡すなら誰にも危害は加えない。君も痛い目は見たくなかろう？」

やり過ごすことは、できそうにない。そして。

男は確かにワカマツ・コロニーと言った。ここにいるのが日本人移民だと承知していて、見下している。東洋の島国から来た猿め、農園で働く有象無象《うぞうむぞう》などに後れを取るものかと、そういう目つきだ。

それが虎太郎の負けん気を激しく煽《あお》り立てる。やり過ごせないなら退けるまでだ。

「俺に痛い目を見せるって？　どうやるんだ」

男は無言で懐に手を入れ、拳銃を抜いてこちらに向けた。口を割らないなら殺してやると、気配が語る。ならば威嚇《いかく》の発砲などせず、こちらの胸を狙って撃つのは明らかだ。

「さよなら」

呟《つぶや》くように男が発した。虎太郎の目は相手の右手、人差し指だけに向いている。わずかな、指に力を込めようとする動きの予兆――。

銃声が、響いた。

だが命中していない。御式内、徒歩の型・其之一――立って相手に正対していた虎太郎は、刹那《せつな》のうちに地に伏し、狙いを外していた。

すぐに身を起こして左半身の構えを取る。男は「ほう」と感心したように目を見開いた。

「驚いたな。少しばかり君を見くびっていたようだ」

もっとも口で言うほど驚いてはいない。それが証《あかし》に、この寸時で再び虎太郎に照準が合わされている。

実に手強《てごわ》い。この隙のない男を相手に、いつまで銃弾を避《よ》け続けられるだろうか。

「どうしたね。掛かって来ないのか?」

男が、にやりと頬を歪める。そこへ——。

「そのお言葉に甘えるよ」

左の向こうから西川の声が渡る。同時に、目の前の男とは別の銃声が響いた。

「ちっ……」

男は舌打ちして地に伏せ、銃弾を避けた。

ここだ——虎太郎は右手の拳を一角に固めて飛び込み、頸椎《けいつい》の裏、盆《ぼん》の窪《くぼ》を目掛けて振り下ろした。刺し貫けば命さえ奪える急所である。拳の打撃ではそこまでのことはできないが、渾身《こんしん》の一撃を叩き込めば、しばらく動きを止めるくらいはできる。

そのはずだった。しかし。

男は驚くべき速さで身を転がし、すんでのところで拳を避けた。虎太郎の右手は相手の背広の懐を掠め、ボタンを千切り飛ばすのみであった。

「三村、離れろ。おまえがいては撃てん」

西川の指図に従い、さっと二歩を飛び退《の》く。左から三つ、立て続けに銃声が飛んだ。しかし男はまた地に伏せて身を転がし、銃弾から逃れる。そして素早く身を起こして拳銃を乱射した。

「うっ」

不意に西川の声が上がった。虎太郎が「え」とそちらを向くと、視線の先にある姿は左の二の腕を押さえ、面持ちを歪めていた。

「西川さん」

「掠り傷だ。構うな」

返答を得て、襲って来た男へ目を戻す。だが既に姿はなかった。この短い間に逃げたらしい。

「森の中か。出て来い、卑怯者《ひきよう》!」

御式内の動きで身を躍らせ、虎太郎が駆け始める。が、西川に「待て」と制され、ぐいと地に足を踏ん張った。

「どうして止めるんです」

「罠《わな》が仕掛けてあるかも知れん。そうでなくとも、奴の仲間がいたらどうする」

御式内の動きなら拳銃を相手に戦うこともできる。だが三人、四人に囲まれたら避けるだけで精一杯だ。二人で動かねばならない。西川に言われ、虎太郎は「はい」と肩の力を抜いた。

「あいつ、ルルを引き渡せと言いました」

理由は何か。あの男の意志か。誰かに頼まれたのか。なぜルルの如《ごと》き小娘を狙う。聞きたい話が山ほどあったのに――虎太郎のその言葉に、西川は「甘いな」と応じた。

「当然のようにおまえを殺そうとする奴だ。容易《たやす》く口は割らんよ。それより傷を縛ってくれ」

発しながら歩を進め、近寄って来る。虎太郎は懐から手拭《てぬぐ》いを出した。

「座ってください。まず体を落ち着けないと」

西川は額に脂汗を浮かせ、顔を歪めながら静かに座った。

掠り傷とは言いつつ、背広の中の肉は明らかに削《そ》げていた。ただ、銃弾の熱で肉が焼けているせいか、出血はそう多くない。それを確かめ、手拭いを二つに裂いて片方を折り畳むと、傷に当てる。その上から、裂いた手拭いのもう一方で縛り上げた。やはり痛みは強いのだろう。西川の喉から「んん」と苦しげな唸り声が漏れる。

その声が、はたと止まった。

「おい見ろ」

西川の手には一枚の厚紙があった。

「そこに落ちていた。あの男のものだろう」

先ほど虎太郎が放った一撃で、相手の背広からボタンが飛んだ。ここで転げている間に内ポケットから落ちたのではないか。その見立てと共に手渡され、目を落とす。どうやらそれは、あの男の身分証らしかった。

「ピンカートン……探偵社？　チーフ・エージェント。エリック・マッケンジー」

「参ったな。面倒な奴らだぞ」

ピンカートン探偵社は、かつてリンカーン大統領の暗殺を未然に防いで名を上げた。その一件以来、アメリカ政府や州政府、企業などから諸々の依頼を請け負うようになっている。ストライキ、すなわち労働者が待遇の改善を求める運動を潰す。無法者を捕縛する。それができなければ殺す。商売敵を陥れる。如何なことでも金次第で引き受け、目的の達成には手段を選ばないのだとか。

「エージェントの数は、今では陸軍の兵に匹敵するそうだ。それを全土で動かしている」

「……化け物みたいな会社じゃないですか。そんな奴らが、どうしてルルを」

虎太郎の顔が、さっと青くなる。西川は大きく首を横に振った。

「理由ならルルに聞く方が早い。身に覚えがあるはずだ」

確かに――虎太郎はゆっくりと頷き、固唾を呑んだ。

三　旅立ち

家に引き上げてから改めて襲われては堪《たま》らない。その可能性があるかどうか、しばし慎重に森を探る。しかしどうやら罠《わな》もなく、ピンカートンの仲間も潜んでいないようであった。

まずはひと安心と家に戻る。道中、虎太郎《こたろう》は懸念《けねん》を漏らした。

「コロニー、大丈夫かな。今夜はいいとしても、またすぐ襲われるんじゃないですか」

エージェントに逃げられたからには、それをこそ警戒せねばならない。しかし西川《にしかわ》は、こともなげに「問題ない」と返した。

「奴らの狙いはルルだ。あの子がここにいなければ手は出さんよ」

「放り出せって？」

「最悪そうなる。今回ばかりは佐藤《さとう》さんを頼る訳にもいかん。まあ……正しくは金がないから頼れないっていう話だがな」

佐藤の勤めるファー・イースト・プロダクトはギャング組織と繋《つな》がりがあるのだという。この伝手《つて》でギャングに金を払えば、ルルを匿《かくま》うくらいはできるらしい。

「ファー・イーストって、そんな物騒な会社だったんですか」

「この国ではよくあることだ」

開拓の只中《ただなか》にあるアメリカ西部は、法治の行き届かないところも多い。連邦保安官にも無法者と大差ない輩《やから》があり、ある程度大きい商会は大概がギャングと持ちつ持たれつだという。

虎太郎は「うわ」と眉を寄せた。

「とんでもない国だな。この近所は平和そのものだったけど」

「日本も他国のことは言えんよ。江戸や上方の目明《めあか》しは元々やくざ者だからな」

語るうちに家の玄関に至った。今時分なら芋掘りから帰ったルルが湯を使っている頃だ。

「ただいま」

玄関のドアを開けると、おけいが夕食の支度に勤《いそ》しんでいた。と、奥へ通じる廊下からルルの赤茶けた肌が顔を出す。どうやら、ちょうど湯浴《ゆあ》みが済んだようだ。

「虎太郎、友喜《ともき》。お帰り」

何も知らぬ幸せそうな笑みである。この顔を見ると色々訊《たず》ねるのは気が進まない。が、だからと言って捨て置く訳にはいかなかった。

「ルル、ちょっと来い。大事な話がある」

二人が寝起きする部屋に引っ張って行き、ルルを寝台に腰掛けさせる。虎太郎はその右隣に座り、西川は二人と対面して椅子に腰を下ろした。

「一年前、俺がおまえを助けた日だ。あの時からずっと、聞きそびれていたことがある」

切り出すと、ルルの目が軽く見開かれる。虎太郎は眉を寄せ、鼻から大きく溜息《ためいき》を抜いた。

「何の話か分かったらしいな。おまえが追われていた訳を訊《き》きたい」

アメリカと先住民の関係が悪いことは既に聞いた。そうでなくとも、この国に一年半もいれば分かる。だがルルはただの小娘なのだ。千二百マイルも逃げねばならぬほど、執拗《しつよう》に追い回されたのはおかしい。話したくない、触れられたくないという気持ちを汲《く》んで問わずにきたが、既にそれでは済まなくなっている。

「ピンカートンって探偵社の奴が、おまえを探しに来た。俺と西川さんで追い払ったけどな。どうしてだと思う」

虎太郎の問いに続き、西川がじろりとルルの目を見た。二人の眼差《まなざ》しが強い。言い逃れはできないと観念したのだろう、ルルは軽く俯《うつむ》き、十も数えるほど押し黙った後でぼそりと呟《つぶや》いた。

「……黙ってて、ごめん」

「聞かせてくれ。できることなら力になりたい」

虎太郎の言葉に、ルルが右目からひと粒の涙を落とす。土で荒れた指で目元を拭い、俯いた格好で小さく頷《うなず》いた。

「ピンカートンはカスターが雇った。多分、だけど」

「いや、ちょっと待て！　今、何て言った。カスターとは、ジョージ・アームストロング・カスターか？」

途端、西川が泡を食って遮《さえぎ》った。気圧《けお》されたルルが、おずおずと応じる。

「そういう名前だったと思う」

「おいおい、参ったな……。大物だぞ」

呆《ほう》け顔の西川に目を向ける。眼差しの問う意味を察したのだろう、小さな頷きに続けて仔細《しさい》が説明された。

「日本に黒船が来た少し後だ。アメリカではシヴィル・ウォーと呼ばれる戦があった」

アメリカ北部と南部の戦い、南北戦争である。アメリカ南部にはコーヒーや綿花の大規模な農場——プランテーションがあるが、その働き手はアフリカ大陸から無理やり連行された黒人奴隷だった。さらには一部のアメリカ先住民もこの「牢獄《ろうごく》」に繋《つな》がれていた。

「奴隷がいなければ南部の産業は成り立たない。だが北部は人の道に則《のっと》って奴隷を解放するように求めた」

「何が人の道だか」

虎太郎は吐き捨てて、鼻から不愉快な笑いを漏らした。西川が軽く頷く。

「ともあれ、そういう対立があって戦になった。勝ったのは北部だ」

「カスターは大物だって仰《おつしや》いましたよね。北部の軍人だったのですね？」

「ああ。若くして幾つも手柄を上げて、英雄と呼ばれた男だ」

危険を顧みず果敢な攻めに打って出て、勝利を捥《も》ぎ取ってきたからだという。ただし人となりは傲《ごう》岸不遜《がんふそん》で、戦果を上げたやり方からも分かるとおり功に逸《はや》りやすい。さらには残虐な手口も厭《いと》わないため、評判は良くないのだとか。

「そういう男だから、戦後は重んじられなかったそうだ」

虎太郎は「なるほど」と溜息をついた。

「カスターはウォシタ川って場所でルルの部族を襲って、人殺しを楽しんでいたそうですよ。あんまり酷《ひど》い話だから、誰にも言わずに来ましたけど。西川さんの話を聞いて納得しました」

西川は「やれやれ」と強く眉を寄せた。

「そうか。ルルにとっても、シャイアンにとっても宿敵って訳か。だが」

「ええ。それだけじゃ、ピンカートンを雇ってまでルルを追う理由にはならない。先住民を叩《たた》いて英雄に返り咲きたいのかも知れないけど……」

「いや。それなら、なおさらルルに構っている暇なんかない」

別の理由があるはずだ。二人が揃《そろ》って目を向けると、ルルは観念したように息をつき、すくと立って寝台の陰から革袋を取り出した。口の紐《ひも》を解いて中に手を入れる。

取り出されたのは紙だった。大きめの製図用紙を折り畳んだものらしい。西川が受け取って開く。しばらく目を走らせるうち、不意にその顔が青くなった。

「どうしたんだ、これは。機関銃の設計図じゃないか。しかも新型だ」

「機関銃っていうと、ガトリング砲ですか？」

その銃については虎太郎も耳にしたことがあった。幕末、会津《あいづ》での戦争と同じ頃、越後《えちご》の長岡《ながおか》藩も官軍と戦っていた。その折、長岡藩はガトリング砲なる野戦砲を使った。歩兵が持つ銃と違って連射が利く。

西川は戸惑うように小さく頷き、しかし「そんな生易《なまやさ》しいものじゃない」と続けた。

「この設計図は恐らく試案の段階だが、ガトリング砲の弱点を改良したものだ」

ガトリング砲は銃の外側にハンドルが付いていて、これを手で回して銃弾を連射する。扱いの巧《うま》い者なら一分間に二百発も放てるが、ハンドルを回す速さが一定でないと弾詰まりを起こしやすい。また、あまりに速く連射すると銃身が熱くなって暴発の恐れもある。ルルが持っていた設計図は、この点を克服するものだった。

「俺は銃砲の専門家じゃあないから、細かくは分からんのだがな。これに書かれた文章を見る限り、撃った時の反動を使って次の弾を支度する仕組みらしい」

それによって均一の速さで弾を装塡《そうてん》できる。弾詰まりも起こさず、連射が速すぎて過熱することもない。その説明だけで、虎太郎は背に粟《あわ》を立てた。新型の機関銃は、練度が十分でない者さえ恐るべき兵に作り変えてしまう――。

「ルル。おまえ、これをどこで手に入れた？」

身震いしながら問う。呟くような声が返された。

「盗んできた。白人の工場から」

そして軽く息をつき、この物騒なものを手に入れた過程と理由を細かに語っていった。

＊

四年前。ルル、まだ八歳――。

「母様」

夕暮れ近い小さな森の中、震える声でひとつ呟いた。逃げ遅れて、幼い胸には心細い思いが満ちている。頼れるのは共にある母のみであった。

母はルルを抱きかかえ、さらりと頭を撫《な》でて「大丈夫」と笑みを作った。

「もう少し。夜になったら、この森を出られるから」

木の葉に遮られた夕日が、時折ちらちらと漏れ入って来る。この頼りない明かりがなくなったら、アメリカ兵も追っては来られないだろう。母はそう言う。

「父様は?」

「分からない。でも、きっと逃げているわ」

穏やかな、しかし強張《こわば》った声音には不安が滲《にじ》んでいた。

なぜアメリカ人はシャイアンを襲うのだろう。なぜ逃げねばならないのだろう。何も悪いことはしていないのに。どうして殺されなくてはいけないのだろう。そう思うと胸が痛い。母も同じなのだろう、この身に伝わる温《ぬく》もりも小さく震えている。

森の切れ目の向こう、小川の畔《ほとり》から、またひとつ叫び声が届いた。

「やめろ！　この野郎め。い、あ、ああ！」

苦しげな声、痛みに悶《もだ》える悲鳴は同族のものだった。二百メートルも離れているというのに、周囲の山々に木霊《こだま》して幾重にも響き、否応《いやおう》なく耳に入ってくる。

「もうやだ……」

ひとつの囁《ささや》きと、それに続いて小さな嗚咽《おえつ》が漏れる。母はルルの口を押さえて憐《あわ》れみの眼差しを寄《よ》越《こ》し、それを以《もっ》て「声を上げてはだめ」と示した。

小川の畔は今朝までシャイアンの野営地だった。バイソンの革で作ったテント――ティピーが並び、小さな村を作っていた。しかし今、そこはアメリカ兵の野営地となっている。

今日も襲われた。そして負けた。

こうした時の常で、シャイアンの皆は散りぢりに逃げた。いずれ別の地に至り、そこに流れる川を見付けては、少しずつ河原に集まってゆく。

また皆と一緒に暮らせるのは、いつの日になるのだろう。

だが、決して元どおりにはならない。同族の戦士たちが戦って死に、アメリカ兵に囚《とら》われた者も、こうして殺されてゆくのだから。

「次を連れて来い」

兵隊を率いる者が居丈高《いたけだか》に呼ばわっている。シャイアンの戦士たちからカスターという名を聞いていたが、その男なのだろうか。木霊して届く声には、野心に逸る不遜《ふそん》な人となりがありありと表れていた。

またひとつ、同族の絶叫が渡って来る。アメリカ兵に囚われた命が、またひとつ奪われた。その度にルルは奥歯を噛《か》み、声を殺して涙を流した。

「次だ」

いったい幾人の血を見れば気が済むのだろう。いつになったら、この森を出られるのだろう。父は本当に逃げ果《おお》せたのだろうか。母と自分は、本当に無事に逃げられるのか。

それでも、もう少しで日が落ちる。暗くなりさえすればと、必死で心を励ました。

しかし――。

「カスター、この悪魔め!」

遠く渡った戦士の声。あまりにも慕《した》わしく、あまりにも頼もしいその声に、ルルは驚いて目を見開いた。

「父様……嘘《うそ》だ」

父は逃げ延びていなかった。アメリカ兵に、カスターに捕まっていたのだ。

「仕方ないこと。父様は戦士なんだから」

勇敢に戦い、守るべき者のために最後まで踏み止《とど》まる。戦士の役目を全うした上で捕われたのだから、むしろ父を誇りに思いなさい。母の悲しげな声に、ルルの身が強く震えた。

「シャイアンの戦士・ミンニンネウアの名と命を捧《ささ》げ、天に願い奉る。悪鬼カスターの身に必ずや罰を下されませい！」

いざ惨殺されると分かっていて、父はなお勇ましく声を張る。カスターと思《おぼ》しき声が、さも小馬鹿にしたように哄笑《こうしょう》した。

「邪教の神が何だと言うのだね。我らは正しき造物主の子なのだ。おまえの呪いなど蚊が刺したほどにも効きはしないだろう」

そして怒りに満ちた「やれ」のひと声が続く。思わず駆け出しそうになったルルを、母は決して放すまいと強く抱き締めた。

「む……あ、あ。いぎっ」

父が何をされているのかは、見なくても分かった。頭の皮を剝がれているのだ。

先住民は本来、名誉を傷付けられた時にしか戦わない。その戦いに勝った場合、相手の名誉を奪うために頭皮を剝ぐ習わしがある。

しかし先住民は、骸《むくろ》となった相手から頭の皮を奪うのみなのだ。カスターは相手が生きたままそれを行なっている。

「い、あ、ぎあああああっ！」

父の我慢が押し切られ、ついに悲鳴が上がった。ルルの耳を母が塞ぐ。

だめだ。聞いてしまった。ほんの少しでも、耳に入ってしまった。

ルルの大きな両目から、ぼろぼろと涙が零《こぼ》れ落ちた。努めて噛み殺していた声が、天地を震わせんばかりに叩き出される。

「嫌だ！　やだ！　父様、父様！」

恐ろしい力が総身を動かした。母の腕を振り解《ほど》き、脱兎《だつと》の勢いで駆け出す。

森の切れ目から遠く向こうでは、小さな人影が頭を真っ赤に染めて、がくがくと身を震わせていた。

「父……様」

呆然《ぼうぜん》、愕然《がくぜん》として足が止まる。見遣《みや》る先で、金色の襟《えり》に深紅のネッカチーフという軍服がこちらを向いた。自然と共に生きる身にとって、二百メートル先を見分けるのは容易《たやす》い。癖毛に高い鼻の男――ジョージ・アームストロング・カスターの口髭《くちひげ》が、にやりと動いた。

「生き残りがいるな。子供だ。捕えて連れて来い」

悠々と部下に命じている。それに従って数人が小走りに向かって来た。

「だめ！」

母が追って来て前に立った。そしてルルの頬を強く張り倒す。

「逃げなさい。あたしが捕まって食い止めるから」

この上なく恐ろしく、かつ一片の曇りもない慈愛の眼差しだった。

「あんたが生きていれば、父様も母様も生きていることになるの。だから早く！」

母の情と声に突き飛ばされるように、ルルはふらふらと後ずさりした。

そして逃げた。泣きながら、ひたすら走った。走り過ぎて胸が潰れても構わない。逃げて、走って、それで死んでも構わない。ただ、生きたままアメリカ兵に捕まってはならない。その一念であった。

＊

四年前を語り、ルルは涙目で「ふう」と息をついた。

「運良くね。本当に運良く、五日後に同族と落ち合えた」

それがルルの大叔父、ブラック・ケトル酋長《しゅうちょう》の一団だったという。以後、ルルはこのバンドに身を置くことになった。

カスターの蛮行を聞かされて、虎太郎の身は激しく怒りに打ち震えた。

「何て奴だ。本当の鬼じゃないか」

ルルは小さく首を横に振り、寂しげに笑みを浮かべた。

「あたしにとっては、それが全ての始まりだった」

「……四年前なら、ウォシタ川の一件より前だな」

ルルは「ずっと前だよ」と頷いて続けた。父と母を殺されてからずっと考えていた。アメリカ軍にひと泡吹かせるにはどうすれば良いか、と。

「それでね。一昨年《おととし》の夏にシャイアンを離れて町に潜り込んだ。アメリカの民になるって嘘をついて、銃の工場で掃除婦になった」

先住民にはアメリカの迫害に抗《あらが》う者と、世の流れには逆らえないと諦めて白人に同化する者がある。ルルは後者の存在を逆手に取ったのだ。

「銃の弾、盗んでやろうと思ってさ」

先住民が使う銃は元々、白人との取引で手に入れたものだ。これがあるからこそアメリカ兵とも戦える。一方、先住民には大きな泣きどころがあった。銃の手入れや修理はできても、弾丸は作れないのだ。銃弾は白人と取引して手に入れるか、白人との戦いで戦利品として分捕《ぶんど》るしかない。使い果たせばそこまでになってしまう。

シャイアンもそれは同じだった。ならば、せめて同族の戦士たちが少しでも安定して戦い続けられるようにと、大胆な行動に訴えた。

「でも弾は盗めなかった。あたしら掃除婦は、弾を作ってる時には工場に入れないんだ。作った弾だって、すぐ倉庫に仕舞われる。持ち出す隙がなかった」

無駄なことをしたのかも知れない。そう思い始めた頃のある日、何とカスターが工場を訪れたのだという。

「廊下の掃除をしてたんだ。そうしたら、あいつが来て」

大いに驚き、激しく心を乱しつつも、ルルは端に避《よ》けて身を小さくした。カスターは掃除婦などには一瞥《いちべつ》もくれず、工場の社長と技師に導かれて狭い会議室に入って行った。

「少ししたらカスターが大声を出した。これはすごい銃だぞ、って廊下まで聞こえてきた」

アメリカ軍が今まで以上に優れた銃を持ってしまう。その脅威に、総身が痺《しび》れるほど愕然とした。シャイアンの皆にこのことを教えなければと、ルルはその場を離れようとした。

しかしその時、建物の入り口から小走りに駆けて来た者があった。

「カスターの部下が呼びに来たんだ」

細かいところは分からないが、急用らしかった。カスターは「すぐ行く」と言って、今度も社長と技師を伴って慌ただしく去った。

「あたし見たんだ。その時、三人とも何も持ってなかった」

だとしたら。先ほどカスターが驚愕した何かが、この会議室に残っているのではないか。ルルはそう思って中に入った。

「この設計図が、ぽんと置かれてた。机の上に」

ルルには機関銃が如何《いか》なるものか分からない。が、兵の一隊を指揮する男が「すごい銃だ」と言うほどである。銃弾を持ち出せないのならばと、設計図を奪って工場から逃げ出した。

「それから、すぐに追われるようになった。まあ当然だね。設計図が消えて、あたしが消えたんだ。怪しいのは、あたしってことになる」

仔細を聞いて、虎太郎は「うん？」と首を傾《かし》げた。

「ねえ西川さん、おかしくないですか。ルルの話を聞く限り、先住民は銃弾ひとつ作れない訳でしょう」

この設計図がシャイアン族の手に渡ったところで、カスターがルルを追う必要があるのだろうか。しかもピンカートンまで雇って追わせるとは、とても思えない。

西川は生来の吊《つ》り目を「いや」と引き締めた。

「先住民には無理でも、スペインになら作れると思ったんじゃないか」

そう言って椅子から立ち上がり、壁に貼ってあるアメリカの地図を指差した。

「カリフォルニアからずっと東に行くとニューメキシコ準州だ。ここは昔、スペインの植民地だった。

スペインからメキシコが独立して、さらにアメリカがメキシコと戦って分捕った領土だ」

複雑な経緯でアメリカの国土となった地ではあれ、今でもスペインの影響は強い。白人にも先住民にも、スペイン人に伝手のある者もいるだろう——。

西川の言に、ルルが静かに頷いた。

「シャイアンをまとめる人たちね、他の部族と色々話し合うことも多いんだ。大叔父様に設計図を渡して、その伝手で他の部族に……。そこからスペインまで話を通してもらえば」

虎太郎は固唾《かたず》を呑《の》んだ。これが形になれば、どうなるか。

「先住民は、アメリカ軍に勝る力を得ることに」

西川が「ああ」と頷いた。アメリカにとっては相当な痛手だろう。騎兵隊では、もう先住民には敵《かな》わなくなる。そして。

「もしスペインが先住民に手を貸すなら、話は機関銃に留《とど》まらないだろう。先住民に大砲を使わせることだって考えられる」

その時に失われるのは、アメリカ兵の命だけではない。国土をも失いかねないし、より激しい戦闘が長く続く恐れもある。アメリカ合衆国がそこから破綻《はたん》する可能性すら、あり得るのだ。

西川の懸念《けねん》を聞いて、虎太郎は「む」と唸《うな》った。

「だからカスターは、何としてもルルを捕えようと——」

ぎくりと、言葉が止まった。まさか。もしかしたら。

「おい。ウォシタ川の話って、おまえが設計図を盗んだ後なんだよな?」

声を向けられて、ルルは身を小さく固めた。

「ウォシタ川のことは……あたしが皆のとこに帰った、その日のうちだった」

愕然とした。ウォシタ川での虐殺はそのために引き起こされたのだ。カスターはルルひとりを始末するために、女子供だけの時を狙ったのである。

口を半開きにしたままの虎太郎を見て、ルルの顔に自嘲《じちょう》の笑みが浮かんだ。

「あんた顔に出やすいね。そうだよ。あたしが原因」

設計図を持って帰り、誰に渡す間もなく襲われた。自らがその虐殺を招いたと理解しているがゆえ、かえって言い出し辛《づら》くなった。悩むうちにサミット・スプリングスの戦いが起き、ブラック・ケトル酋長も世を去ってしまった。以後、ルルは逃げに逃げて、ワカマツ・コロニーに辿《たど》り着いた。

「でも……サミット・スプリングスの時は別の大将だったんだろ。カスターが設計図のことを軍に明かして、シャイアンの近くにいる部隊が寄越されたってことか？」

虎太郎はそう理解した。が、西川は大きく首を横に振った。

「ウォシタ川の一件を聞く限り、違うと思うぞ」

重要な機密が盗まれたのは、そもそもカスターの不注意ゆえである。功に逸りやすい男が、その不祥事をわざわざ他の者に話すだろうか。

「だから、設計図を奪い返すために虐殺を働いたのだろうさ。だが如何な襲撃であれ、軍が動く第一の目的は敵の殲滅《せんめつ》だ」

然《しか》るにカスターは男たち――最も厄介で、殲滅すべき戦士たちが不在の時を狙った。これでは何人を討ち取ろうと戦果とは言い難い。だからサミット・スプリングスでは戦闘から外され、他の将校が寄越されたのではないか。

西川の考えを聞き、虎太郎は眉を寄せた。

「色々ややこしい話だけど……。カスターは、自分の手でルルを始末できないからピンカートンを雇った。そういう訳か」

ルルは俯《うつむ》いて身を縮めた。

「……黙ってて、本当にごめん」

西川は「やれやれ」と溜息をついた。

「俺も迂闊《うかつ》だったよ。アメリカ軍が本気で追うなら、あっちこっちで家探しくらいはしていたろうに。さて……だとすると」

森の中を調べて戻る際、西川は、場合によってはルルを放り出さねばならないと言っていた。まさに、その「場合によっては」だ。

この子を守ってやらねば。同族の許《もと》に帰りたいと言うのなら叶《かな》えてやらねば。ずっとそう思っていた虎太郎にとって、放り出すというのはあまりに忍びない話だった。しかし、そうしなければコロニーが危ない。

その思案を断ち切るように、ルルが「決めた」と発した。

「あたしはカスターやピンカートンから逃げて来たけど、それだけじゃないんだね」

同族に無用の苦難を強《し》い、その罪からも逃れようとしていた。そして今、助けてくれたコロニーの皆にまで迷惑をかけている。自らを苛《さいな》むようにそう吐き出し、俯いていた顔を上げた。

「そんなの嫌だ。あたし、明日ここを出る。シャイアンに戻って皆に謝る。それで、必ずこの銃を作ってアメリカと戦うんだ」

眼差しに固い意志が結実している。虎太郎の肩から力が抜け、苦笑が漏れた。

「おまえ、やっぱり強いな」

西川が「ふう」と息をついて腕を組んだ。

「本当なら、これも佐藤さんに相談したいところだが」

それだけの時間はない。エリック・マッケンジーなるエージェントは追い払ったものの、ピンカートンがそのままで済ませるはずもないのだ。一両日のうちに人数を揃えて、再びここに来るだろう。

虎太郎も「ええ」と頷き、すくと立った。

「早いに越したことはありません。俺もルルと一緒に行きますよ」

難渋《なんじゅう》する茶の栽培に於《お》いて、自分は力になれずにいる。魚獲《と》りなら他の者にもできよう。ならば、口が減る方が皆のためになるのではないか。偽らざる本音である。

「何考えてんだ！　だめ！　これ以上あんたを巻き込むなんて」

ルルが血相を変え、虎太郎の左腕を取る。しかし、その裏に隠れたものがあった。嬉《うれ》しい、ありがたい、心強い。その気持ちである。押し殺すことはないのだと、虎太郎は娘の両肩に手を置いた。

「おまえは……って言うより、先住民は俺と似ている。他人《ひと》ごとには思えないんだよ」

官軍の我欲と横暴が会津を押し潰した。自分の味わった苦悩と理不尽を、アメリカは今、多くの先住民に与えている。暴虐を働いている。そんなことが許されて良いのか。思うからこそルルを支えたい。少しでも力になりたいと、切に願う。

同郷の西川には、何を言わずとも通じたらしい。黙って静かに頷いている。

対してルルは「訳が分からない」という顔をしていた。ただ、ひとり旅の不安はやはり大きかったのだろう。幼い面持ちが、次第に素直な笑みへと変わってゆく。

そして掠《かす》れる声で「ありがとう」と呟き、両の目から大粒の涙を落とした。

*

小袖に括《くく》り袴《ばかま》、腰にひと振りの刀。虎太郎の旅装束はアメリカに渡った時と同じだった。ルルは鹿革の服、腰巻に手斧《ておの》を二つ提げ、虎太郎の部屋で使っていた毛布を外套《がいとう》としている。十二月二十七日、あと五日で年も改まるという日の朝、空が白む前であった。

「西川さん。佐藤さんと、それからスネル殿が戻られたら、よろしく言っておいてください」

「たった一年だが、御式内《おしきうち》の技も俺の知る限りは教えたからな。ルルを守ってやれよ」

固く握手を交わし、次いで西川の後ろに目を向ける。おけいが掠れ声で別れを告げ、軽く背負えるほどの麻袋を差し出してきた。

「少しだけど干物と麦、持って行って」

「ありがとう。それと、すまない」

おけいの顔を見れば、心身共に疲れきっているのが分かる。さもあろう、コロニーの経営に苦悩する夫の姿に胸を痛め続け、挙句、ひとりアメリカで帰りを待っているのだ。それを残して旅立つのは、やはり心苦しいものがあった。

が、おけいは「ううん」と笑顔であった。

「虎太ちゃん、いい顔だもの。若松の焼け跡で会った時なんて、酷い顔してたんだから」

「そうだったろうな。でも」

今は違う。自分がそうするべきだと思うことを、成そうとしているからだ。その思いで笑みを返し、二人に向けて大きく一礼した。

「ルルをシャイアンに送り届けたら、きっと帰って来ます。しばし、さよならです」

「今日までありがとう。ワカマツに天の恵みのあらんことを」

虎太郎の左脇で、ルルも胸に右手を当てて頭を下げる。そして二人に背を向け、東に聳《そび》える山へと向かって行った。そちらの山肌は急峻《きゅうしゅん》で、ピンカートンの者が潜んでいる公算が低いからだった。

魚獲りをするグラニット川の森に比べ、この山は木が多い。日の出前ゆえ夜と変わらぬくらい暗かったが、ルルが日々の採集でこの辺りを見知っていたため、迷うことはなかった。

シャイアンが集結するテキサス州は、コロニーのあるエルドラド地方から遥《はる》か東南の先であった。シエラネバダ山脈の山裾に沿い、森に紛れてまずは南へ。カリフォルニア第一の町・ロサンゼルス近辺に至ったら、あとは荒野を踏み越えて東に進めば良い。持参した地図帳で見れば千五百マイル——二千四百キロメートルも離れている。何ヵ月もの旅となるだろう。とは言えその苦難に立ち向かう胸の内は、むしろ意欲に引き締まっていた。

「日が昇ってきたね」

しばらく進むとルルが左を向いた。虎太郎の目には、未《いま》だ明るさの変化を感じられない。

「山歩きはどう？　あたしは慣れてるけど、あんた疲れたんじゃない？」

「会津育ちを馬鹿にするなよ」

だが、さらに三時間近く進んだ頃には、虎太郎の草鞋《わらじ》の内は豆だらけになっていた。大木の根にひと休み、竹の水筒から水を飲みつつ、虎太郎は足の裏を見て眉をひそめた。

「……おお痛い。おまえ、これが平気なのか。足、どうなってんだよ」

「見る？」

ルルはバイソン革の履《くつ》を脱ぎ、足の裏を爪で弾《はじ》いた。コンコンと硬い音がする。すっかり胼胝《たこ》になっているようであった。やはりシャイアンの方が過酷な自然と共に生きてきたのだろう。

「違うものだな。お見それしました、ってところだ」

ルルは「あはは」と子供らしい笑いを漏らし、そして問うた。

「違う、か。でも虎太郎は、あたしと同じだって言った」

「それは身の上の話だ」

「ずっと聞いてなかったけど、どうしてこっちに来たの？」

同じ境遇だと言うのなら、詳しく知りたい。それは当然な心の動きだろう。あまり思い出したくないが、忘れられる話でもない。この先も長く共に旅するのだからと、虎太郎は掻《か》い摘《つま》んで話した。

「俺の国か。日本には帝《みかど》がいて、その下で幕府ってのが国の政《まつりごと》を視《み》ていた」

徳川幕府が歩んだ二百六十四年の大半は平穏な年月であった。それが変わったのはアメリカのペリー提督が江戸湾の浦賀に来航してからだ。

攘夷《じょうい》――外国人を追い払えと唱える者があり、時の帝・孝明《こうめい》天皇も熱心な攘夷論者だった。しかし幕府はアメリカと和親条約を結んだ。戦って追い払える相手ではないと判じたからだ。

それとて独断ではない。諸藩から意見を募った上での決定である。御三家の一、先代の水戸《みと》藩主・徳川斉昭《とくがわなりあき》は強硬な攘夷派だったが、その人でさえ条約締結は已《や》むなしと認めていた。

「だからって、ただで膝を折った訳じゃない」

西洋人の定めた「万国公法」なるものがある。それを浦賀奉行所の与力が熟知していて、法を遵守《じゅんしゅ》するようアメリカに求めた。ペリーにしてみれば意外であったろう。極東の蛮族と見下していた相手、しかも片田舎の役人が西洋の公法に則って理路整然と応対してきたのだから。

「そんな話も手伝って、幕府は取りあえず西洋とまともに付き合うことができた。少しばかり食い違いがあっても、どうにか波風立てずにやれていたんだ。商売も進めて、彼らの持つ銃や大砲を買い入れた」

西洋に見劣りする武備を一新し、戦って負けないだけの力を得ようとしたのだ。だが西洋との交流が頻繁かつ密になると、これを梃子《てこ》に幕府を潰そうと企《たくら》む者が出てきた。長州藩である。

長州は孝明天皇の攘夷論を争いの具に使った。思し召しに従うという名目で、西洋諸国の商船に砲撃を加えるという暴挙に打って出たのだ。

「勝ったの？」

ルルが目を丸くしている。虎太郎は「勝てるものか」と鼻で笑った。

「奴らは負けると分かっていて仕掛けたんだ」

然り、勝つ必要などなかった。長州が斯様《かよう》な無法を働けば、西洋諸国は諸藩を束ねる幕府の責任を問う。それで十分だった。さらに言えば、幕府が長州を厳しく罰し得ないことも計算の上である。なぜならこの蛮行は、天皇の思し召しを実行に移したものだからだ。罰すれば、幕府は朝敵の汚名を着る。罰しなければ幕府の威信は揺らぐ。いずれにせよ長州の益は大きい。

幕府の損はそれのみに留まらない。責任を問われる立場として、西洋諸国から莫大《ばくだい》な賠償金を求められる破目になった。その減免、或《ある》いは支払いの分割を呑んでもらう代わりに、幕府は大きく譲歩せねばならなかった。通商に於ける関税の引き下げ、兵庫の開港など——。

「長州の賊共、大喜びでな。何たる弱腰か！　もう幕府なんぞに任せておけるか！　って」

自ら火を点《つ》けておきながら、火消しに奔走する者を腐し、貶《おとし》める。そういうやり口に乗る者が出てきた。幕政に於いて力を持たなかった面々である。ことの正邪が分かっていながら、ここぞとばかりに自らを潤そうとした者も多い。薩摩《さつま》藩もそのひとつで、やがて、長らく犬猿の仲だった長州と同盟して倒幕に加わった。

幕府は完敗した。そもそも逼迫《ひっぱく》していた財政が、長州の砲撃事件で課された賠償金によってさらに苦しくなり、武備が不十分だったからだ。

薩摩や長州の企みは、日本を自らの手に収めて成り上がることであった。ゆえに正論を吐く者が邪魔だった。斯様な事情で会津も狙われ、圧倒的な力の前に叩き潰された。

「たくさん人が死んだよ。俺の親父《おやじ》もな。おけいや西川さんの両親も同じだ」

ルルは何も言わず、涙を滲ませてこちらを見ている。今までとは明らかに違う、虎太郎を本当の同志と認める眼差しであった。

「さて。つまらん話は、このくらいにしよう」

立ち上がり、豆だらけの足を踏み締めて痛みに慣らす。ルルも目元を拭って立ち、二人はまた連立って南を指した。

日々、旅は続いた。日が昇ってから沈むまでは森の中を進む。夜には縄と麻布を木に渡し、艦船の乗員が使うハンモックのようにして眠った。雨の降る夜は、大樹の根や木の洞《うろ》などに二人で身を寄せた。もっともカリフォルニアは温暖な地で、極寒に打ち震える日は少なかった。

手持ちの食料は十日で尽きた。以後は二人で芋や木の実を探し、川の流れがあれば魚を獲って腹を膨らせ、また水を浴びて身を清めた。そういう寄り道が多いため距離は稼げない。一日に進めるのは良くて二十キロメートルほどであった。

斯様な旅路が四十日ほど過ぎた、ある昼下がりのこと。

「やっとだ。見えてきたぞ」

森の切れ目の遠く向こうに荒野が広がり、黄色い光を受けた土が駱駝《らくだ》色を返している。南方には鉄道の線路がひとつ、周囲には馬車や馬で行き来するのだろう道が幾つか引かれていた。

「ここからは、今までと同じにはいかんだろうな」

年末にコロニーを発《た》ち、今や年も変わって一八七一年の二月を迎えている。

ピンカートンの目を掻《か》い潜《くぐ》るべく、この先は夜の旅路も増えるだろう。荒野では食料を得られる当てても少なかろうし、野営ばかりでは体も持つまい。町があれば、注意を払いながら買い物をし、時には宿を取る必要がある。

「おまえが目立つといかん。外套代わりの毛布、いつも頭から被《かぶ》っておけよ」

「分かった。これでいい？」

ルルは毛布を持ち上げて頭に乗せ、首の辺りに紐を渡して縛った。尼が着ける花帽子《はなもうす》を深く被ったような格好で、顔は見えにくい。

まずは十分、虎太郎は小さく頷いて山を下って行った。

＊

　ルルがコロニーにいたことはピンカートンに知られている。二人が行方を晦《くら》ました後、再びの捜索は受けているはずだ。どこへ行ったのか。どの方角に向かったか。コロニーの皆が尋問を受けていよう。西川が巧くごまかしてくれたと思いたいが、仮に全て白状してしまったとしても恨む気はなかった。スネルが不在の間、西川は皆を守る立場なのだから。

　ゆえに、追っ手はあるものと考えていなければならない。

「ええ……と。西に町があるな。ベイカーズ・フィールドか」

　夕刻、虎太郎は森の出口で地図帳を広げた。が、やはり異国である。大まかに距離は判じられるものの、どれほど歩けば到着するのか摑《つか》みにくい。

「いかんな。ベイカーズ・フィールドって町は、それなりに大きい」

　多くの人が住んでいるだろう。人目を憚《はばか》る旅路ゆえ、そういう町を訪れるのは避けたい。ならば東に進み、少しでもテキサス州に近付いた方が良いだろうか。向かう先には広大なモハーヴェ砂漠があり、これを越える前に町で水と食料を手に入れておかねば。

「もしかして、近くにテハチャピって町がない？」

　ルルの言葉に、いささか驚いた。ピンカートンから逃れる際にこの地を通ったのだろうか。

「知ってんのか？」

「細かくは知らない。来たことないから。でも」

この辺りは元々、先住民のカイユース族が住んでいた地だ。シャイアンと違って定住する部族で、その集落がテハチャピというらしい。

地図に目を落とせば、確かにその名前の町は存在した。ここから東に行って、南北二つの森に挟まれた小さな峡谷《きょうこく》である。

「あったぞ。少し遠いが」

「そこなら、あたしがいても大丈夫。ごまかせると思う」

他の部族と同じで、カイユース族にも白人との同化を選んだ者がある。そうした面々は白人と共に故地に住み続けているため、赤茶けた肌も珍しくないという。

「なるほど。そこへ行くか。着く頃には、とっぷり暮れているだろうけどな」

森の切れ目に沿い、右手に馬車道を見て進む。テハチャピはその道沿いの町であった。と言うより、アメリカ人が利便を図るため町の近くに道を引いたのだが。

到着した頃には天の川が空を乳色に濁《にご》らせていた。道を行く馬や馬車などひとつもない。これなら荒野を突っ切り、道を横切って、小ぢんまりとした町に入った。

夜とあって、商店らしき建物は全て明かりを落とし、ひっそりと佇《たたず》んでいる。ランプの橙《だいだい》色が漏れるのは酒場と宿屋のみであった。

「今日は宿を取るか。おまえが一緒で大丈夫か、先に俺が様子を見る」

頷くルルの肩を軽く叩き、虎太郎は宿屋の木戸を開けた。

「すみません。今から宿を取れますかね」

店の親爺《おやじ》に声をかけた。体も顔も丸い男で、背はスネルと同じくらいに低い。その男が人好きのする笑みを湛《たた》えて「いらっしゃい」と両手を広げた。

「部屋なら幾つも空いてるよ。しかしまあ、黄色い肌の人は珍しいね。インディアンなら、そこら中にいるんだが」

「珍しいってことは、俺の他にも？」

親爺は「ハッハッ」と笑いながら返した。

「一度そういうお客があったね。サンフランシスコの商人で、日本から来たって話だった」

間違いない、それは佐藤百之助《もものすけ》だ。ならば大丈夫だろうか。

いや、もう少し探らなければ。

「へえ。俺も日本から来たんだけど、他にもいたのか。その人、何て名前でした？」

「知らないよ。うちには宿帳なんぞないからね」

カリフォルニアがゴールド・ラッシュに沸いた時など、宿帳に名を記してもらうのが手間になるほど客が多かった。その頃の名残で、金さえ払えば素性を問わずに泊めているのだという。

どうやら問題なさそうだと、虎太郎は判じた。

この親爺は東洋人を見て「黄色い肌が珍しい」と言うのみだった。ピンカートンからの手配が及んでいるなら、ルルが東洋人と旅を共にしていることは聞かされているはずで、もっと別の驚き、或いは動揺があったに違いない。そうでないのは手が回っていないからだと考えられる。宿帳がないのも好都合だ。この後で追っ手が来ても足取りを摑まれにくい。

「まあ、そこらへんはどうでもいい話か。ともあれ泊めてもらうよ。外にもうひとりいるんだけど、これで足りるかな」

肩に担いだ袋から、敢《あ》えて額の小さい銅貨を十枚、手に取って見せる。親爺は「足りるよ」と頷いた。

「あと二枚あれば二人分の飯も出せるけど、どうする？」

コロニーで支払われた給金は——昨年の秋にはそれも滞っていたが——全て貯《た》めてあって、旅の路銀としている。ここで二人分を出しても微々たるものだ。

「じゃあ飯付きで。部屋はひとつで構わないよ」

「何だい兄ちゃん。もしかして女連れ？　お楽しみは構わんが、他の客に聞かれちまうよ」

下卑《げび》た笑みを向けられて、虎太郎は苦笑を返した。

「そういうんじゃない。お互い孤児《みなしご》で、助け合ってるだけ。妹みたいなもんですよ」

言いつつ、外に「いいぞ」と声をかける。ルルが入って来ても、親爺は特に変わった様子を見せなかった。

小さい寝台が二つ並んだ部屋に通される。それぞれの間は四、五十センチほど空いていた。少しすると食事が運ばれる。鶏《とり》の腿肉《ももにく》とジャガタラ芋——馬鈴薯《ばれいしょ》の素揚げに、野菜くずの浮いたスープだけだったが、長く森の恵みだけで過ごしてきた身には極上の味であった。

飯が済むと、ルルはすぐに身を横たえ、あっという間に寝息を立て始めた。妨げてはなるまいと、虎太郎も身を横たえる。

だが、どうしたことか。ルル以上に疲れているにも拘《かかわ》らず、いつまでも寝付けない。明日からの旅を思えば、しっかり休んでおかねばならないのに。

「ん？」

ふと、ドアの外に何かを感じた。耳を澄まし、総身で探る。

人の気配だ。いったい誰が。まさかピンカートンの者か。

思う頃には、ルルの寝息が常なる呼吸に変わっていた。右の寝台から静かに手が伸び、こちらの手の甲を軽く突っつく。起きていると示すべく、その指を軽く握り、すぐに放した。

さて、この気配は何なのか。殺気を撒《ま》き散らしてはいないが、警戒を緩める訳にはいかない。虎太郎は呼吸を深く、ゆっくりに保って、寝息を装った。通じたのだろう、ルルもすぐに同じ息を使い始める。

音もなくドアが開いた。静々と足音が近付き、二つの寝台の間に入り込む。薄目を開けて見れば、あろうことか宿の親爺であった。

男がルルの方を向く。そして、撃鉄《げきてつ》を起こす音――。

「おい。何の真似《まね》だ」

御式内、寝屋の型。身を起こすが早いか、虎太郎の左腕が親爺の首に巻き付いた。

「動くなよ。いつでも急所は打ち抜ける」

一角の拳が頸椎《けいつい》の急所・盆《ぼん》の窪《くぼ》に向いていた。

「誰に頼まれた」

小声で問う。親爺が、さもおかしそうに含み笑いを漏らした。

「鈍いなあ君は。私がエージェントだよ」

そして左手をもぞりと動かす。すると。

「あああ！」

刹那《せつな》の後、親爺が濁った悲鳴を上げた。それと共に銃声が響き、天井を撃ち抜いた。拳銃をもう一挺《ちょう》隠し持っていて、左手で操ろうとしたのか。

狙っていたのは虎太郎の命だったはず。然るに撃たれなかったのは、どうやらルルのお陰だったらしい。それが証《あかし》に、エージェントは「この小娘」と叫びつつ、腰を引いた情けない格好で、震える右手を隣の寝台に向けている。

だが引鉄《ひきがね》を引くよりも、虎太郎の拳の方が速かった。

「おら！」

盆の窪を叩いて昏倒《こんとう》させる。そこに馬乗りになって、眉間《みけん》に三度、拳を突き込んだ。エージェントの頭蓋に穴が開き、皮膚が破れて血が噴き出した。返り血を浴びてはならじと、すぐに飛び退《の》く。大きく溜息をつき、ルルに「おい」と声を向けた。

「粗方《あらかた》想像はつくが、おまえ」

「うん。金玉、握ってやった。思いっきり」

危ないことをするなと言いたいところではある。が、それで助かったのも確かな話で、咎《とが》める気にはなれない。

「逃げるぞ。ここは危ない」

荷物を持って腰に刀を佩《は》き、闇に慣れた目で静かに廊下へ。と、向かう先の扉が開く。泊り客のひとりが顔を出し、銃口を向けてきた。

「ここまでだよ」

客ではなかった。見覚えがある。コロニーで戦った、あのチーフ・エージェントだ。

「……エリック・マッケンジー」

「覚えていてくれたとは光栄だな。さて、ルルを渡してもらおうか」

この男は手強《てごわ》い。コロニーで一戦した折も、西川がいなければ撃退できなかったろう。戦って勝てるかどうか。

と、右後ろから金属のぶつかる音がする。ルルが腰の手斧を握ったらしい。

どうする。ルルと共に戦うべきか。いや。ルルの力量が分からぬ以上、それは危ない。かと言って、このままでは。

「ルル、部屋に戻れ」

「でも」

「いいから！」

強い語気に押されて、ルルの気配が部屋に消える。虎太郎は左半身《ひだりはんみ》に構え、素早く動いて相手の狙いを乱した。銃口はそれに合わせて右へ左へと動いている。

「素直に従う気はないか。ならば」

エリックの目に狂気が宿り、闇の中に光った。それと同時に銃口が火を噴く。銃声は立て続けに二度、三度と響いた。

「痛《つ》っ……」

一発が右の頬を掠めた。コロニーで西川が受けた傷に比べれば多分に軽い。動き回っているのが功を奏したと言えよう。

しかし、銃弾には衝撃というものがある。傷はごく浅いものの、頭の中を揺らされて、虎太郎の動きが大きく遅れた。

「死ね」

静かなひと声と共に、エリックがまた一発を放った。いかん、と身を屈《かが》め、すんでのところでやり過ごした。

その、はずだったのに。エリックの銃口はもう虎太郎に向いていた。にやりと歪《ゆが》む眼差しが語っている。身を屈めて避ける動きは、コロニーで相対した時に見て覚えた、と。

やはり手強い。たった一度目にしただけで動きを見切るとは。

ならばと、虎太郎は屈んだ姿勢のまま正面の壁へ——エリックから見れば左へと飛んだ。同時に銃声が響いたものの、左の袖に焦げた穴ができたのみだった。

「やっ」

虎太郎は飛んだ先の壁を蹴り、敵の懐を目掛けて斜め上に跳ね上がりつつ右手に拳を固めた。胸を狙われると踏んだのだろう、エリックは銃を引き、両手で胸椎と鳩尾《みぞおち》を防御する。

しかし——。

「らっ!」

打ち出したのは右の拳ではない。下から突き上げた左の掌《てのひら》であった。

「む……う。この」

エリックの体がふらりと揺らぐ。掌の、手首に最も近い部分——掌底の一撃が顎を捉え、頭の中を激しく揺さぶっていた。

「せいっ」

ふらつく相手の足を払って転倒させる。刹那、エリックが拳銃を取り落とした。素早く蹴飛ばしてやると、銃は廊下の向こうの暗がりに呑まれていった。

「今だ。逃げるぞ」

部屋に駆け込み、ルルの手をぐいと引く。少しの驚きと、それより幾らか大きい不服の声が返った。

「あそこまでやっといて何で逃げんだよ」

「馬鹿、逃げるが勝ちだ」

西川と二人掛かりで仕留められなかった男である。しかも御式内の動きを一度見ただけで、こちらの行動を先読みした手練《てだれ》なのだ。こんな相手と戦い続ければ、不利になるのはこちらの方である。おまけに宿の狭い廊下では刀も振るえない。

「まず外に出ないと」

言いつつ、通りに面した窓を開けて外へ飛び出す。しかし、そこにもエージェントらしき男が待っていた。

「行き止まりだぜ」

銃口がこちらに向く。だがエリックに比べれば隙だらけだ。

「果たしてそうかな」

互いの間合いは二メートルほど。これなら、と腰の刀に手を掛けて踏み込む。相手はこちらの速さに狼狽《うろた》えて発砲できずにいる。案の定、エリックほどの腕も度胸もない。

「むっ」

鯉口《こいぐち》を弾き、居合抜きに左から右へ。相手の胴を横薙《よこな》ぎに斬り払った。

「ノー、ノーッ!」

第三のエージェントが痛みに泣き叫ぶ。背広の内に着た白いシャツが、腹から噴き出した血で赤黒く染まった。

「はっ!」

絶叫する相手にもうひと太刀、左肩から斜めに斬り下げて息の根を止めた。

「走るぞ」

エリックに追い付かれないうちにと、宿屋を離れて真っすぐ北を指す。町外れの辺りから道を横切って進み、荒野を突っ切って行った。この先の山裾には小さいながらも森がある。あれに紛れ込めばと、それだけを思いながら。

ところが、である。息が切れるほど走った頃、虎太郎の目に異なものが映った。五十メートルも先か、ランプと思しき小さな灯りが揺れている。舌打ちして呟いた。

「こんなところまで」

御式内の技で詰め寄るには遠すぎるが、拳銃の弾なら楽に届く。絶対の不利、それでも戦う以外にないと、荷物を放り出して左半身に構えた。

そこに、ランプの主から声が渡った。

「三村《みむら》君か? そうだな」

「え? この声……佐藤さん?」

拍子抜けして返す。近付く明かりが照らし出す顔、少し口が大きく見える面差しは、まさしく佐藤百之助であった。

「どうしてここへ？」

　構えを解いて訊ねると、佐藤は「こっちだ」と山裾に導いて行く。道々、仔細が語られた。

虎太郎たちが旅立った三日後、エリック・マッケンジーがファー・イースト・プロダクトを訪れたのだという。ルルと虎太郎を匿っているのではないかと疑われ、家探しをされたそうだ。しかし二人の姿がないことを確かめると、エリックは引き下がった。

「驚いてワカマツに行った。経緯《いきさつ》は西川君から聞いたよ」

ファー・イーストを捜索する二日前、エリックは幾人か連れてコロニーを取り囲んだらしい。だがルルの姿がないと知ると、あっさりと引き上げたそうだ。

「うちの会社に来たのは、そういう経緯があったからだと分かった。コロニーが無体なことをされなかったのは、西川君が巧く立ち回ったからだろう」

佐藤は「それにしても」と大きく息をついた。

「その様子だと、もう襲われたようだな」

「宿屋の親爺に化けていました。別の部屋にチーフのエリックもいて、宿の外にもひとり」

先ほどのことを手短に語ると、佐藤は「念のためだ」とランプを消し、鈍い星明りを頼りに進んで行った。

「ピンカートンを甘く見すぎだ。どんな奴らか、西川君から聞いていたのだろうに」

「すみません。注意して相手を見たつもりだったのですが」

「そうじゃない。そもそも、どうして南へ来たのかと言っているんだ」

佐藤は言う。エリックはコロニーでもファー・イーストでも、ルルがいないと知ると簡単に引き下がった。なぜか。二人が逃げるであろう先に、一刻も早く先回りする肚《はら》だったからだ――。

「君らがシャイアンの居場所を目指していることくらい、あいつらはお見通しだ。テキサスは遠いし、できる限り近道をしたいのは分かる。だが、だからと言って真っ正直に南へ来る奴があるか。進んで奴らの網に飛び込むに等しい」

きつい叱責《しっせき》が加えられた。身を隠しながら旅をする以上、余計に時を食う。それは相手に先回りの機会を与えているのと同じだ。もう少し頭を使え、と。

「ともあれ会えて良かった」

佐藤はわざわざ仕事を休み、この辺りで張り込んでいたのだという。もっとも巧く落ち合えるかどうか、八割方は無理だろうと思っていたらしい。

「あと二日のうちに君らが来なければ、諦めて引き上げるつもりだった」

言いつつ「あっちだ」と木立を指差した。そこに四日前から野営していたそうだ。

「百之助、ティピーなんて持ってたんだ」

ティピーはバイソンの革で作ったテントで、各地を移動して暮らすシャイアンには必須のものだ。ルルの小声が、驚きと懐かしげな思いに彩られていた。

「まあ入れ。追っ手は来ておらんようだ。三村君に二人を片付けられて、エリックもいったん退《ひ》いたのだろう」

三人でティピーに潜り込むと、佐藤は再びランプに灯りを入れて軽く溜息をついた。

「今日はここで眠るといい。明日からは相手が思いも寄らぬルートで、裏をかいて進まねばいかんぞ。山伝いに北へ行って、大回りにテキサスを目指すといい」

言葉に従い、荷物から地図を取り出して目を落とす。

「ええと……。コロニーの辺りから東へ行けば、ユタ準州のソルト・レイク・シティか。そこから南へ行けば」

「だめだな。ゴールド・ラッシュの時に金掘りたちが使った道だ。それなりに拓《ひら》けていて狙われやすい」

むしろ、もっと北へ行ってオレゴン州に入れ。そこから東へ行ってアイダホ準州へ向かい、森伝いに東南を指すべきだ。そうすれば、やがてコロラド準州に至る。佐藤は地図の上に指を動かしながら、そう説明を加えた。

「百之助、あたしコロラドなら分かるよ」

「ああ……ウォシタ川で襲われた後、しばらくコロラドにいたのだったな。なら、そこからはルル嬢が道案内だ。さらに南に行って、ニューメキシコ準州に入れ」

ニューメキシコから東へ進めばテキサス州だ。道の説明を終えて、佐藤は改めて二人を見た。

「カリフォルニアとオレゴンの境にモドック族という先住民がいる。半年も前だが、配達に行った時に、その部族の青年と知り合った」

北へ行くにしても身を隠しながら進まねばならない。当然ながら時は食うはずで、その間に佐藤がモドックを訪ね、道案内を頼んでおくという。手厚い支援に、虎太郎はいささか申し訳なく思って頭を下げた。

「何から何まで、ありがとうございます。でも、どうしてそこまで」

佐藤は「なあに」と苦い面持ちであった。

「ルル嬢の居どころを摑まれたのは私の不手際だからな。少しは手助けしてやらんと寝覚めが悪い。でも、ここまでだぞ」

あとは二人の智慧《ちえ》と勇気、そして天運次第。虎太郎とルルは佐藤に深く礼を言い、その夜は眠りに就いた。

四　モドック戦争

佐藤《さとう》からティピーと食料を受け取り、虎太郎《こたろう》とルルは来た道を戻ることになった。

道というのは不思議なもので、来た時には長く感じたものが、戻る時には短く思える。距離が縮まる訳ではないが、気持ちの上で多分に楽なのだ。そして二人は、食える木の実や芋が道中どの辺りにあるのかを知っている。ゆえに食料を確保するのに時を浪費しない。

ただ、戻るとは言っても、さすがにコロニー近辺は避けた。大きく東に迂回《うかい》してシェラネバダ山脈の中腹近くを進み、そこから森伝いに北西へと足を向けている。

とある朝、虎太郎は早くに目覚めた。

ティピーにルルを残して外に出れば、既に空は橙《だいだい》色に滲《にじ》み始めている。木立の中、地に腰を下ろして軽く溜息《ためいき》をついた。

「佐藤さんと別れて、ええと。五十九日か」

早いもので、もう四月の初めである。そろそろ日の出の頃、明るくなり始めた森の中で懐から地図帳を取り出し、目を落とした。

「目指すところはまだ先だな」

モドック族はカリフォルニアとオレゴンの境目辺りに住処《すみか》を定めている。あとどれだけ歩けば到着するのだろう。日本でこれほど長く旅をすれば、たとえ山道ばかり選んで進んでも会津《あいづ》から伊勢《いせ》くらいまで行き果《おお》せている。今さらながら、アメリカという国の広さには呆《あき》れるばかりだ。

と、後ろからルルが声をかけた。

「おはよう。早いね」

虎太郎は「おう」と返して振り向く。だがどうしたことか、たった今の挨拶とは打って変わって、ルルは怪訝《けげん》そうな面持ちであった。

「どうした。俺、何かおかしいか？」

「ごめん。ちょっと黙って」

どうやら何か聞こえたらしい。虎太郎の耳には何も届いていない。

そのまま、しばし。ルルは昨日辿《たど》って来た行路の方へ目を向けた。

「あっちから何か聞こえる。足音……かな」

「獣じゃないのか？」

「そうかも。でも獣でも危ない」

シャイアンにいた頃には各地を転々としていた。他部族との交《まじ》わりも相応にあって、この大陸の北方には熊がいることを知ったのだという。

「熊だって？」

虎太郎は強く眉を寄せた。

三年近く前、会津の山で猟師の甚助《じんすけ》に匿《かくま》われた折に聞かされていた。獣の力を侮ってはならない。体の重さが同じなら、猪《いのしし》や鹿でさえ人間に数倍する膂力《りょりょく》を持つ。熊はもっと強い、と。

「おい。熊が出て来たら、どうしたらいい」

「黙ってろっての。聞こえなくなる」

小声で窘《たしな》められ、落ち着きなく辺りを見回しながら待つ。相変わらず虎太郎には何も聞こえないが、十幾つも数えた頃だろうか、ルルは小さく首を横に振った。

「違った。獣じゃないね。人の足音だ」

「何だ人か」

人間と聞いて、虎太郎は安堵《あんど》の息をつく。が、すぐに「そうではない」と胸が騒いだ。

「いや待て。人って誰だよ。こんな山の中に」

「まずいね。さっさとティピー片付けて動こう」

ピンカートンの追っ手――あのエリック・マッケンジーではないのか。二人はすぐに荷物をまとめ、その場を離れた。モドック族の許《もと》へ向かうべく、真っすぐ北西を指して進む。

「どうだ？」

問うてみれば、ルルは「ちょっと止まって」と言って聞き耳を立てる。少しの後、その面持ちが一気に曇った。

「さっきまで、あたしらがいた辺りだ。そこからこっちに走って来てる」

それが何を意味するのか。最悪の想像どおり、ということだ。

狩りや採集で森に入ったのなら、あちこちを歩き回って然《しか》るべきだ。ところが足音の主は駆け足でこちらに近付いていている。しかも、虎太郎たちが夜を明かした跡を見付けた上で。

「急ごう。少しでも遠くへ行くんだ」

再び駆け出し、佐藤百之助《もものすけ》の言葉を思い出した。テハチャピの町で襲われた後に、こう言われている。身を隠して旅をすれば余計に時を食うが、それは相手に先回りの機会を与えているのと同じだ。相手が思いも寄らないルートで、裏をかくつもりで進めと。

あの助言どおりにしてきた。なのにエリックはそれを超えた。

恐らくはテハチャピ近辺を探し回り、佐藤と共に夜を明かしたティピーの跡を見付けたのだろう。そして周囲の町や行き交う馬車に聞き込んで、自分たち二人の姿を見た者がないことを確かめた。残るは山に紛れて逃げているという可能性のみ。その細い糸を手繰《たぐ》り、過《あやま》たず正解を導き出すとは――。

崖際の細い獣道に差し掛かった頃、ルルが不意に声を上げた。

「待って」

「足音が消えた」

そう言って不安げな眼差《まなざ》しを見せる。思いは虎太郎も同じだった。こうも執拗《しつよう》に追って来ていながら足音が消えたというのは、逆に不気味である。

と、後方の少し向こうで木の梢《こずえ》が蠢《うごめ》き、がさがさと激しい音を立てた。二人の体が、ぎくりと硬直する。同時に、梢の葉の中から十羽ほどの鳥が羽ばたいて行った。

「鳥か。だけど」

エリックはきっと何か企《たくら》んでいる。今の鳥にせよ別の意味があるのではないか。

「やっぱりおかしい。ほら」

ルルが指差す方を見れば、先ほど鳥が飛び去った木から一本こちら側で、また同じように十何羽かが飛んで行く。さらに、もうひとつ近い木がざわざわと枝を揺らした。

ぞくりと、勘が働いた。

「いかん。逃げるぞ」

二人はまた駆け出した。

ようやく分かった。自分たちが急に走り出したことで、エリックは追跡を悟られたことを察したのだ。そして何らかの形で鳥を脅かし、飛び立たせた。大きな物音がすれば、こちら二人は警戒して必ず足を止める。策であることに気付かれても構うことはない。足止めをした寸時の猶予があれば、その分だけ間合いを詰められる。それで十分だと。

銃の腕に加え、御式内《おしきうち》を一度見ただけで動きを読む洞察、わずかな手掛かりからこちらの足取りを摑《つか》む慧眼《けいがん》、一瞬で策を組み立てる頭脳。そして何より、この異様なまでの執念。改めてピンカートンの恐ろしさを思い知った。チーフ・エージェントの肩書は伊達《だて》ではない。

「もらったぞ！」

後方の樹上から、聞き覚えのある声——エリックの野太い声が猛然と飛んで来た。同時に銃声が渡る。虎太郎とルルが進む先で、何かが砕ける音がした。思う間もなく、目の前に大人の腕ほど太い枝が降って来る。今の銃撃でへし折って落としたのか。

「うわ！」

懸命に駆けていた足を、虎太郎は急に止めた。しかし避《よ》けきれない。降り落ちた枝が頭をしたたかに叩《たた》き、脳天の左側から血が流れ出した。

がくりとくずおれて地に左膝を突く。ルルが金切り声を上げた。

「虎太郎！」

「いいから……。逃げ――」

朦朧《もうろう》とする頭で促す間もなく、右後ろの樹上から人が降って来た。

「食らえ！」

ひと声と共に、虎太郎の右のこめかみが蹴り飛ばされた。頭が捥《も》げるかというほどの衝撃を受け、体が地を転げる。何とか身を起こした途端、今度はまた銃声が響いた。

撃たれた――思った刹那《せつな》、ギンと鈍い音がひとつ上がる。手斧《ておの》が弾《はじ》き飛ばされ、崖際の岩にぶつかって地に落ちた。ルルが舌を打ち、さっとそれを拾う。どうやら咄嗟《とっさ》に投げて牽制《けんせい》してくれたらしい。

エリックは不意に飛んで来た手斧を見て、身を守るべく銃撃の狙いを変えたようであった。

「糞《くそ》ったれ」

ふらつきながら身を起こすと、頭から流れた血が左目に入った。ならばと御式内の右半身《みぎはんみ》に構え、片目で相手の銃口と引鉄《ひきがね》を注視する。自分を狙うのか、それともルルか。いつもなら射撃の予兆は引鉄に掛かった指で分かる。しかし今の自分に、果たして見極められるだろうか。

「コタロー・ミムラ。君の名も調べは付いているぞ。散々に手を焼かせてくれたな」

エリックの静かな言葉に「忌々《いまいま》しい」という怒気が滲んでいる。さもあろう、エリックの部下と思《おぼ》しき二人を討ち取っているのだ。

「無駄口を利いている暇があるのかよ。このとおり、俺はまだ動けるぞ」

精一杯の虚勢を張る。が、それとて当然のように見抜かれていた。

「動けて一度きり……だろう？　私はそれを防げば済む。君を確実に殺すには、動けなくなった時でないと難しいのでな」

「一度きりかどうか、試してみるか?」

そうは言うものの、自分が一番良く分かっている。悔しいが、この朦朧とした頭では幾度も動けない。たった一度の拳で、少なくとも相手を昏倒《こんとう》させる必要がある。

「……どうした。撃たないのか」

ならば、こちらから行くぞ。そう続けて、半身の後ろに引いた左足に力を込めた。すると。

「えっ?」

耳慣れぬ轟音《ごうおん》と共に、体が宙に浮いた。たった今まで踏み締めていた崖際の道が、ごそりと抜け落ちている。

崖崩れであった。驚いて叫ぶ間もない。断崖絶壁とまではいかないが、それとほぼ同じ急峻《きゅうしゅん》な山肌を体が転げ落ちてゆく。

「ぐ、あっ」

転げながら、山肌の岩にあちこちを打ち付けた。左の二の腕が、めき、と悲鳴を上げる。

「虎太郎、虎太郎っ」

転げながら、目の端に映るものに驚愕《きょうがく》した。何とルルが崖を駆け下りて来ている。

やめろ、この馬鹿。鹿でさえ避けて通りそうな山肌ではないか。

崖崩れに驚き、転げ落ちる身に痛みを覚え、ルルの行動に焦りを抱く。あまりに多くの危難が一度に襲い掛かってきたせいか、全てがゆっくりに見えた。

だからこそ、それが見えた。転げ落ちる先に、ひと際太い木の根がある。虎太郎は左腕を動かし、先に折れかけた二の腕をそこに叩き付けた。

「うが……」

左腕は完全に折れた。が、どうにか転げ落ちる動きは止まった。

「ああ、あっ。この。くそっ」

ルルの声が聞こえた。既に駆け下りてはおらず、やはり転げ落ちている。自然と共に生きる中で会得したのか、受け身を取りながら徐々に勢いを殺しているのには驚いた。

腕や脛《すね》に痛々しいまでの擦《す》り傷を負い、血を流しながら、ルルは虎太郎の許から十何歩か向こうで動きを止めた。大きな怪我《けが》は負っていないらしく、すぐに起き上がって駆け寄って来る。不意に滑落した自分と違い、ルルは自らの意志で動きを御した。その分の違いなのかも知れない。

「……馬鹿。死ぬなよ。ねえ」

傍らに至ったルルが涙声を寄越《よこ》す。薄《う》っすらと目を開けて「まだ生きてるよ」と応じれば、ルルは大いに驚いて愕然とした顔を見せた。

「あんた何で生きてんの？」

「生かしたいのか死なせたいのか、どっちなんだよ」

「だって、こんな目に遭ってんのに」

「崖から落ちるの、二度目だからな。死なない落ち方を知ってんだ」

会津の飯森山《いいもりやま》――白虎隊の朋友《ほうゆう》・永瀬《ながせ》雄次《ゆうじ》に突き落とされた日を思い出しながら、精一杯の軽口を叩く。顔にも打ち付けた腫れがあって、苦笑を浮かべるだけで酷《ひど》く痛んだ。

「それはそうと。エリックの奴、追って来ないな」

分からぬでもない。何しろ崖崩れである。巻き込まれては堪《たま》らないと思うのが当然だ。来るにしても辺りの様子が落ち着いてからに違いない。

ならばと、虎太郎は動かない体を無理に起こした。

「エリックが来る前に身を隠そう」

ルルの肩を借りてどうにか足を動かし、その場を離れた。一歩を進む度に卒倒しそうな痛みが総身を襲う。少しでも早く、少しでも遠くへ。何を糞と、生来の負けん気だけが頼りであった。

＊

アメリカ軍の野営地には断末魔の悲鳴が上がっていた。ひとつが消えると、少し後にもうひとつ。それを耳にして眉をひそめつつ、エリックは歩みを進めた。

「カスター中佐、失礼します」

野営地の中、最も大きいテントの前で足を止める。数歩先には椅子に腰掛けたカスターと、その前に引き出されて喚《わめ》き散らす先住民の姿があった。

「ん？　マッケンジー君か」

細面に長髪の癖毛、高い鼻に口髭《くちひげ》の顔が愉悦の笑みを湛《たた》え、エリックに向いた。

「君がここに来たということは、報告があるのだな。だが少し待ってくれ」

カスターは傍らの部下に向いて「頭の皮を剝いでやれ」と命じた。部下は「イエス、サー」と硬い声音で応じ、半ば慄《おのの》いた面持ちでナイフを手に虜囚《りょしゅう》へと近付く。そして両脇から押さえられた虜囚の頭にナイフを宛《あて》がい、生かしたまま頭皮を剝ぎ取っていった。

有り体《あ》《てい》に言って惨劇の場であった。然《しか》るにカスターは、にやにや笑いながら見物している。処刑に立ち会う姿とは、どうしても見えなかった。

「もう、よろしいですか」

「まだだ」

頭から血を噴き出させ、絶叫する男を悠々と眺めながら、カスターはそう返す。そして虜囚の四肢をひとつずつ切り落とせと命じ、恍惚《こうこつ》の面持ちを湛えた。

「よし。殺せ」

最後の命令に従って、周囲の兵が拳銃を構える。六つ、七つと立て続けに銃声が響き、虜囚の胴が蜂《はち》の巣になった。

「お待たせ。では聞こうか」

再びこちらに向いたカスターの顔は高揚して、過ぎるほどに血色が良い。その眼差しには確かな期待があった。

「終わったのかね」

エリックは軽く俯《うつむ》き、惨殺された骸《むくろ》とカスターの面持ちから視線を外した。

「……まだ。少し厄介な話になってきましたので、ご報告に上がった次第です」

「やれやれ。小娘ひとり捕えるのに、いつまでかけるつもりだ」

はっきりと落胆を映した声で、カスターが椅子から立ち上がった。相対する者が動いた時の常で、エリックは俯いていた顔を上げる。

「それが、ルルひとりではなくなりました」

カスターの目元が、ぴくりと動いた。

「インディアンの仲間か?」

「東洋人です。調査したところ、日本から来た少年ですな。名はコタロー・ミムラ」

「そのミムラとかいうのが、ルルを手助けしているのか」

説明を受けて、カスターの顔が呆れ返ったものに変わった。

「少年と言うからには二十歳を過ぎてはいないのだろう。そんな奴がひとり加わっただけで、何を手こずっている。君は、チーフとは名ばかりの無能なのか?」

エリックの目元が、ぴくりと動く。だがすぐに感情を嚙《か》み殺し、カスターと真っすぐ目を合わせて、ゆっくりと首を横に振った。

「甘く見て良い相手ではありません。剣の腕は相当なもので、その上に妖《あや》しげな武術を使う」

テハチャピの町で宿屋を買収し、罠《わな》に嵌《は》めた。そこまでは良かったが、部下の二人を始末された上に逃げられた。エリックは手短に経緯を語り、溜息をついて続けた。

「ルルとミムラは身を隠しながら旅をしています。後を追って襲撃したのですが」

シェラネバダ山脈の中、あと一歩で始末できるはずだった。が、そこで崖崩れが起きて、ミムラとルルは転げ落ちて行った。

「辺りの様子が落ち着いてから崖下を確かめに行きました。しかし二人の遺体がない。応援も呼んで十日も捜索したのに、見付からんのです」

「死んでいない。逃げた……と?」

「あの山肌から転げ落ちて全くの無事であるはずがない。恐らくどこかに潜んでいます。ただ」

どこに潜んでいるのか、それが分からない。二人の目的はシャイアン族に合流することと見て間違いないが、誰が率いる一団――バンドに合流するつもりなのかが見えてこない。それが分からない以上、二人がどういうルートを取って逃避するのかも分からない。

「そこを探るのに少し人数を増やしたい。今日はそのご相談も兼ねて」

カスターは「む」と唸《うな》り、少しばかり渋面《じゅうめん》を見せた。

「報酬を上乗せしろと、そういう要求か」

「人を増やせば経費も増える。その必要がある仕事になってしまったということです」

カスターは強く眉を寄せ、腕組みで右へ左へと幾度か歩く。やがて大きく溜息をついた。

「おまえらは金の奴隷だものな。分かった、呑《の》もう」

ピンカートン探偵社は高額の対価を得て難事を解決する。そのためには後ろ暗い手段を取ることも厭《いと》わず、受けた依頼は必ず成し遂げてきた。ゆえに任せるだけの値打ちがある。それがカスターの判断であった。

もっとも、エリックは今のひと言が不服であった。

「金の奴隷とは酷い言われようだ。我々は依頼人の幸せのために動いている。そうまで侮辱なさるくらいなら、設計図の一件を軍の上層部に明かせばよろしいのでは？」

前に突き出た高い鼻を「ふふん」と鳴らし、カスターは厭味《いやみ》な笑みを浮かべた。

「機関銃の設計図を盗まれたのは、確かに私の不注意だったかも知れん。君は、それを隠蔽《いんぺい》するのが私の幸せだと思っているのか」

「違いますか？」

カスターはシヴィル・ウォー――奴隷制度の是非を巡って争われた南北戦争に於《お》いて、北軍、すなわち奴隷解放を主張する側の英雄と呼ばれた男である。以後はインディアンの殲滅《せんめつ》戦に加わっているが、これと言った成果を上げられていない。

「今のあなたは過去の名声を傷付けたくはないはずだ」

「私の名誉欲のためだと言うのか。だが違うな。大いに違う」

そしてカスターは言い放った。この依頼はアメリカの正義のためなのだと。

「インディアン如《ごと》きが設計図を奪ったところで、新型マシンガンを作れる訳がない。だがスペインと接触されたら話は別だ。蛮族に力を与える訳にはいかん」

そうなれば、アメリカ軍は先住民との戦いに於いて骸の山を積み上げるのみ。斯様《かよう》な悪夢が許されて良いのかと、カスターの声に熱が籠もった。

「いいかねマッケンジー君。我々はアメリカ市民の平穏と発展のために戦っているのだ。私を始め全ての軍人の肩には、この国の明日が懸かっている。少しの綻びも見過ごして良い訳がない」

「……仰《おつしや》るとおりです」

「インディアンなどに負けてはならんのだ。そのためなら手段は選ばん」

エリックは軽く眉を寄せた。

「捕えて連れて来いというご要望でしたが。殺しても構わないと？」

「違う。必ず捕えて連れて来い。今までと同じ、捕えるに際して傷は負わせても構わんが、生かしたままだ」

アメリカを愚弄《ぐろう》した者の末路を、シャイアン族に思い知らせねばならない。否、シャイアンのみならず、他の全ての部族に対してだと、カスターは語気を強める。

「可能な限り残虐な形で処刑する。手段を選ばんというのは、その時の話だ」

カスターの頬が、じわりと狂気に歪《ゆが》む。エリックは小さく二度頷《うなず》いた。苦虫を噛み潰したかのような面持ちに、心の内が滲み出していた。

*

自然と共に生きるとは、相応の力がないとできない。

ルルにはその力があった。山中で食料を調達できることはとうに知っていたが、怪我の手当てについても明るい。折れた左腕の骨接《ほねつ》ぎもできれば、少しばかりだが薬草についての知識もあった。痛み止めになる野草を探して来てくれたのは特に大きい。

そして何より、しばらく身を隠すための住処を見付けてくれたことは大いに助かった。

「よし。じゃあ行くか」

エリック・マッケンジーに襲われ、崖崩れに巻き込まれてから半年近くが過ぎた。既に一八七一年の九月も半ばである。虎太郎の傷はようやく癒え、旅を再開できる目処《めど》が立っていた。

旅の荷は少ない。野営するためのティピーと、日々の食を賄《まかな》うために集めた木の実や芋の残りが少しあるばかりだ。二人で分けてそれを背負い、岩と土でできた大穴から這《は》い出した。

「この巣穴ともお別れか。何だかんだで過ごしやすくはあったな」

感慨を口にすると、ルルが「何言ってんだ」と大口を開けて笑った。

「始めは嫌がってたじゃない」

「当たり前だ。熊の巣穴だって聞かされて嫌がらない奴があるか」

然り。身を隠す場としてルルが見付けたのは、何と熊の巣穴であった。

会津で猟師の甚助に助けられた折、熊について聞いていた。熊は越冬中、巣穴の中で子を産むらしい。春を迎えてからは子育ての時期で、冬籠りが終わってもしばらくは巣穴を離れないという話だった。

しかしルルは言った。この巣穴は古いもので、今は使われていない。見れば分かる、と。

「始めの頃は生きた心地がしなかったぞ」

とは言いつつ、こういう隠れ家がなければ、きっとピンカートンに見付かっていただろう。左の二の腕を見事に折り、全身に打撲の痛みを抱えたままでは、如何《いか》にしても遠くまでは逃げられなかったのだから。

事実、隠れ始めて数日のうちに、エリックが近辺まで探しに来たくらいだ。だが、これが熊の巣穴であることは向こうも分かっていたようである。警戒して一定以上には近寄らず、一日余りで立ち去って行った。

「まあ、エリックが近寄らなかったのは、おまえのお陰だな」

改めて礼を言うと、ルルは少し得意げであった。

「何はともあれ、あんたが動けるようになって良かった」

「少しばかり体は鈍《なま》ったけどな。歩いているうちに、もっと動けるようになる。さあ行こう」

二人の旅が久しぶりに再開された。

エリックがこの辺りを探して以後、近辺に人の気配が近付いたことはなかった。とは言えこの先も気を抜いて良いはずがない。崖崩れの場から二人の姿が忽然《こつぜん》と消え、エリックが執拗に捜索していたからには、まだピンカートンの捜索は続いていると考えるべきだ。虎太郎は常に周囲の気配を探り、ルルは遠くの音に聞き耳を立てながらの行路であった。

そうした旅が二ヵ月ほど続き、十一月の半ばになった。

昨今では朝晩の冷え込みがきつく、また日も短くなって距離を稼げない。日の出入りする方角を確かめる限り、正しい方向に進んでいることは確かなのだが、二人は未《いま》だモドック族の許に辿り着けずにいた。

「参ったな。日に日に寒さが辛《つら》くなってきた」

それは過たず北へ進んでいる証《あかし》なのだが、身には応える。ことに虎太郎は会津で右腕と左の脛《すね》を折り、崖崩れの一件で左の二の腕を骨折した。こういう怪我の痕跡は冷えに応じて疼《うず》くような痛みを持ちやすい。

などと話していたら、不意にルルが「待って」と足を止めた。

「あっちから声が聞こえる。若い男」

ルルの目が右前——北西の遠くに向く。虎太郎の背に冷たいものが渡った。

「まさか、またピンカートンか」

「……違うみたい。タイガーって言ってる。タイガー、いないかって」

そうと聞いて、虎太郎の面持ちが強張《こわば》った。

「虎までいるのか、この国」

「いないよ、そんなの」

アメリカに虎は生息していない。が、それが如何なる生きものかという知識はあるという。偽って工場に潜り込んだ折、何かの書物で知ったそうだ。

などと静かに言葉を交《か》わすうち、その声は虎太郎の耳にも届くようになった。

「タイガー、いないのか」

かなり近い。声が山々に跳ね返るせいで距離は測りにくいが、二百メートルと離れていないのではないか。

「いったん隠れるか」

ルルと頷き合い、太い木の根に身を潜める。息を殺し、焦《じ》れながら待つことしばし、その人影がようやく目に入った。ルルと同じく、赤茶けた肌の若者である。右の頬には抉《えぐ》れた傷があり、そこの肉が捲《めく》れ上がっていた。

「なあルル。あれ、モドックか？」

「知るかよ。こっち来んの初めてなんだから」

ひそひそと小声を交わしていると、不意に、若者が苛立《いらだ》ったように何か叫び散らした。虎太郎は無論、ルルにも分からぬ言葉である。しかし二人とも確かに聞いた。その叫び声に「百之助」の名が含まれていることを。

もしや。互いに見合わせる目に、歓喜が浮かぶ。虎太郎はルルと共に木陰から身を晒《さら》し、若者に声をかけた。

「あんた、佐藤さんの言ってたモドックの人か」

「え？　まさか、おめえがタイガー・ボーイか？　やっと見つけた」

若者は目を輝かせ、肩に担ぐ弓と矢を下ろして両手を大きく広げた。敵意がないと示したものであろう。

「百之助に頼まれたはいいが、いつまで待っても、おめえらが来ねえ。その間にちっと面倒ごとが起きちまってなあ」

だから、少なくとも虎太郎とルルが危ない目に遭わないように、近くまで探しに来たのだという。たどたどしい英語で声音も荒々しいが、気の良い男らしい。それは良いのだが――。

「面倒ごとって何だよ」

ルルがそれを問うた。若者は「おい」と呆れ顔である。

「おめえがルルって餓鬼だな。俺の名前より先に、そっち訊《き》くか？」

「大事な話じゃない」

「そんなの歩きながら話しゃ済む。ここからモドックの住処まで五、六日かかるんだぜ」

虎太郎は「はは」と軽く笑った。

「すまんな。俺は虎太郎、こっちはルルだ。おまえは？」

「俺はモドックの戦士、チクチカムだ。白人共はスカーフェイス・チャーリーなんて呼びやがるがな」

スカーフェイスとは、顔に傷があるということ。チャーリーとは、白人がチクチカムの名を言いにくいため、頭文字だけ取ってそう呼んでいるようだ。

「まあ、どっちで呼んでもいいぜ。俺は細けえこたあ気にしねえ」

ルルは「ふうん」と目を見開いた。

「白人がわざわざ呼び名を付けるなんて、あんた強いんだね」

「何を隠そう、モドック一番の戦士様だ。百人足らずの一番だけどな」

虎太郎は「おや」と首を傾《かし》げた。佐藤がモドックを頼れと言うくらいだから、それなりに大人数の部族かと思っていたのだが。

「前はもっと戦士がいたのかい」

「そこらへんも歩きながら話してやる。まあ付いて来い」

チャーリーは先ほど下ろした弓と矢を担ぎ直し、すたすたと歩き出した。

*

この近辺には、どこにアメリカの兵が潜んでいるか分からない。それが、チャーリーが迎えに来た理由だという。どういうことなのか、歩きながら仔細《しさい》が語られていった。

モドック族はカリフォルニアのすぐ北、オレゴン州のロスト川近辺を住処としている。だがアメリカ合衆国は、西へ西へと開拓を進める国民のために土地を必要とし、それを得るためにモドック族を始めとする諸部族の故地を奪った。

「それでな。おめえらはここに住めって、勝手に決めやがる」

インディアン居留地――アメリカはその制度を定め、先住民に強要した。従わなければ武力を以《もっ》て殲滅するか、降伏して従うようになるまで攻め立てるのだという。

アメリカ人の横暴に改めて怒りを覚えつつ、一方で虎太郎は驚いてもいた。

「居留地って何だよ。話があべこべじゃないか」

日本でも幕末には外国人居留地が定められていたが、それは諸外国との修交に際し、日本が自らの土地を貸し与えたものである。飽くまで厚意として、なのだ。

この場合は違う。西洋人は他人の土地に土足で踏み込み、勝手に国を建てるような無体を働くのみならず、先住民の住処にまで制限を加えるとは。

「……恥知らず共め」

奥歯で噛み殺した怒りの呟《つぶや》きに応じ、ルルが吐き捨てるように言った。

「あたしが話したとおりだろ？　あいつら、そういう奴らなんだよ」

西洋人は「造物主が我々にこの大陸を与え給《たも》うた」と考え、先住民はキリスト教と交《まじ》わらぬ悪魔と見做《みな》している。ゆえに殺して良い、奪って良い。そんな考え方は不遜《ふそん》、傲慢《ごうまん》である。

チャーリーが「そのとおり」と足音を荒くした。

「それに野郎共が決めた居留地だって絶対じゃねえ。もっと土地が入用になりゃ、取り決めなんぞ知らねえって言って、また追い払いに掛かる」

しかもモドック族には専用の居留地すら与えられなかった。西海岸の先住民は、ほとんどの部族が小人数で、個々に小さい集団――バンドを組んで日々を営んでいる。そうした事情から複数のバンドを一ヵ所に集めてしまうらしい。

「俺たちは、隣のクラマス族の居留地に入れって言われた。けどな、モドックとクラマスは昔から仲が悪い」

居留地に入ったモドック族は、クラマス族から様々な嫌がらせを受けた。否、嫌がらせなどという生易《なまやさ》しいものではない。少しでもクラマスの不利になることが起きれば、それに関わったモドックの者は取り囲まれて殺された。戦士の数が減ったのは、そういう理由らしい。

では互いに関わり合わぬようにしているのかと言えば、それも違った。妙齢の娘がクラマス族に攫《さら》われるのは珍しくもない。酷く犯されて放り出され、泣きながら帰って来る女は数えきれないほどだという。

「で、酋長《しゅうちょう》が皆を連れて居留地を出た。元の住処へ帰ったって訳だ」

酋長はキエントプースといい、アメリカ人はキャプテン・ジャックの名で呼ぶ。ジャックに率いられ、居留地を離れたのが昨年のこと。アメリカはこれを認めようとせず、今年の四月頃から軍人を寄越して、クラマス居留地に戻れと強く命じているらしい。

「まあ酋長は、突っ撥《ぱ》ね続けてんだがな」

それゆえアメリカ側は、従わねば殲滅すると脅して兵を増し、近辺に駐屯《ちゅうとん》させている。虎太郎とルルの旅路が危ないと判断されたのは、それゆえであった。

「なるほどな」

聞くほどに目が吊《つ》り上がっていった。アメリカという国、白人の横暴は、ことほど左様に日本の官軍と似ている。自らの望みを満たさんがため、他の者を踏み付けにしているのだ。

もっともチャーリーは、その怒りを常に抱いている訳ではないらしい。虎太郎たちを連れての旅路を楽しんでもいるようであった。

「まあ事情だけ知っといてくれればいいさ。それより、おめえらについて教えろよ」

たった今の憂鬱《ゆううつ》な話から一転、からからと笑って問うてきた。どうやらシャイアン族や日本人に興味津々の様子である。大きな傷のある顔に似合わず、明るく親しみやすい男であった。

数日の旅を共にするうちに、チャーリーとはすっかり打ち解けた。

そして暦が十二月に移り変わらんとする頃、目指すロスト川近辺に到着した。南流してカリフォルニア北端のトゥレ湖に注ぎ込む川である。

モドック族は河口から少し東に離れた台地を住処としていた。尖《とが》って黒ずんだ岩だらけの地は、火山の噴火によるものだという。

辺りを見回していると、ひとつの岩陰から不意に人が顔を出した。赤茶けた肌に骨ばった面相は如何にも勇猛である。どうやらチャーリーと同じ、モドックの戦士らしい。

「戻ったか。その二人が客人だな」

「ルパクラコか。酋長は?」

その戦士は「部屋にいる」とだけ返した。何とも素っ気ないが、朴訥《ぼくとつ》とした眼差しに濁りはない。これも良い男だろう。

「おめえら、こっち来て酋長に挨拶しろ」

チャーリーに促され、溶岩台地の奥まった洞《うろ》に導かれる。二人が中に入るとキャプテン・ジャック酋長はすくと立ち上がり、胸に手を当てて敬礼した。

「君らが虎太郎とルルか。ようこそ兄弟。到着が遅いので心配した」

先住民の歳《とし》は分かりにくいが、物腰からして三十歳は越えているだろう。横広で頬骨の立った顔、長い髪は左右振分けに束ねている。二重瞼《ふたえまぶた》の大きな目は常に細められ、見えないものを見ているかのようであった。

「驚いたろう。我々は今、この岩の中で暮らしている」

元々モドックはロスト川の河原に定住していた。この溶岩の台地は、そこにあるだけのものに過ぎなかった。しかしアメリカからクラマス居留地に戻るように言われ、それを退け続けている手前、いつ襲われるか分からない。起伏の激しい地は身を潜めるにも戦うにも都合が好《よ》いため、住みにくいのを我慢しているのだという。

「アメリカに従ってクラマス族と共に暮らすよりは、苦労が少ないのだよ」

虎太郎は得心し、深く一礼した。

「貴殿の部族が危うい折に、道案内をお願いすることは申し訳なく思います」

「道案内くらいお安い御用だ。ただ、チクチカムからも聞いたと思うが」

アメリカ軍が寄越され、続々と兵を増している中では二人の無事を保証できない。戦いを見据えねばならぬ手前、安全に案内するだけの人数は割けないという。

「戦を避ける道はないのですか」

虎太郎の問いに、即座に「ない」と返ってきた。アメリカは、本音では先住民を根絶やしにしたいのだ。モドックに幾度も使者を寄越しながら、裏で兵の数を増やしているのが何よりの証である。攻め込まれるのは時間の問題だ、と。

「百之助に頼まれた時には、まだアメリカの兵は寄越されていなかった。だから請け負ったのだが……。こんなことになって本当にすまない」

当てが外れた格好ではある。しかし、と虎太郎の胸に湧き上がる気持ちがあった。

先を急げないのであれば、むしろモドック族を助けて共に戦いたい。ルルを含め、自分と似た境遇の人々を支えることが、この命を繋《つな》いだ意味かも知れないのだ。

ふと気付けば、そのルルが左脇からこちらを見ていた。何か思うところがあるのかと眼差しを流す。しかしルルは特段何を言うでもなく、すぐに正面のジャックへと目を戻した。

「戦いって、近いの？」

「分からんね。明日かも知れぬし、二年先かも知れん。旅を急ぐなら、君らは引き返した方が良いだろう」

「それはできない。あたしら、引き返したら危ないんだ」

「なるほど。ルルが追われていることは百之助から聞いていたが」

「ねえ酋長。案内の話をなしにして、あたしと虎太郎だけで進むって訳にはいかない？」

ジャックは「よした方がいい」と首を横に振った。アメリカ兵に取り囲まれた中、白人でない二人が抜け出そうとすれば目立ちすぎる。

「ピンカートンなる者共から逃れて来たのだろう？　それも無駄になろうというものだ」

ルルは俯き加減に「そうか」と思案し、少しすると、しばし逗留《とうりゅう》させて欲しいと願い出た。どうするのが一番良いのか、落ち着いて虎太郎と話したいからと。

ジャックは「分かった」と頷いた。

「逗留の洞穴を支度させよう。君らがどういう判断をしても、モドックはそれを尊び、可能な限り手助けをする。もっとも、できることは少ないだろうがね」

二人は一礼し、ジャックの前から下がった。

逗留に宛《あて》がわれた岩穴は、ジャックが部屋としていたのと同じくらいの広さであった。南向きに口を開けた浅い穴だが、残る三方からの風は全て防げる。

　荷物を置くと、ルルは腰を下ろして「さて」と真っすぐな目を向けてきた。

「あんたは、どうしたい？」

「時間はかかるかも知れんが、旅そのものは案内なしでも何とかなるだろう。ただ、敵の囲みを抜けられるかどうか。そこが問題だな」

　モドック族に助力したくはあるが、やはり第一の役目はルルをシャイアンに送り届けることである。その思いで当たり障りのない返答をするも、ルルはかえって呆れたような笑みであった。

「やっぱりね。あんた、モドックと一緒に戦いたいんだ」

「え？　何でそんな」

「今、アメリカの兵隊を『敵』って言った」

　言葉に詰まった。どうやら見透かされていたらしい。ジャックと話した時に向けられた眼差しは、そういうことだったか。

「……参ったな。女の勘ってやつは怖い」

「あんたが顔に出やすいんだ。それにシャイアンもモドックも、あんたと似た身の上だからね。すぐに分かった」

　溜息ひとつ、虎太郎は背を丸めて小さく頷いた。

「おまえの言うとおりだ。モドック族と一緒に戦いたい。それに、そうする以外にないと思う」

　二人には引き返すという選択がない。モドックとアメリカの戦いが何らかの形で終わらなければ、前に進むこともできないのだ。

さてルルは何と言うだろう。思って眼差しを交わすと、あっさり「分かった」と返ってきた。

「じゃあ決まり。そうしよう」

「いいのか?」

拍子抜けして問えば、ルルは「仕方ないだろ」と苦笑した。

「この戦いがどうにかならないと、身動きが取れないのは確かだからね。それに」

自分たちの都合だけ考えて、モドックの戦いをただ見ている訳にもいかない。彼らのために何かをして助けなければ、と続く。

「あんたを見てて思い出したよ。大叔父様に教えられたこと」

ルルの大叔父、ブラック・ケトル酋長は言ったそうだ。幸せとは自分のみで決まることではない。周りの仲間が泣いていたら、それは自分にとって不幸なことだ。周囲の皆を助けて幸せにしてやれ。それでこそ本当に、自分は幸せだと胸を張れる——。

「おお……」

感銘を受けた。先住民の考え方は、いつも「人はかくあるべし」の正道を示している。官軍の連中やアメリカの面々とは全くの逆だ。

こちらの顔を見て、ルルはにこりと笑った。

「あんたは戦士たちと一緒に戦えるように、まずは鈍《なま》った体を鍛え直しなよ。あたしはモドックの女がすることを手伝うから」

「ありがとう。それと、すまん。旅の続きがいつになるか、また分からなくなっちまう」

佐藤百之助の調べでは、シャイアン族はテキサスにいるということだった。だが各地を移動して暮らす部族ゆえ、ここで足踏みしていれば他へ移ってしまうだろう。虎太郎の懸念《けねん》に対し、ルルは軽い笑みで「構わない」と返した。

「皆がテキサスにいたことは分かってんだ。それを知ってりゃ後は追えるからね」

「……おまえ、やっぱり強いな」

ルルの心根に向けて、虎太郎は深く、深く頭を下げた。

＊

我慢比べだった。

アメリカ軍には数の力があり、既にこちらを包囲している。にも拘《かかわ》らず、足許の悪い溶岩台地に攻め込む不利を嫌い、容易に仕掛けて来ない。以後も度々使者を寄越しては、クラマス居留地に入るよう高飛車に命じ続けた。

その威圧は、すなわち挑発である。モドックが怒りを募らせ、打って出るように仕向けたいのだ。ジャック酋長は相手の肚《はら》を見抜き、皆に軽挙を慎むよう呼び掛け続けた。

そうして半年余り、一八七二年の七月を迎える。先に痺《しび》れを切らしたのはアメリカ軍だった。

「おうい！　来た、来たぞ」

斥候《せっこう》に出ていた若い戦士が、岩だらけの台地を飛ぶように戻って来た。

「昼前には来る。皆、支度を急げ」

報告を受け、スカーフェイス・チャーリーが頭に羽根飾りを着ける。ルパクラコが顔料の絵の具を取り、頬に青、白、赤の線を引いた。空と雲と台地の加護を祈る、彼らのまじないである。

虎太郎も同じウォー・ペイントを施し、戦士たちと岩陰に身を潜めた。照り付ける太陽、じりじりとした時間の流れに、耳元から首筋を伝って汗が流れる。

皆で話し合い、戦い方は既に定められていた。銃を豊富に持つ敵に対し、こちらはそれが乏しい。互いの射程と敵の数を考えれば、この大地に踏み込んで来るまで待つ方が得策である。尖った岩と起伏の多さで足が鈍くなったところへ弓矢を放ち、退ける手筈《てはず》だった。

言ってしまえば籠城である。だが虎太郎には大いに疑問があった。籠城とは援軍があって初めて取り得る戦法である。余所《よそ》から味方が駆け付け、敵の横合いや背を叩いてくれなければ、城方は次第に窮《きゅう》してゆく。少しでもこれを防ぐには――。

「できる限り敵の数を削りたいところだな」

呟くと、聞き拾ったチャーリーが左手の向こうから「お」と声を返した。

「奴らの数を削るって、何か考えがあんのか？」

「え？　ああ、敵が踏み込んで来たら分かるさ」

小一時間も過ぎた頃か、溶岩台地の西に広がる森からアメリカ兵が湧いて出た。少し顔を覗《のぞ》かせて眺めれば、ざっと百は下らない。後続もあるはずで、総勢は六、七百くらいだろうか。

虎太郎だけでなく、他の者も敵の進軍を覗いている。矢を放つ時の大まかな目安を付けるためであった。

と、敵の先陣が銃を構えた。

「伏せろ」

右向こうからルパクラコが声を飛ばす。ほぼ同時に、束になった銃声が轟《とどろ》いた。白虎隊に紛れ込んで官軍と戦った折、嫌というほど聞いた響きだ。それらの弾丸が岩に阻まれ、ごつごつと音を立てる。脆《もろ》い溶岩が銃弾の威力で砕け、大小の破片が頭上から降り注いだ。

と、遠く右手の向こうで「ぎゃっ」と短く悲鳴が上がる。大きな欠片《かけら》を頭に受けて、戦士の赤茶けた肌に赤黒い血が流れていた。

アメリカ兵は間断なく発砲しながら岩場を登って来た。銃撃の中、敵の動きを窺《うかが》うのは名のある戦士の役目である。時にチャーリーが、時にルパクラコが岩陰から顔を出し、すぐに引っ込める。その度に「まだだ」と声が寄越された。

「チャーリー。敵の数は？」

虎太郎が問うと、即座に「増えた」と返ってきた。

「初めの倍くらいだ。丘の真ん中辺りまで登って来てるぜ」

ならば敵との間合いは概《おおむ》ね一キロメートルか。銃なら射程の内だが弓矢では届かない。

絶え間ない銃声、その度にチャーリーとルパクラコが敵の位置を報《しら》せる。あと五百メートル、三百、二百。そして。

「よし、そろそろ届く」

チャーリーの声に、戦士たちが一斉に弓を引き絞った。虎太郎も皆と共に弓を取る。

ルパクラコが改めて敵を窺い、皆に向けて「もう少し上を狙え」と声を飛ばす。そして身を潜めたまま、裏返った大声を上げた。右手で口を塞ぎ、開きを素早く繰り返すと、甲高く「アワワワ」と響き渡る。これを合図に百の矢が放たれた。

遠くから——百二十メートルほど先だろうか——ちらほらと、アメリカ兵の慌てふためいた悲鳴が届く。声の出どころは十幾つか。確かめるべく、虎太郎は岩陰から敵を覗いた。

「ひとりだけ転がっている。他は掠《かす》り傷だ」

「なら、もっと撃ってやりゃいい」

今度はチャーリーが「行くぞ」と声を上げる。皆の弓が大きくしなると、先のルパクラコと同じウォー・クライで合図した。

幾度も幾度も矢を放つ。だが一度の斉射で射貫《いぬ》ける敵兵は多くて二人くらいのものだった。こちらが岩陰に身を隠せるのなら、敵とてそれは同じ。アメリカ兵は大きく数を損なうことなく、少しずつ間合いを縮めて来る。

「追加、寄越せ」

チャーリーの声に応じ、後方の岩穴から女たちが矢を抱えて走り出す。それらが銃の餌食にならぬよう、ルパクラコの合図で乱れ撃ちに矢が放たれた。

「ここ置くよ」

一メートルも後ろにルルの声がした。虎太郎は「おう」と返しつつ、また敵の動きを窺う。既に七十メートル足らずまで間合いを詰められていた。

その辺りには敵が身を隠せるところがない。虎太郎はこれをこそ待っていた。

「弓矢、支度を。さっきより矢を二本分だけ低く狙ってくれ」

片言のモドック語で皆に声をかけた。チャーリーが「お」と目を見開く。対してルパクラコは怪訝そうに「む?」と唸った。見れば、どことなく危うげなものを見る目であった。

そうだ。確かに危険は伴う。だが、と虎太郎は、ぎらりと目を光らせて立ち上がった。

「アメリカ共！　俺を狙ってみろ」

モドックの戦士と同じく、上着を脱いだ半裸の体。黄色い肌と括《くく》り袴《ばかま》の姿に、敵兵は不意を衝《つ》かれたらしい。いささか慌てて銃を構え、虎太郎に狙いを定める。

矢を置いて下がりかけたルルが、驚いて「え？」と声を上げる。チャーリーのウォー・クライがそれに重なった。弓の弦を弾《はじ》く音、矢が風を切る。敵兵が二十、三十と、声を上げる間もなく倒れた。

アメリカ兵が「何てこった」と取り乱している。虎太郎は「援護してくれ」と声をかけ、狼狽《ろうばい》した敵を目掛けて岩場を飛んだ。山歩きの旅と、ここで暮らした半年余りの慣れによって、平地を走るのと同じくらいの速さを保ち得る。そこに御式内で鍛えた身のこなしを加えた。

敵兵はさらに混乱し、背を見せて逃げ始めた。しかし岩場に足を取られ、そこ彼処《かしこ》で転んでいる。転げた兵に他の者が躓《つまず》いて将棋倒しになった。

「しゃあ！」

相手に飛び掛かり、腰の刀を抜いて斬り下げる。ひとりの背を斜めに叩き割り、さらに横薙《よこな》ぎに払って立て続けに二人の胴を掻《か》き斬った。

「虎太郎！　右！」

ルルの金切り声が飛んで来た。いかん、と右手を向けば、がたがたと震える敵兵が拳銃を向けている。しかし慄いた兵の銃より、勇敢なモドック戦士の矢の方が早かった。虎太郎を狙った兵の左半身が蓑虫《みのむし》になり、声も上げずにくずおれた。

「た、退却！　下がれ」

隊長らしき者が叫び、アメリカ兵がほうほうの体で逃げ出してゆく。モドック戦士が一斉に岩陰から飛び出し、或《ある》いは弓矢で、或いは手斧を投げて、それらを叩いた。

緒戦はモドックの大勝に終わった。

岩の台地に押し寄せた兵は二百ほど、そのうち三十八人を討ち取った。戦士たちと共にそれらの遺体を運び、南にある大きな窪地《くぼち》に放り込んでゆく。

ひととおりが終わり、夕暮れ時になって、虎太郎は住処の岩穴に帰った。

「ただいま。ああ疲れた」

「お帰り」

迎えたルルの声が少しおかしい。何かを思い詰めた顔である。

「どうした?」

腰を下ろし、ひと口の水を含んで問う。声が返るまで、何とも言えない間が空いた。

「ねえ。あんた自分の命を何だと思ってんの? あんな戦い方して」

声音は硬いが、怒っている訳ではないらしい。いつもの勝気な眼差しが影をひそめ、憂《うれ》いの色を滲ませている。

「あんな戦い方って」

自らを囮《おとり》とし、かつ相手を攪乱《かくらん》した。奇策には違いないが、不自然な手段ではないはずだ。そう説いて聞かせると、ルルは「違うよ」と仏頂面になった。

「あたしもシャイアンの戦いを見てきたんだ。あんたの言いたいことは分かる。でもね」

ルルは真っすぐに、強い語気を向けてきた。シャイアンは、そして全ての先住民は、虎太郎とは違うのだと。

「シャイアンの戦士たちも確かに命懸けで戦う。でも命懸けと命を粗末にするのは違うんだ。あんたみたいな、死ぬのが怖くないって戦い方、誰もしなかった」

虎太郎は「何だよ」と眉を寄せた。

「殺し合いの場だぞ。死を恐れて何ができる」

「あんたが言ってた白虎隊も、だから自分で死んだの？　おかしいだろ、それ」

おかしい、とは。

白虎の皆が、おかしい。そう言ったのか。

かっと腹の底が熱くなる。出会って以来、初めてルルに覚えた怒りであった。

「うるさい！　戦いに出ていない奴に何が分かるんだ」

怒鳴り声が弾き出される。ルルがびくりと身を震わせ、そして悲しそうに呟いた。

「……そうだよ。あたしには分かんない。でもシャイアンの戦士は戦って死ぬ時まで、ちゃんと自分の命の値打ちを考えてた。自分が死んだら泣く人がいるんだって」

言い残して、ルルは岩穴を出た。少し頭を冷やして来るから、と。

後を追うことはできなかった。怒りのせいではない。ルルの悲しげな言葉が、ずしりと胸に重かった。

外を染め始めた夕闇に目を泳がせ、虎太郎は思った。

ルルを守りたい。この子に少しでも幸せな生を。そう願い、これぞ我が命の使い道と信じてきたのに。

この戦いも同じだ。モドックの力になろうと思い、身を賭《と》して戦った。それが間違いだというのか。いったい何が、どこが違うのだろう。

あれこれ思いを巡らせるうち、やはり疲れていたのか、飯も取らずに眠ってしまった。気が付けば朝になっていて、ルルはいつもどおりに隣で眠っていた。

虎太郎が身を起こすと、ルルも目を開けた。はっ、と気まずい思いが胸を締め付ける。しかしルルは昨夜の一件が嘘《うそ》であるかのように、常と変わらぬ笑みを見せた。

「おはよう」

「あ。うん」

曖昧《あいまい》に返事をすると、ルルは静かに身を起こし、両手を自らの胸に当てた。

「虎太郎。昨日はごめん。あんたが銃で狙われたの、目の前で見てさ。あたし、どうかしてたんだと思う。もう気にしないで」

そして目を伏せ、改めて「ごめん」と頭を下げる。どう返して良いのか分からず、虎太郎はただ「ああ」とだけ返した。

*

「ようタイガー。おめえ今日、さっぱりだったな」

「チャーリー。すまん、調子が出なかったよ」

アメリカとの戦いが始まって七ヵ月余が過ぎ、一八七三年の二月も終わろうとしている。虎太郎が十九歳を迎えたこの日も、アメリカ軍は押し寄せて来た。

これまで六度の襲撃を受け、全てを撃退している。今日の七度目もどうにか蹴散らした。もっとも虎太郎は役に立っていない。斬り込もうとすれば躓いて機を逸し、弓を取れば引き過ぎて弦を切る始末だった。

「まあ疲れも溜《た》まる頃だが、おめえの剣と御式内は敵も怖がってんだ。次はまた、きっちり暴れてくれねえと困る」

肩を軽く叩いてチャーリーが立ち去る。その背を見送り、虎太郎は心中に「違うんだよ」と呟いた。疲れ云々《うんぬん》で働きが鈍くなったのではない。気が散っていたのだ。緒戦の晩、ルルに言われたことが、なぜか今日は頭にちらついて仕方がなかった。

命の値打ちとは、何かを成すべく懸命になることとは違うのだろうか。考えつつ自らの岩穴に帰れば、ルルは炊き出しの芋粥《いもがゆ》を受け取って、もう戻って来ていた。

「お帰り。夕飯だよ」

そう言って粥を手渡し、自分の椀《わん》から匙《さじ》で三杯、こちらの椀に加えた。

「あんた誕生日だろ。たくさん食べな」

あの日以来、厳しい言葉を向けられたことはない。今日もいつもの笑みで迎えてくれる。自分で言っていたように「どうかしていた」だけなのか。そうであって欲しいと、虎太郎も努めて普段どおりを貫いた。

「おまえの食う分、半分になっちまうぞ」

「構わないよ。六月にあたしが十五になったら、あんたのを半分もらうから」

二人で「はは」と笑い合い、飯を取った。

或いは、ルルは言いたいことを抑え込んでいるのかも知れない。今はモドックと共に戦うべき時なのだから、と。いずれにせよ、自分が成すべきは戦働きである。次は無様な戦いをすまいと、胸中に自らを鼓舞しつつ粥を掻き込んだ。

その「次」は、思わぬ形であった。

四月、アメリカ側が和平交渉を持ち掛けてきた。モドックの善戦に手を焼き、多くの兵を損なったからであろう。

ジャック酋長はこの交渉に赴いた。だが一方では、交渉の行なわれる敵陣近く、トゥレ湖北岸の森にルパクラコ以下の戦士を潜ませている。虎太郎も、その中にいた。

「酋長、思いきったことを考えたな」

明け方近く、森の暗がりに身を潜める中で呟く。傍らのルパクラコが言葉少なに返した。

「奴らの和平は信用に値せぬからな」

アメリカはインディアン居留地を定めるに当たり、白人が居留地を侵さないことを取り決めに盛り込む。しかし先住民の土地に何かの益が見付かれば、平気で反故《ほご》にしてきた。誰かが居留地に立ち入り、我がもの顔で振る舞っても決して罰しない。むしろ居留地を定め直し、先住民を他へ追い払った上で、その土地から一層の利益を得ようとする。

こうした事情はかねて聞いていたとおりだ。ゆえに酋長は交渉に応じると見せかけ、その席で敵の大将・キャンビー准将を討ち取る覚悟なのだという。

大将が死ねば、敵は必ず混乱に陥る。酋長はその隙に護衛の者と共に退却する手筈だった。ただ、そのような大事が起きれば、混乱の中でも酋長を追う兵はある。ルパクラコ以下八十五名は森で待ち伏せし、追撃の兵を叩くように言われていた。

和平とやらの交渉は今日の朝からだ。果たしてジャック酋長は、首尾良く敵将を討ち取れるのか。焦《じ》れながら待つことしばし、昼を迎える頃になって、ルパクラコが「む」と立ち上がった。

「聞こえる。やったようだ」

虎太郎の耳には何も届いていないが、ルパクラコの眼光は確信に満ちている。戦士たちは一斉に腰を上げて槍《やり》を取り、身を低くして森の際まで進んだ。

少しすると左手の遠く、西の野に土埃《つちぼこり》が上がり始めた。薄茶色に煙る中には酋長と五人の護衛が駆る馬の影、その後ろにアメリカ軍の馬らしき一群があった。

時折、銃声が響いた。もっとも、やはりアメリカ兵は動揺を隠せないらしく、酋長以下には命中していない。これを見てルパクラコが静かに発した。

「構えるぞ」

戦士たちが身を低く槍を構える。酋長と護衛が駆け抜けるのを見送って、これを追う敵を待った。敵は六十騎足らず。その半分をやり過ごしたところで、ルパクラコの甲高いウォー・クライが響いた。

モドックの戦士が一斉に駆け出し、低く槍を投げる。敵の馬が脚を掬《すく》われ、けたたましく嘶《いなな》いた。五頭、六頭が転げ、その背にあった兵が投げ出される。落馬した兵を後続の馬が踏み潰し、しかし転げた馬までは避けきれずに次々と転倒していった。

これを見て、酋長の護衛に付くチャーリーが取って返した。

「行っくぜえ！」

チャーリーの投げる手斧が敵を牽制する。そこにルパクラコ以下が斬り込んで行った。狭隘《きょうあい》な地に敵味方が入り乱れた中、先住民の手斧は小回りが利く。体を軸に振り回される手斧が、あちこちに血煙の円を描いた。対して、斯様な時に刀は扱いづらい。虎太郎は両手に一角の拳を固め、壊乱に陥った敵とすれ違いざま、急所を打ち抜いてゆく。

乱戦しばし、アメリカ軍は二十五人の兵を死なせて退却していった。

戦勝によってモドック族はさらに気勢を上げる。逆にアメリカ軍は、これを境に一切の襲撃をしなくなった。

そして敵は、戦い方を変えた。

数と武装に見劣るモドックが善戦し得たのは、溶岩台地という地の利を活《い》かしたからだ。とは言え要害にも弱点はある。岩場だけに大半は不毛の地、水は台地の西にあるトゥレ湖か、遠く東の小川で汲《く》むしかない。アメリカ軍はこの水の手を断ちに掛かり、併せて包囲を狭めてきた。

こうなると、野山での採集も覚束《おぼつか》ない。モドック族は飢えと渇きに苛《さいな》まれ、体の弱い者や幼い者、年老いた者から少しずつ命を落としていった。

窮状を見越したように、敵が大砲を撃ち始める。数は二門のみだが、着弾によって溶岩台地が崩れ始め、モドック族は後退を余儀なくされた。

そして六月初め、とある日の夕刻のこと。

「皆、聞いてくれ。私は明日、敵に投降する」

キャプテン・ジャック酋長は、ついにその決断をした。これ以上、戦いは続けられない。自分が投降し、処刑されることで全てを終わらせよう、と。

皆が悲しんで涙を流した。だが、誰ひとり異を唱える者はなかった。

湿っぽい空気に包まれて、夜が更けてゆく。

虎太郎はずっと起きていた。そしてルルが眠りに落ちたのを確かめると、岩穴を抜け出して酋長を訪ねた。酋長もまだ起きていて、ひとり静かに最後の夜を過ごしていた。

「こんな時分にすみません」

ジャックは「いや」と静かに笑みを浮かべた。

「訪ねてくれたのは幸いだ。ゆっくりと別れを言える。遥《はる》か遠くの国から来た勇者よ、私たちは心の底から君に感謝しているぞ」

「勇者、ですか。俺はそんなに大層なものなんでしょうか」

ぼそりと呟く。酋長が「おや」と首を傾げ、透き通った眼差しを寄越してきた。

「しばらく前から気になっていたが……。君は何かに悩んでいるな」

吐き出してみなさい。君より二十年近くも長く生きてきたのだ。少しでも役に立てれば恩返しになるだろう。促され、虎太郎は「ありがとうございます」と小さく頷いた。

「……初めての戦いの晩に、ルルに言われました。自分の命を何だと思ってんだって」

死を恐れて何ができる、ではいけない。命懸けで戦うことと、戦いの中で命を惜しまぬことは違う。自身の命の値打ちをもっと考えて欲しい。そういう意味の言葉だった。

「部族を問わず先住民はそうだって。でも酋長は、処刑を承知の上で敵に降《くだ》ろうとしている」

にも拘らず、ルルはこれを受け容《い》れていた。皆と共に悲しみながら、ひと言も「おかしい」とは言わなかった。

「教えてください。あなたが命を擲《なげう》つのは、俺と何が違うのです」

酋長は「ふふ」と笑い、長く、長く溜息をついて、そして語った。

「私が戦ったのは、アメリカの言いなりではモドックが不幸になると考えたからだ」

何もせずに不遇を甘受しては、人としての生を全うしたとは言えない。だから粘り強く戦い抜き、手痛い打撃を与えてアメリカの横暴に「否」を突き付けた。

「私は常に、共にある者の幸せを願ってきた」

先住民の大半の部族には身分の違いというものがない。そうした中、自分は皆を束ねることを求められた。だから――。

「いや。そうでなくとも、やはり私は、どうすれば共にある皆が幸せかを考えたろう」

共にある者の幸せのため。繰り返された言葉が強く胸に響く。そして思い出した。ルルの大叔父、ブラック・ケトルの教えを。

幸せとは自分のみで決まることではない。周りにいる仲間が泣いていたら、それは自分にとって不幸なことだ。周囲の皆を助けて幸せにしてやれ。それでこそ本当に、自分は幸せだと胸を張れる。

改めて噛み砕きながら、虎太郎は静かに考える。ルルに幸せな生を送って欲しい、その一念で共に旅に出た。モドック族と共に戦ってきたのも、自分に似た境遇の者――アメリカ先住民の力になりたかったからだ。ジャック酋長と思いは同じはずである。

そうした胸の内をぽつぽつ吐き出し、最後に「分からない」と呟いた。

「俺の何が違うんだろう」

ジャックは何かに得心したらしく、感慨深そうに「そうか」と長く息を吐いた。

「君は、私が立派なことをしたと思っているようだ」

いささか驚くべき言葉だった。

「そうでしょう?　違うんですか」

「私の選んだ道は間違っていたのかも知れない。今となってはそう思っている」

何がどう間違っているというのか。眼差しの問いに、ジャックは小さく二つ頷いた。

「アメリカに抗《あらが》うことがモドックのためになると思った。だが、それによって余計に失われた命もある」

戦いである以上、それは致し方ない話だ。ただ、この戦いは最後の勝利を得られるものではなかった。モドック族を蟻《あり》に例えるなら、アメリカは灰色熊――グリズリーよりも巨大な怪物と言わざるを得ない。

「なのに私は、戦いの道を選んでしまった」

虎太郎にとっては、頷けない気持ちの方が大きかった。

「どうしてです。アメリカの言うとおりにクラマス居留地に入って、散々な目に遭わされてきたのでしょう?」

「確かにそうだ。しかし、それは私たちが不自由を強《し》いられるというだけで、暮らしそのものを脅かされるような話ではなかった」

戦う道を選んだことで、かえってモドック族に迷惑をかけたのかも知れない。だとしたら自分のしたことは、罪と言えるのではないか。

「だからこそ投降を決めた。これ以上の戦いは、モドックのためにならない」

どことなく引っ掛かるものがあった。ジャックの思いを知ることはできたが、つい先ほど見せた、得心したような顔は何だったのだろうか。

「……それが、あなたと俺の違うところなのでしょうか」

「いや。私とルルの、同じところだ」

思いも寄らぬ言葉だった。ルルの境遇、カスターとピンカートンに付け狙われる理由などは全て話してあるが――。

「ルルはカスター中佐なる人物に両親を殺された。ゆえにシャイアン族の今後を思って、工場から機関銃の設計図を盗み出した。しかし、そのためにウォシタ川での大虐殺を招いてしまった」

ルル自身の行ないが発端となって、共にある者に苦難を強いた。モドック族に戦いの道を進ませた自分も同じなのだ。ジャックはそう言う。

「ルルの思いがね。少し、私には分かる気がする」

あの時、もし違うことをしていたら。余計なことをせずにいたら。

そういう後悔がある。重たいものを背負っている。

だから考えるのだ。今、自分が何かすることで、共にある者が本当に幸せになるのかと。

「あ！」

虎太郎の目が大きく見開かれた。

ルルと自分が同じだと思っていた。あまりにも大きな力に踏みにじられた、似た境遇だと思ってきた。だが違った。大半は似ているが、その上に積み上げたものが少しだけ違う。そして、その「少し」がこの上なく重い。

胸が痛む。きつく眉を寄せて俯き、右手で額を押さえた。

「……そうだったのか。俺は」

「どうしたね」

ジャックの静かな問いかけに、恥じ入る気持ちで声を揺らした。

「白状します。俺は、あなた方のために戦ったんじゃない。自分のために戦っていた」

がくりとうな垂れた。そして、自分がなぜアメリカに来たのかを語った。

自らの成すべきことを見付けるためだった。白虎隊の魂、自刃して果てた皆の思いを背負っている以上、それが皆に応える道だと信じて今までを生きてきた。

「俺はずっと、ルルのために旅をしていると思っていた。モドックを助けるために戦うんだって思っていた。でも逆だよ」

ルルは大叔父のブラック・ケトル酋長から、幸せとは自分を取り巻く皆と共に得るものだと教えられた。それを忠実に守って生きてきた。目の前のジャック酋長も同じである。

「俺がやっていたことは全部、逆だったんだ」

白虎隊の朋友・永瀬雄次が、自刃を思い止《とど》まらせようとして言った言葉を思い出す。


――命があれば、きっと何かができる。俺たちのためにも、そうしてくれ――

そして自分は命を繋いだ。猟師の甚助に助けられ、諭《さと》された折の話も同じではなかったか。甚助の祖母は怪我をして歩くことも儘《まま》ならぬ身となった。だが骨接ぎの技を身に付け、皆の支えとなって自らの命に値打ちを与えたという、あの話だ。

ルルを始めとする先住民たちも、永瀬も、甚助も。押し並《な》べて、まず「皆のため」が先に立っていた。然るに自分はどうだ。

「俺はいつも、自分のために動いていた。それじゃあ、だめなんだ。皆のためを考えて、それが自分のためにならないと」

自分のため。自分がどうしたいか、どうありたいか。それは欲得だ。日本の官軍やアメリカ軍と何も変わらない。だから、であろう。命を囮にして戦った。それは勇敢とは違う。成すべきことを探したいという気持ちが先走っただけだ。俺の成すべきは、モドックのために戦うこと。自分自身に、そう示したかったに過ぎない。

そういう嘘、勘違いを、ルルは心で嗅ぎ取った。だから怒りではなく、悲しむ言葉で責めたのではなかったか。

吐き出す悔恨《かいこん》を、ジャックは柔らかに受け止めてくれた。

「難しいものだな。だが君は自分の中に正しい道筋を見付けた。もう障りないはずだ」

「……そうだと、良いのですが」

「大丈夫だよ。なぜなら君は、日本で死んだ仲間の心を背負ってきたのだ」

ルルが背負うものと比べても、それは決して軽くない。この先きっと互いを受け容れ合い、共にある者として認め合っていけるだろう。ジャックはそう言って、大きくひとつ溜息をついた。我々と白人も、互いを認め合えるようでなくてはいけないのだと。

「私は同族を守るために命を捨てる。それが先々の礎になると信じたい」

何のために戦おうとしたのか。なぜ、こうして生涯を終えるのか。モドック族の同胞、他の部族の皆、そして白人が、いつか分かってくれることを望むのみだ――。

「共にある者……か。肝に銘じます」

酋長の言葉を噛み締め、虎太郎は立ち上がって深く一礼した。

「ありがとうございます。それから」

「うん？」

「あなたがアメリカと戦おうとしたこと、俺は間違いだったとは思いません」

自分のためと皆のため、どちらが先に立つかで人の行ないは大きく変わる。ことほど左様に人は心で生きているのだ。今宵《こよい》の話でそれを教えてもらった。

「アメリカが先住民を踏み付けるのは、やっぱり無体です。黙って耐えるだけなんて、そっちの方が間違ってますよ。心を殺すのと同じなんだから」

戦いを終わらせるため、処刑されると分かっていて投降する。それを止めることは、自分にはできない。ジャックが同族のためを思って選んだ道だからだ。

しかし、それを言うなら――。

「戦うと決めたのも同じ思いだったのでしょう？　酋長は人として正しくあろうとしたに過ぎない。少なくとも俺はそう思います」

「……そうか。ありがとう」

ジャックから笑みが返される。虎太郎はもう一度、深々と頭を下げて岩室を辞した。

明くる日の朝早く、ジャック酋長はアメリカ軍に投降して行った。

後を託されたのはスカーフェイス・チャーリーである。酋長を見送ると、チャーリーは流れる涙を拭いもせず、ひとりの若い戦士に声をかけた。

「ワピ、おめえがタイガーたちを案内してやってくれ」

この戦士はルルと同い年だという。歳が近ければ気兼ねもなかろうという配慮であった。

「ようタイガー。ワピって名は、英語で言えば幸運って意味なんだぜ。二人の旅に幸運のあらんことを祈る。ほら、さっさと行け」

チャーリーが虎太郎の肩を強く叩く。そして「別れは済んだ」とばかりに背を向け、目元を荒く拭った。

「今日まで共にいてくれて、ありがとう。きっとまた会いに来るよ」

虎太郎はそう言って、モドック族に別れを告げる。いざ、シャイアンに合流する旅が再開された。

五　ウィリアム・ボニー

モドック族の溶岩台地を出発してからは、すぐ北のオレゴンに入った。そこから東へ進んで今やアイダホの東南部である。旅を再開して実に七十日余り、案内人のワピが遠くを指差した。

「見えてきたぞ。あれがホール砦《とりで》だ」

左手──北側に農園、南側に荒野が広がっている。前へと続く道の向こうには右奥に山々が連なっているが、その麓に壁を巡らした一角があった。虎太郎《こたろう》は「ほう」と眺めて問う。

「砦か。戦があったのか？」

「いや。毛皮の取引用だって聞いている」

以前はショショーニ族などの先住民が暮らしていた地であるという。だが四十年ほど前、ワイスなる商人が交易の拠点としてこの砦を築いた。

簡単に説明を加えて、ワピは「さて」と軽く息をついた。

「俺の案内はここまでだな。砦の向こうの山に入って、森伝いに行けばソルト・レイク・シティに出られるよ」

背の荷物から地図帳を取り出して目を落とせば、確かに南へ山林が続いている。ソルト・レイク・シティまでは概《おおむ》ね十日前後だろうか。栄えている町だけに人目も多く、素通りした方が無難であろう。

とは言え、どこかで町には立ち寄りたいところだ。

「……ソルト・レイク・シティを過ぎて、山伝いに四日くらいでプロヴォって町があるな」

そこで少しばかり食料を調達したい。ルルの採集に頼るだけでは行き詰まることもあろう。ここまでの道のりでも、ところどころで農村を訪ねては馬鈴薯《ばれいしょ》を買い入れてきた。

「プロヴォの辺りから東に行けばコロラドだ。ルル、コロラドは分かるんだよな。どこら辺を知っている?」

問いつつ地図を見せる。が、ルルは「こんなの見ても分かんない」と突き返す。

「でも任せといて。山とか川とか見れば分かるから」

いささか不安な返答だが致し方ない。山と森を伝って行けば、大まかにでも目的の方向へと進み果《おお》せる。

「分かった。じゃあ行くか」

虎太郎はルルと二人でワピに向き直り、長きに亘《わた》る案内に礼を述べた。

「ここまで、ありがとうな」

虎太郎は丁寧に頭を下げ、ルルは自らの胸に手を当てて敬意を示す。ワピが「ああ」と背伸びをして軽く息をついた。

「さて。帰ったらクラマスの居留地か」

不仲のクラマス族に再び間借りするのか。ジャック酋長《しゅうちょう》が投降し、処刑された以上は致し方ないのかも知れない。とは言え以前に散々な嫌がらせを受け、それが元でトゥレ湖畔の故地に戻った人々だ。

またぞろ同じことにならねば良いが。

こちらの顔から懸念《けねん》を読み取ったか、ワピは「大丈夫」と穏やかに笑みを浮かべた。

「これからのまとめ役はチクチカムだ。キエントプースと違って、ものごとを穏便に済ませる人じゃないからな」

チクチカム――モドック第一の戦士、スカーフェイス・チャーリーである。キエントプース、つまりキャプテン・ジャック酋長に比べ、チャーリーは多分に気が荒い。日頃は親しみやすい人柄だが、いざ怒りに燃えると暴れ回って手が付けられないのだという。

「そういうところ、俺たちには見せなかったけどな」

「そりゃ、おまえらがあの人を怒らせなかったからだ。ともあれ、クラマスもチクチカムは怖がってる。それに俺たちはアメリカと戦ったじゃないか」

クラマス族は一方的に定められた居留地に暮らし、アメリカに抗《あらが》おうとしなかった。対してモドック族はアメリカと戦い、一年に亘って散々に苦しめた。クラマスができなかったことを成したのだ。

「クラマスもアメリカも、モドックには一目置くさ」

虎太郎は「なるほど」と頷《うなず》いた。ジャック酋長は、アメリカと戦ったのは間違いだったかも知れないと悔いていた。だが、やはりそんなことはなかったのだ。酋長の選んだ道は、この先の確かな礎になろうとしている。

「それじゃ、本当にお別れだ。楽しい旅だったよ」

ワピが笑って西へと返してゆく。虎太郎とルルは東へ進み、互いに大きく手を振り合った。

以後は山に紛れ、森伝いの旅となった。

十日の後、ソルト・レイク・シティ近辺に至る。ここを素通りしてさらに四日、森の端に出て眺めれば、目星を付けていたプロヴァの町が西の先に見えた。

「ちょっと行って来る。ルルはここで待っていてくれ」

ひとり山を下りて町に入る。虎太郎はここで幾許《いくばく》かの食料を買い入れた。

＊

「で？　まだ捕まえられんのだな」

カスターが問うて、執務室の椅子から立ち上がった。

「そのくせ、また人を増やしたから経費を上乗せしてくれと言う。私は疑問に思うのだよ。諸君が真面目にやっているのかどうか、それとも真面目にやってこの程度なのかと」

エリックは面持ちに苦いものを浮かべた。シェラネバダの山であと一歩まで追い詰めながら逃げられて、以後、ルルと虎太郎の足取りを摑《つか》めずにいるのは事実である。それでもこの不作法な苦言、或《ある》いは愚弄《ぐろう》に対しては真正面から抗弁した。

「真剣に探すからこそ増員するのです。我々は彼らが採り得るルートを十七とおりもシミュレートして、それぞれに人員を配置しております」

「ほう？」

「ルルとミムラは間違いなく山に紛れて旅をしている。とは言え、ずっと山に籠もっている訳にもいかんでしょう。食料、水、時折の休息……どこかで必ず町に入る」

二人には人目に付きたくないという心理がある。ゆえに大都市は避け、小さい町を選ぶのではないか。しかしながら、そういう町や村、集落を数え上げればきりがない。

「部下ひとり当たり、五つの町や村を行き来して、常に網を張っています。彼らの労苦を疑われては心外ですな」

エリックの言い分を聞き、カスターは眉を寄せて頷いた。

「ふむ……しかし、向こうが裏を掻《か》いて栄えた町を使うとは？」

「そういう町には常にひとり駐留させて、聞き込みを繰り返しています」

「分かった。経費の明細を寄越《よこ》しておけ」

カスターの渋い返答を受け、エリックは溜飲《りゅういん》の下がらぬ顔で「では」と部屋を出た。

＊

山の中、木々の間を走っている。それも真っすぐにではない。左に向かって木の陰に入り、右へ逸《そ》れて岩陰へ。時折、後ろから銃声が響く。木の幹がぼこりと音を立てて銃弾を受け止め、岩が硬く鈍い音と共に射撃を弾《はじ》き返した。

「ルル、遅れるなよ」

「あんたこそ」

プロヴォの町で食料を調達して四日、二人はピンカートンのエージェントに追われていた。真っ正直に追って来る辺りからして、どうやらエリックではない。

それにしても、である。

「奴らめ、何て鼻が利くんだ」

駆けながら、虎太郎は歯噛《はが》みした。できる限り警戒していたというのに、こうもあっさり嗅ぎ付けられてしまうとは。アメリカ政府から難事の解決を依頼される面々だけに、やはり恐るべき実力がある。

それでも山林での立ち回りは、ずっと山伝いに旅をして来た二人に一日の長があった。後方からの声が少し離れ始めている。

「待て、この！」

また銃声が響く。虎太郎の足許《あしもと》で土くれが弾け、握り拳ほどの石が飛んだ。

「あっ！」

甲高く短い悲鳴が上がった。銃弾に吹き飛ばされた石は、あろうことか、一メートルほど右前を行くルルの左肩を叩《たた》いていた。

どさりと激しい音を立て、ルルが転倒した。その右側、二メートル足らずの先は深く急な崖になっている。エリックに襲われた時を思い、虎太郎はひやりとして駆け寄った。

「おい、大丈夫か」

細い腰を抱えて崖際から引き離す。ルルはすぐに立ち上がった。

「膝を擦《す》り剝《む》いただけ。肩も、ちょっと痛いけど大丈夫」

「なら急げ。今のうちだ」

ルルの背を軽く叩き、二人して再びの駆け足になる。

「虎太郎、今のうちって？」

「さっきのが六発目だった」

リボルバーの弾倉は空になっているはずだと、弾む息で返す。弾込めの間に少しでも遠くへ行けば――。

「馬鹿め。ここまでだ」

その声と共に、二人の駆け足が急に止まった。正面、二十メートルの先に拳銃を構えた男が立ちはだかっている。

ルルがちらりと目を流してきた。眼差《まなざ》しが「御式内《おしきうち》で何とかできるか」と問うている。虎太郎は小さく首を横に振った。自分が狙われているのなら詰め寄ることも考えたろう。だが相手の銃口はルルに向いている。

「挟み撃ちだ。逃げられんぞ」

寄越された言葉には、決意に裏打ちされた気迫が滲《にじ》んでいた。虎太郎の刀や拳で自分が命を落としたとて、引き換えにルルを仕留めれば良いのだと。

「シャイアンのルル、コタロー・ミムラ。二人とも武器を捨ててもらおう」

正面から低い声が響く。後ろからの駆け足が十メートル足らずまで近付き、撃鉄《げきてつ》を起こす音が聞こえた。既に弾込めは終わっているらしい。目の前の男がルルを狙う以上、後ろの男は虎太郎を狙っているはずだった。

「早くしろ」

こうなると身動きが取れない。虎太郎は腰の刀を鞘《さや》ごと抜いて前方に投げ出した。重い刀は遠くまで飛ばず、二メートル余りの先である。ルルも腰に提げた二つの手斧《ておの》を外し、ぽんと足許に放り捨てた。

「それでいい。両手を上げて頭の後ろに組め」

言うとおりにするしかなかった。

ルルの腹に銃口を向けたまま、前の男が近付く。さくさくと枯れ葉を踏む音が背後に迫る。虎太郎の首筋に硬いものが当てられた。先ほどまで射撃を繰り返していた銃口の、軽い熱を湛《たた》えた感触である。

「ようし、いい子だ」

ルルを狙う男が、にやりと笑う。双方の間合いは一メートル余り。どう撃っても外しようがないと、勝ちを確信した笑みであった。

しかし。その笑みが――。

「オー、マイ！　ゴッド！」

絶叫ひとつ、苦悶《くもん》の表情に変わった。銃を握る腕に深々と手斧が食い込んでいる。足許に放り捨てたものをルルが蹴り上げ、男の手首を半ばまで断ち割っていた。

「このインディアンが！」

怒りに満ちた声と共に、虎太郎の首に宛《あて》がわれていた銃口が外れる。仲間を傷付けられて激昂《げきこう》し、ルルを撃とうとしているのだ。

寸時にそれと察し、虎太郎は上体を素早く右に捻《ひね》る。そして背後の男の鳩尾《みぞおち》に痛烈な肘の一打を放った。

「あ……。あ」

刹那《せつな》の後、男は総身の力を失ってくずおれた。ぺたりと座った格好で白目を剝き、口を大きく開けて必死で息を吸い込もうとしている。御式内の近接技、虜囚《りょしゅう》の型・其之三《そのさん》。捕縛から逃れるため、肺の腑《ふ》の動きを止めて呼吸を奪う「胸潰し」であった。

これで、この男はしばらく動けない。手首を半分断たれ、狂乱の只中《ただなか》にある男を先に仕留めるべし。

「消えろ！」

右半身《みぎはんみ》に構えて踏み込み、相手の横腹に渾身《こんしん》の体当たりを食らわせる。男はひと際激しい絶叫を残し、先ほどルルが滑落しそうになった崖の底へと吹っ飛んで行った。叫び声が徐々に遠くなる。その声はやがて、岩と何かがぶつかる音を残して消えた。

「よし」

虎太郎は地に転がっている刀を取り、鞘を左手にすらりと抜き放った。そして横薙《よこな》ぎに払い、未《いま》だ動けずにいる男の喉笛《のどぶえ》を搔き切る。あとは放って置いて良い。肺の腑が再び動き出しても息が続かず絶命する。或いは血が足りなくなれば勝手に片付いてくれよう。

「ルル」

さぞ恐れているだろう、労《いた》わってやらねばと目を向ける。しかし意に反して、ルルは得意げに笑みを浮かべていた。父を目の前で殺され、ウォシタ川での虐殺を目の当たりにした娘にとっては、このくらい恐れるにも値しないのだろうか。

「あたしも結構やるだろ」

「ああ。驚いたよ。助かった」

逆に、虎太郎こそ戸惑いを覚えた。感謝と敬意、安堵《あんど》、幾らかの畏怖と憐憫《れんびん》。全てがない交ぜになった、何とも言えぬ笑みが浮かんだ。

*

広大なアメリカを東部、中部、西部に分けると、コロラドは中部に当たる。そこには先住民の多くの部族が暮らしていた。ルルのシャイアン族も元々はこの辺りで狩りをしながら移住を繰り返していたそうだ。そうかと思えば、一ヵ所に定住して農耕を営む部族も多い。それら農耕の民は二十余部族あって、まとめて「プエブロ」と呼ばれているという。

ルルの案内でコロラドを南へ進み、二人はニューメキシコ準州に入った。十一月の始め、初冬を迎えた頃であった。

山道の森が途切れ、そこから先は荒涼とした峡谷《きょうこく》が続く。あちこちに岩が点在しているが、人が隠れられそうな大きさではない。どうやらピンカートンの追っ手もいないと見て、二人は谷底を進んだ。

「ニューメキシコか」

地図帳に目を落として呟《つぶや》く。ルルが「あ」と目を丸くした。

「そうか。プエブロの部族、スペインの影響が強いんだった」

「おまえの持ってる設計図、スペイン人に頼めば形になるかも知れんのだろう?」

コロニーを出る前、西川友喜《にしかわともき》もそう言っていた。そしてルルも、シャイアンのまとめ役を通じてこの地の部族に渡りを付けるつもりだった。

ならばと、虎太郎はひとつを提案した。

「プエブロを訪ねるのはどうだろう。それに冬の旅は厳しいからな」

「え？　プエブロんとこで冬を越すつもり？」

ルルは驚いて、何とも言えぬ面持ちを見せた。設計図——機関銃の一件について何らかの手掛かりが得られたら、少しでも早くシャイアンを探したいという顔である。

察しつつも、虎太郎は「冬は動かん方がいい」と頷いた。

「ワカマツ・コロニーで暮らしていて思ったんだが、カリフォルニアの冬は寒くなかった。だけど、どうもここは違うみたいだ」

カリフォルニアの十一月は雨季で、日差しは少ないものの、海から寄せる暖かい風ゆえに冷え込みも穏やかだった。対してこの地では、同じ時節なのに冷えるのが早い。大平原を吹き抜ける乾いた風が、何もかも冷やしてしまうらしい。

「俺の生まれた会津《あいづ》も冬になると酷《ひど》く寒かった。まあ、雪が降るせいでもあったんだけど」

「雪か。見たことないや。でも」

シャイアンも冬には旅をしなかった。ルルはそう言って小さく頷いた。

「分かった。じゃあプエブロの村を探そう」

村は数日のうちに見付かった。峡谷を進むとその両脇には狭い平地が点在しているのだが、そうした中のひとつ、小川の流れが近い辺りに畑が作られていた。野良仕事に勤《いそ》しむ者の肌は赤茶けていて、先住民だと分かる。それを確かめると、二人は彼らを訪ねた。

「誰か、英語を話せる人はいない？」

五十絡みかと思われる男を捉《つか》まえて、ルルは話しながら胸の前で盛んに指を動かした。言葉も暮らしも違う部族同士が、互いの意を確かめるために使う「指言葉」なのだという。

　すると、その男は何やら発しながら少し遠くを指差した。定住する部族よろしく、簡素な木造の家が建ち並んでいる。その中の最も大きい一軒であった。

　二人は連れ立ってその家を訪ねた。この村をまとめる酋長の家であった。

　酋長は初老の穏やかな男だった。ルルと二人で、シャイアンの居場所を探して旅をしていることを告げる。併せて、冬の間だけこの村に置いてもらえないかと頼んだ。

「どうでしょう。お願いできませんか」

　虎太郎の問いに、酋長はじっと目を見て、そして頷いた。

「お主らは信用できそうだ。空き家がひとつあるから、それを使いなさい」

　かつては両親のいない娘が暮らしていた家だという。今年の初め頃、その娘が他の部族の男に嫁いで住む者がいなくなったから、と。

「虎太郎君といったか。二人は、食料は持っているのかね？」

「少しは。でも、ひと冬となると足りないと思います。分けてもらう訳にはいきませんか。アメリカ人が使うお金なら、少しは持っていますが」

　すると酋長は「構わんよ」と笑みを浮かべた。

「むしろ歓迎する。わしらも全て自分たちだけで賄《まかな》える訳ではない。どうしても、アメリカ人との取引が必要になる時があるのでね」

　どうしても、とは。アメリカ人を無条件に受け容《い》れはしないが、外との交《まじ》わりを断っている訳ではないということだ。

ならば、あとひとつ訊《たず》ねてみる値打ちはある。

「スペイン人との繋《つな》がりは、何かありますか」

もしもあるのなら、ぜひ紹介して欲しい。彼らに会って話したいことがある。その求めに対しては、望んだ答は返ってこなかった。

「すまんね。スペインの民族という意味なら二人ほど知っておるが、彼らはアメリカに根を下ろしている。もうアメリカ人なのだよ」

そうではなく、本当のスペイン人と知り合いたいのなら、メキシコとの国境を越えねばならないだろう。酋長の返答を聞いて、虎太郎はルルと頷き合った。これについては諦めるしかない。まずはシャイアンに合流し、その上で腰を据えて探す方が良さそうであった。

この部族はホピ族といい、村はアメリカに定められた狭い居留地の中にある。虎太郎とルルはこの村でひと冬を越した。もっともピンカートンに追われているがため、あまり家の外には出ずに過ごす日々であった。

明けて一八七四年の三月半ば、十分に暖かくなった頃、二人は村を後にして南へ向かった。

そして幾日か後の夕刻、今日も野営に向いた地を探している。

「だいぶ暗いな。早いとこ見付けないと」

虎太郎は遠く先を見渡した。この辺りを人が通ることはまずないが、それでも野営には目立たぬ場所を探さねばならない。どこかに洞穴や森がないだろうか。

「あ。虎太郎、あれ」

空の色が群青に変わらんかという頃、ルルが遠く向こうを指差した。夕闇に呑《の》まれそうな中、道の右手──西側に黒々とした塊が重苦しく居座っている。

「森か?」

「多分そう。行ってみよう」

果たしてそれは森であった。やれやれ、と木立に踏み込み、太い木が多い辺りを探す。言うまでもなく、ピンカートンの追っ手に襲われた時の弾避《よ》けである。

「お。いい木が三つ並んでるな。この辺りにしよう」

では、と木陰に荷を下ろし、ティピーの支度を始めようとした。

すると、ルルが「待って」と声をひそめた。いつになく緊張を伴った声で、こういう口ぶりには覚えがある。シェラネバダ山脈でエリックに襲われた時だ。

「何か聞こえたのか」

小さく頷いて返し、目を閉じて耳を澄ましている。努めて静かにしていると、やがてルルは西の向こう、森の奥を指差した。

「あっちだね。馬の蹄《ひづめ》の音。それと……何だこれ? 他の生きものの足音もする」

相変わらず、すごい耳だ。半ば呆《あき》れていると、ルルは傍らに立つ太い老木を指差した。

「隠れないと」

「お? ああ」

二人で木の後ろに身を潜める。その頃には、馬の闊歩《かつぽ》する音と牛らしき鳴き声が、虎太郎の耳にも聞こえるようになった。

明らかにおかしい。既に日は暮れ、空には月が青いのだ。こんな時分に牛飼いが働いているだろうか。馬だけなら、どこかに出かけて帰りが遅くなった者ということもある。とは言え、そういう者なら森ではなく道を辿《たど》るはずだ。

思ううち、その足音はごく近くまで寄って来た。そして。

「ああ？　おい、誰かいやがんのか？」

若い男のやや甲高い声が、静かな森の闇を渡った。ルルも虎太郎も息を殺している。しかし男は「隠れたって無駄だぜ」とへらへら笑い、辺りに馬の脚を進めて歩き回っている。

と、マッチを擦る音がして、辺りが明るくなった。ランプか松明《たいまつ》を使ったらしい。

「なあ誰だよ。待ち伏せか」

斜に構えたもの言いには、確かな凄《すご》みがあった。明らかにこちらの気配を察している。

どうする。相手がどういう男か、隠れたままでは分からない。だが口ぶりからして恐らくアウトロー、ならず者だ。

「なるほど。そこの木の陰だ。なあ？」

声の凄みが増した。こちらの居どころも正しく突き止めている。こうも執拗《しつよう》に探す辺り、後ろ暗いところのある者だろうか。騒ぎを起こせばピンカートンが嗅ぎ付けるかも知れない。できることなら揉《も》めごとは避けたかったが――。

「やれやれ。ご名答だ」

虎太郎はルルに「隠れていろ」の眼差しを送り、自分だけ姿を晒《さら》した。相手はカウボーイ姿で左手に松明を掲げ、跨《また》がる馬の後ろに二頭の牛を縄で曳《ひ》いている。どうやら牛泥棒か。

小袖に括《くく》り袴《ばかま》の出《い》で立ち、総髪の髷《まげ》を目の当たりにして、相手の男は驚いたように「うわっははは」

と笑い声を上げた。

「おいおいおいおい！　おまえ、何てえ格好してやがる。その髪型もイカしてんじゃねえか。あれか、もしかしてサムライってやつか？」

「侍なんて、知っているのか」

いささか驚いて問い返す。カウボーイは「ふふん」と鼻を鳴らした。

「だいぶ前に新聞に載ってたらしいぜ。俺っちは話に聞いただけだがな」

「新聞……。幕末の遣米使節か」

使節団の小栗忠順《おぐりただまさ》はその折、日米通貨の交換比率を見直すよう交渉し、小判と金貨の双方に含まれる金の分量を明らかにしてアメリカ政府を驚かせた。結果として交換比率の見直しは成らなかったが、アメリカの新聞各紙は理路整然とした交渉を絶賛し、好意的に報道している。

「そうそう、それだ。オグリって奴だ」

太い眉、少し下がり気味の目からは、先までの凄みがすっかり消えていた。対して、虎太郎は呆気《あっけ》に取られていた。カウボーイの持つ松明の灯りで、互いの顔まではっきり見えている。黒いテンガロンハットの下には、驚いたことに少年の顔があった。

「……おまえ、まだ小僧って歳《とし》じゃないか。それが牛泥棒かよ」

と、このひと言に、少年は下がり目を吊《つ》り上げた。

「小僧って言うんじゃねえ！」

言うが早いか、腰のホルスターから拳銃を抜き、銃口をこちらに向ける。

ぞくり、と背に寒気が走った。ピンカートンに襲われる度に拳銃の相手をしてきたが、この少年はそれらの比ではない。あのエリック・マッケンジー以上である。抜いてから狙いを定めるまでが、とにかく速い。御式内の型、半身の姿勢を作る暇も与えられなかった。

「動けねえのかい？　まあ、そうだろうな」

「俺を撃つ気か」

「サムライなんぞに出くわして気ぃ抜いちまったが……やっぱり死んでもらうしかねえんだよ」

凄み、或いは人を撃つ覚悟を決めた狂気。そういうものが少年の中で肥大してゆく。リボルバーの撃鉄が起こされ、がちりと音がして――。

「よせ！　やめろ！」

その声と共にルルが飛び出した。虎太郎の前に立って、庇《かば》うように大きく両手を広げる。

「何やってんだ、ルル！」

泡を食って前に飛び出し、抱きかかえて庇おうとした。が、ルルはその腕を振り解《ほど》いて再び前に出る。

「やい牛泥棒。あたしは虎太郎に恩があるんだ。こいつと一緒だったから、今日まで生きてこられた！　あんたなんかに殺させるもんか」

すると、少年の顔から毒気が抜けた。

「参ったねぇ、こりゃ。おまえインディアンかよ。サムライとインディアンだって？」

先までの狂気はどこへやら、へらへらと笑って銃を収める。そして馬を下りて近付き、ルルの前で大きく三度頷いた。

「安心しな。これで、おめえらを殺す理由はなくなった。ピンカートンかと思ったから身構えただけだ」

その言葉に驚愕《きょうがく》して、虎太郎は目を見開いた。

「おい。ピンカートンって言ったよな」

「ん？　おお。インディアンの、しかも女が一緒でピンカートンって訳ゃねえだろ？」

「あんな物騒な奴らと一緒にするな。それに、俺だってピンカートンには見えないだろうが」

牛泥棒は「違いねえ」と人好きのする苦笑を返す。が、すぐに「え？」と眉を寄せた。

「ってこたあ、おまえら。ピンカートンと何かあったってのか」

三人は互いに目を見合わせた。

「ちっと、座って話した方が良さそうだ」

牛泥棒の少年に促され、虎太郎とルルは先まで隠れていた木に背を預けて腰を下ろした。正面に少年が胡座《あぐら》をかき、胸のポケットから紙巻き煙草《たばこ》を取って火を点《つ》けた。

「ええと。まずお互いの名前だ。おまえら、さっき虎太郎とルルって呼び合ってたな。俺っちウィリアム・ボニー。ビリーでいいぜ」

ウィリアムという名は往々にしてビルと呼ばれ、これをさらに崩してビリーとなる。コロニーにいた頃、おけいに英語を習った折に聞いたものだ。そんなことを思い出しながら、虎太郎は慎重に問うた。

「じゃあビリー。おまえ牛泥棒で間違いないよな。それでピンカートンに付け狙われているってことか？」

「当ったりぃ。ま、今んとこは『謎の牛泥棒』だけどな。素性が割れるようなヘマは、してねえからよ」

「歳は?」

「十四。十一月で十五になる」

虎太郎の口が、への字になった。自分も数え十五、つまり満十四歳で白虎隊に潜り込んだが、今にして思えば往時は間違いなく子供だった。ビリーは「小僧」と言われて怒っていたが――。

「歳なんて、どうでもいいだろが。サムライよう、ピンカートンと何があったんだよ」

問われて、ルルに「どうする?」の眼差しを送る。少し考えて頷きが返された。ビリーは自分たちと同じくピンカートンに付け狙われている。手を携えて、とはいかないまでも、何か耳寄りな話は聞けるかも知れない。

「実はな」

虎太郎とルルは掻《か》い摘《つま》んで話した。ルルの身の上、二人で旅をしている理由、そしてカスター中佐とピンカートンに狙われる理由――その全てを。

「はぁ……すげえな、おまえら」

ひととおりを聞いて、ビリーは呆気に取られたような顔であった。が、面持ちはすぐに、さも嫌そうなものに変わった。

「それにしても、糞親父《くそおやじ》みてえな奴ってのは大勢いやがるんだな」

「親父? おまえの?」

虎太郎が問うと、少年は幼い顔にどす黒い嫌悪を湛えた。

「俺の、じゃねえ。母ちゃんの再婚相手ってだけだ」

実の父とは早くに死に別れた。母はそれなりの遺産を相続していたのだが、再婚相手――義理の父となった男は、その金を使ってこのニューメキシコで牧場を営み始めたのだという。

「ところがだ。こいつが、とんでもねえ外道だった」

義父は乱暴、無法を絵に描いたような男だという。それが牧場主になると、折に触れてインディアン――先住民を「狩る」ようになった。

「糞親父が牛を放牧する。その牛が、インディアンの育てるコーンだの豆だのを食い荒らす。インディアンは怒って、弁償してくれって言ってくる。当たり前だろ？」

「ああ。で？」

ビリーは咥《くわ》え煙草を右手に取り、忌々《いまいま》しそうに地面で揉み消した。

「あの下衆《げす》野郎、インディアンが生意気言うんじゃねえって逆に怒りやがるんだ」

そして居留地の外に出た先住民を見付ける度、嬉々《きき》として狩りの的にするようになった。手口も残虐そのもので、まず遠くから狙撃して脚の動きを奪い、然《しか》る後に縄を打って町まで馬で引き摺《ず》って行く。挙句、拳銃で滅多撃ちに殺して見世物にするのだという。

「……酷い。何だよそれ。おかしいよ」

ルルが愕然《がくぜん》とした顔で震え声を出した。ビリーは「そうだろ？」と憤慨し、しかし次の刹那、怨念に満ちた怒りを綺麗《きれい》に流し去った。

「分かってくれて嬉《うれ》しいぜ。もう、ルルちゃん愛してるよ」

そう言って抱き付こうとする。だが「離れろ、この」と突き飛ばされ、楽しげな声で「イヤッハア！」と笑った。

「つれねえなあ。ま、そんな訳でよ。餓鬼の頃にゃあ、酷えことすんなって、ずいぶん意見したんだぜ」

するとと義父はビリーを疎んじて暴力に訴え始めた。果てはビリーの母が病を得ても、薬ひとつ与えなくなったらしい。

「そんな男だよ。大方、母ちゃんとの結婚も金が目当てだったんだろうぜ」

「……人の風上にも置けん」

虎太郎も腕を組み、怒りに身を震わせる。その姿に、ビリーは「だよなあ？」と嬉しそうな顔を見せた。

「で、しょっちゅう家を空けちゃあ牛泥棒って訳よ」

「義理の父親を嫌う理由は分かったが、それと牛泥棒が結び付かん」

「母ちゃんの薬代が要るんだよ。牛を盗んで金に換えてんだ。まあ……その母ちゃんも、どうやら長くねえらしい。天国に行ったら俺も家を出るつもりだ」

家を出た後も牛泥棒は続けるが、その時になったら、もう牛は売らない。むしろ義父の牧場に紛れ込ませて「牛泥棒牧場」の濡《ぬ》れ衣《ぎぬ》を着せてやろうかと思っている。ビリーはそう言って、底抜けに陽気な笑い声を上げた。

「ともあれだ。おまえら、いい奴で安心したぜ。そこでひとつ忠告しといてやる」

「ピンカートンについてか？」

ビリーは「それに近い」と頷き、次の煙草に火を点けた。

「あいつら相手に歩いて旅してたら、命がいくつあっても足んねえぞ。馬の一頭も買っとけ」

命がいくつあっても。そのとおりだ。これまで幾度、死にかけたろうか。思いながらも虎太郎の顔は渋かった。

「欲しいのは山々だけどな。俺の路銀で買えるとは思えん」

「安く買えるとこ、紹介してやるって言ってんだ」

ビリーが盗んだ牛を売り払う先で、L・G・マーフィー&カンパニーなる商店らしい。この店なら何とかなるのではないか、と言う。

「俺っちの牛と一緒でな、ヤバい手段で手に入れた馬って訳。そんなんだから、足が付かねえように安値でポンポン売り捌《さば》いちまう」

ルルが期待に満ちた目を向けてきた。

「いいんじゃない？」

「いや……。しかし悪事に加担することになる」

ビリーは「ヒャッハハ」と、大いに笑った。

「今夜の牛泥棒、見逃してくれんだろ？」

「そりゃまあ。おまえは俺たちの旅を邪魔する奴じゃないだろうし、小僧の牛泥棒に関わり合って目立つのは御免だからな」

「だったら、もう悪事に加担してんだよ。肚《はら》ぁ決めろ。それと小僧って言うな」

違いない。虎太郎は「分かった」と苦笑した。買えるかどうかは分からないが、とりあえず連れて行ってくれ、と。

「決まりだ。じゃあ行くか」

ビリーはそう言って馬に跨った。虎太郎とルルはビリーが盗んだ牛の背に乗る。牛の歩みは遅いが、馬に曳かれている分、人の足よりは少しばかり速かった。

月明かりの下、虎太郎は隣の牛の背にある顔をぼんやりと見た。

ビリーに銃口を向けられた時、ルルはこちらの身を庇おうとした。正直なところ、予想だにしない行動だった。

モドック族と共に戦った日を思い出す。あの折は「自分の命を何だと思っている」と咎《とが》められた。自分のことを先に立てながら、モドックのためと偽っていた心を見抜かれたのだ。

そういう娘が自分の命を楯《たて》にした。恩がある、とも言っていた。モドックのキャプテン・ジャック酋長が言っていたように、ルルと自分は互いの背負うものを認め合えるようになっているのだろうか。

そうであって欲しい。思いながら、牛の背に揺られた。

＊

ビリーが森に紛れていたのは、盗んだ牛を連れているからだ。従って三人の旅路も木立の中を進むこととなり、道に出たのは二日後の夕刻だった。

それにしても、どこまで行くのだろう。ビリーを信用しない訳ではないが。

「おい。まだ着かないのか?」

「なぁに、もうちょっとさ」

その言葉どおり、夕暮れが夕闇に変わる頃には目的の場所に到着した。商館のドアの上には横向きの看板があり、飾り文字で「L・G・マーフィー&カンパニー」と示されている。閉店の時分は過ぎたらしく、入り口は閉ざされていた。

ビリーは「よっ」と馬から飛び降り、無遠慮にドアを叩いた。

「おおい！　マーフィーのおっさん、いねえか。ドランでもいい。俺だよ、ビリーだ」

大声を聞きながら、虎太郎とルルも牛の背から下りる。そうこうしているうちにドアが開き、不機嫌そうな声が流れて来た。

「うるせえぞ。店が開いてる間に来いって、いつも言ってんだろうが」

出て来たのは、顔の下半分が茶色の髭《ひげ》で覆われた男だった。ビリーは軽い口調で「堅いこと言うなよ」と笑い、こちらに向いた。

「紹介してやる。このおっさん、ジェイムズ・ドラン。ここの副社長だ」

虎太郎は「初めまして」と丁寧に挨拶した。ドランは荒くれといった風貌で、なるほど真っ当な商売人ではなさそうである。こちらの挨拶にも「ああ」とうるさそうに応じ、すぐビリーに向き直った。

「また牛か？」

「そうだ。それと、こいつらに馬を一頭、安く売ってやってくんねえか」

するとドランは「お？」と目を丸くし、こちら二人の顔をまじまじと見た。

「小娘はインディアンか。若いのはチャイニーズかい」

ビリーが「嫌だねえ」と大笑いした。

「ジャパニーズだよ。サムライを知らねえのか？」

「知るか馬鹿野郎。まあでも運がいいな。今なら馬は山ほどある。手っ取り早く捌きてえところだし、金貨一枚でいい」

それなら買える。まともな値なら如何《いか》な駄馬でもその十倍は下るまい。虎太郎は即座に「買った」と頷き、懐の財布から金貨一枚を取り出した。

ビリーは得意げに「ふふん」と鼻を鳴らし、ドランに向き直った。

「それと今晩泊めてくれ。三人分、俺が払う。飯も忘れんなよ」

ドランは「はいよ」と応じ、牛の縄を取って曳いて行った。はっきりとは言わないが、少し待っていろということか。

「こんなに安いとは思わなかったな。まあ盗んだ馬ではあるんだろうが……」

虎太郎の呟きに、ビリーは「ひひ」と目尻を緩ませた。

「足が付かなきゃ何でもやるぜ、この店は。やくざな開拓者相手の商売だからな」

かつて西川友喜に聞かされたことを思い出した。商売人は多かれ少なかれギャングと繋がりがあって、佐藤百之助《さとうもものすけ》の勧めるファー・イースト・プロダクトも同じだという話だった。サンフランシスコのように拓《ひら》けた町だけかと思っていたが、この鄙《ひな》びた町も例に漏れないらしい。

少しすると、ドランは一頭の栗毛馬《くりげ》を曳いて戻って来た。生まれて十年くらい経《た》っているという。若いとは言えないが、骨太で頑丈そうな馬ではあった。

「泊り客用の厩《うまや》に繋いどくぜ。ひと晩泊ったら勝手に乗って行きな」

素っ気なく言って踵《きびす》を返し、建物に戻りながら背中で手招きをする。ビリーに続いて中に入ると、ベッドが四つ並んだ部屋に案内された。粗末な木賃宿といったところだが、安んじて眠ることはできそうだった。

明くる朝に目を覚ますと、ルルはまだ眠っていた。ビリーはと見れば、姿がない。テンガロンハットと革袋の荷物が置きっぱなしの辺り、まだここにいるようだが。

思っていると、バン、と乱暴に部屋のドアが開いた。

「おうサムライ、起きてたか」

ビリーである。幾らか嬉しそうな顔をしていた。

「社長のマーフィー、女のとこから朝帰りだってよ。でもまあ顔の広いおっさんでな、あれこれ聞いたら耳寄りな話があったぜ」

捲《まく》し立て、声を裏返らせて「イヤッハア！」と叫ぶ。叩き起こされたルルが仏頂面で咎めた。

「ああ、うるっさい。もうちょっと静かに起こせないの？」

「悪い悪い。ともあれ、おはようのキスだ」

「やめろ助平」

抱き付こうとして突き飛ばされ、ビリーは「つれねえなあ」と笑った。そして、そのままルルのベッドに腰を下ろす。

「まあ聞けよ。シャイアンの居どころ、分かったぜ」

虎太郎とルルは同時に「え？」と目を見開いた。仔細《しさい》を聞けば、シャイアンのとある一団が二年ほどコマンチ族と行動を共にしており、ここ数ヵ月はテキサスのサンフォード、カナディアン川の流れにティピー村を構えているのだという。

「どこの一族か分かる？」

食らい付くように問うたルルに、ビリーは胸を張って応じた。

「抜かりはねえ。マーフィーの情報だと、リトル・ローブって奴のバンドらしい」

「リトル・ローブ……。それ、タハケオメだ」

シャイアンは人数の多い部族だが、移住を繰り返すだけに、全員で行動を共にすることは少ない。一族や友人で集団を組み、それぞれの判断で動くのが常だという。白人がリトル・ローブと呼ぶタハケオメ酋長は、ルルの大叔父に当たるブラック・ケトルと親交のあった人物だそうだ。

「それなら、おまえの仲間が頼って行っているかも知れんぞ。少なくとも、おまえが訪ねて行けば受け容れてくれるんじゃないか？」

虎太郎の言に、ルルが面持ち明るく「うん」と頷く。ビリーが「よし」と立ち上がった。

「じゃあ行くか」

ルルが「は？」と首を傾《かし》げた。

「あんたも来んの？」

「母ちゃんの薬代、稼がにゃなんねえって言ったろ。こないだ西の方で盗んだから、今度は東の方の牧場を狙うってだけだ。まあ偶然だけどよ、途中まで一緒しようぜ」

＊

一夜を明かしたL・G・マーフィー&カンパニーは、ニューメキシコ準州のリンカーン郡にある。テキサスのサンフォードはそこから北東に三百四十マイル——五百五十キロメートルの先であった。日本で言えば江戸から大坂ほどに離れているが、馬で行けば長くとも七日か八日で辿り着ける。

いざ出発。と思いきや、ルルが当然とばかりに鞍《くら》に跨り、手綱を取った。

「ほら虎太郎。ぼさっとしてないで後ろ乗んな」

「おまえ、できるのか？」

「多分あんたより巧《うま》い」

少々心外である。会津では下士の身分ゆえ、馬を使うことはなかった。とは言え武士の嗜《たしな》みとして扱いは心得ている。

「じゃあ、やって見せろ」

ルルは「面倒臭いな」と眉を寄せつつ、手綱を軽く引き絞った。そして両膝で鞍を締め付け、鐙《あぶみ》を真下ではなく後ろに向けて踏み、ひょいと尻を上げる。その姿勢を見て、虎太郎は小さく笑った。

「そんな格好で巧――」

巧く乗れるものか。皆まで言う前に、ルルは手綱を少し緩めて馬の首を叩いた。馬は気持ち良さそうに駆け出し、あれよという間に店の前を二周する。ルルはそこで鞍に尻を落とし、拍子を刻むように前へ後ろへと腰を動かした。馬が鞍上《あんじょう》の動きに合わせ、気分良さそうに闊歩した。

「馬が重さを感じにくいように、腰を上げて乗るんだよ」

大平原に暮らす諸部族にとって、馬術は必須の技能なのだという。ラコタやダコタといった部族は特に巧く、男女を問わず七歳になる頃には思いのままに馬を操れるのだとか。

「シャイアンは、そこまでじゃないけどね」

「……お見それしました」

虎太郎はあっさりと兜《かぶと》を脱ぎ、ルルに手綱を任せて後ろに乗る。顚末《てんまつ》を見ていたビリーも軽やかに笑い、自らの馬に跨った。

三人での旅は楽しかった。ルルと二人が退屈な訳ではないが、ビリーの軽口や冗談、底抜けに陽気な笑い声は、遠路の旅にあって上等な慰みであった。

なおかつ、牛泥棒を繰り返してきた賜物《たまもの》なのか、ビリーは行路にも明るかった。盗んだ牛を運ぶのは夜の間ゆえ、日暮れの後に進みやすい道まで知っている。旅は大幅に捗《はかど》った。

もっとも寝ずの旅では体が持たない。夜半になると道を外れてティピーを張り、軽い夕餉《ゆうげ》を取って眠る日々が三日続いた。

そして、それは四日目の晩に起きた。

「さてと、寝る前に小便だ。サムライもご一緒するかい？」

「あ。そうだな」

ビリーと連れ立って森を行く。ティピーから五十メートルも離れた辺りには、用を足す時のために穴を掘ってあった。日本の戦陣でのやり方である。穴の径は五十センチほどで、二人同時には使えない。ビリーが「お先」と穴に向き、虎太郎は後ろに並んだ。

まさにその時、背後から声が聞こえた。

「やあ、ミムラ君」

ぎくりとして振り向く。そこにいたのは――。

「……あんたか」

短く整えた鮮やかな銀髪に、如何にも屈強そうな体軀《たいく》。ピンカートン探偵社のチーフ・エージェント、エリック・マッケンジーであった。

「ビッグ・シット！」

虎太郎の後ろでビリーが声を上げ、同時に銃声を響かせる。エリックはぴくりと目元を動かしただけで、さっと身を翻した。ビリーが構えた寸時のうちに、弾の軌道を見切ったとでも言うかのようであった。

「後ろの小僧。私が誰だか分かっているのか」

「ごちゃごちゃ喋《しゃべ》ってる暇があったら、さっさと撃てってことだ」

「では聞くが、君は私を殺せると思って撃ったのか」

ビリーが「ちっ」と舌を打つ。エリックは「ほう」と、かえって感心した顔を見せた。

「つまり、私ひとりではないと分かっていたのだな」

確かに。先ほどまで感じなかった気配がある。何人だろう。エリックほど腕の立つ者など滅多にいないだろうが、たった今まで殺気を発しないでいた辺りからして、潜んでいる者たちも相当の手練《てだれ》に違いない。

じりじりとした空気の中、エリックは一歩、二歩と慎重に近付きつつ、虎太郎に声を向けた。

「この間は私の部下が世話になったな。また二人も失ったよ。だが……馬を買おうとして町に出たのは間違いだったな」

参った。ピンカートンには、ごくわずかの隙も見せられないのだ。ならば。

「ここで、あんたを始末すれば済むってことか」

「できるのかね？」

エリックが、にやりと頬を歪《ゆが》めた。同時に、ビリーが虎太郎の身を突き飛ばす。刹那、森の中に幾つかの銃声が重なった。隠れていたエージェントたちか。ビリーは軽く身を屈《かが》めて避《よ》けたらしく、すぐさま拳銃を構えて一発を放った。エリックの後ろの木陰から「ぎゃあ」と悲鳴が上がる。右肩を押さえ、ひとりがくずおれていた。

「気ぃ抜くな、サムライ！」

気を抜いてなどいない。何人、何挺《ちょう》の拳銃に狙われているか掴みきれないのだ。

思う間もなくまた銃声が響く。ビリーは「え？」という顔で地に転げた。頭に戴《いただ》いたテンガロンハットが宙を舞っていた。掴みきれないのは同じらしい。

刹那、虎太郎は心中に「む」と唸《うな》った。エリックの銃口が、地に転げたビリーを向いている。それがどういうことか、寸時に分かった。他の銃口、幾つあるか分からない殺意は今、自分に向いている。ならば――。

「しゃあ！」

低く身を沈め、御式内の動き――右手と右足、左手と左足を同時に前に出す走り方で、エリックの懐に飛び込んだ。そのまま体当たりを食らわせ、もつれ合って転がる。

思ったとおり、銃は放たれなかった。エリックとの間合いが全くなくなれば、エージェントたちにはきっと寸時の躊躇《ためら》いが生まれる。チーフ諸共に撃ち殺して良いものか、と。

「ヤーフウッ！」

ビリーが立て続けに二発を放つ。右側の木陰、暗がりから二つの悲鳴が上がった。虎太郎がエリックに飛び掛かり、そのことで漂った躊躇いの気配を狙ったものであった。

一方、虎太郎はエリックの屈強な体に組み敷かれていた。

「ガッデム！」

馬乗りになったエリックが、怒りも露《あら》わに銃口を向けてくる。

そして銃声。撃たれた――。

しかし、逆にエリックが「ウープス」と忌々しげに声を上げていた。発砲したのはビリーであった。

銃弾はエリックの拳銃に命中し、暗がりの向こうへと弾き飛ばしていた。

「勝ったと思うなよ」

エリックが虎太郎の身に跨ったまま両手を伸ばし、首を絞め上げてきた。

「……う、ぐ」

声が出ない。息が苦しい。だが首に掛かる右手の力が多分に弱かった。ビリーに銃を弾き飛ばされて、痺《しび》れているのか。それによって息が「できない」状態には陥っていない。

「撃たれた者は退《ひ》け。イーサン、ディエゴ！　その小僧を何とかしろ」

虎太郎の首を絞めながら、エリックが指図する。途端、ビリーのいる辺りに銃弾が集まった。

虎太郎の頭の向こう、何メートルか先でビリーが「こん畜生め」と転げ回っている。そして。

「え？　うわ！」

慌てた声が届く。続いて、どさりという音が。転げ回るうち、ビリーは森の中にある何かの窪《くぼ》にでも落ちてしまったようだ。

とは言え、今は他人の心配などしていられない。

「終わらせてやる！」

エリックが目を血走らせ、両手に恐るべき狂気を込めてきた。痺れが消えたのか、或いは殺意が後押ししているのか、右手の力も十二分に戻っている。

「は……。あ」

ついに、息が「できなく」なった。気が遠くなってゆく。遠く向こうで何発かの銃声が響いたような音がした。しかし自身の意識と同じ、靄《もや》がかかってはっきりしない。

「ミムラ。さよならだ」

首をへし折らんばかりの力が加えられる。黒々とした森の闇の中、目の前が真っ白に——。

「うむっ！」

苦しげな、エリックの声。それと共に虎太郎の首から半分の力が消える。蘇《よみがえ》ってゆく視界に、エリックの右手からぼたぼたと血の滴る様が映った。手斧の刃を握っていた。

「おのれ……。ルルか」

ルルが騒ぎを聞き付け、遠く後ろから投げ付けたのか。エリックはこれを防いだものの、何しろ咄《とっ》嗟《さ》のこと、回転する手斧の刃を握る格好になってしまったらしい。

「ならばミムラ、貴様だけでも殺してやる！」

エリックは右手に食い込んだ斧を捨て、再び虎太郎の首に宛がう。だが流れる血で滑るのか、力は弱い。

「死ん……で」

そして虎太郎は、首から半分の力が抜けていた間にできる限りの息を吸い込んでいた。頭も半ばまで、はっきりとしてきた。生来の負けん気が、体を衝《つ》き動かす。

「堪《たま》るか！」

右手に一角の拳を固め、エリックの左肘を強打する。肘は少しばかり逆に曲がり、みしりと軋《きし》む響きを虎太郎の拳に伝えた。

「あが！」

短い悲鳴ひとつ、首に掛かった両手の力が抜けた。傷を負ったエリックの右手が滑り、腋《わき》の下にわずかな隙間ができている。

「ふっ……」

軽く息を吐き出すと共に左手の拳を短く突き、相手の胸椎を叩いた。どの流派にもある打撃の技、寸《すん》勁《けい》である。馬乗りになった男の顔が、歪んだ。

いざ、ここだ。

虎太郎は体を右に捻ってエリックの体軀を弾き飛ばした。次いで身を起こし、右膝を立てる。その姿勢で腰の刀を居合に抜き、相手の胸を一気に斬り払った。

しかし浅い。手応えで分かる。背広と胸の肉を少しばかり裂いただけだ。

「く……。こうなっては」

エリックは立ち上がり、暗がりの木立に駆け込んだ。幾らか頼りない足音が遠退《とおの》いてゆく。動けるうちに撤退するのが得策と判じたのだろう。

追うことはできない。そんな力など、どこにも残っていなかった。荒い息、頭も少し朦朧《もうろう》としたままである。刀を鞘に戻すこともせず、体を地に預けて大の字になった。

「虎太郎、おい」

ルルが駆け付ける。こちらが荒く息をしているのを見ると、大いに安堵したようだった。

「助かった。ありがとうな」

どうにか体を起こす。絞められた首の痛みは、まだ消えていない。

「おいルル。ビリーは？」

と、ルルの後ろから「ここにいるぜ」と疲れた声が届いた。

「大人数で襲って来たんだ。きっとルルの方にも人が回されてるって思ったんでな」

エリックと共に来た残り二人に手傷を負わせ、退かせた上でティピーに戻ったらしい。すると案の定、そこにもエージェントがひとりいたそうだ。

「危なかったよ。ビリーがいなかったら捕まってた」

ほっ、と息をついてルルが微笑《ほほえ》む。後ろに立つビリーは汗みどろで、右腕を押さえていた。

「その腕、どうした」

虎太郎が懸念を示すと、小さく「へへ」と笑い声が返った。

「いやあ。ルルのトマホークにやられた」

「だから、ごめんって」

ばつが悪そうなルルを、ビリーは「ひひ」とからかうように笑った。そして虎太郎の脇にどさりと座り、仔細を語る。ティピーに駆け付けると、ちょうどルルがエージェントに手斧を投げ付けたところだった。エージェントがこれを避けたせいで、ビリーの右腕を掠《かす》めることになったのだという。

「ま、掠り傷だ。治るまで長くはかからねえさ」

そう言って胸のポケットから煙草を取り、火を点けて大きく吸い込んだ。

ともあれ、疲れた。闇の中、三人はしばしそこから動けずにいた。

＊

襲われた以上、今宵《こよい》の野営は控えるべきだろう。ここから少しでも遠くへ離れ、敵の目を晦《くら》ますしかない。ビリーはそう言う。

「でな、明日の朝になったら別れるのがいい。三人一緒だと目立つしな」

もっともな言い分である。虎太郎もルルも静かに頷いた。

ビリーの先導で先を急ぐ。馬の背に揺られると首は痛むものの、ルルに手綱を預けていられる分だけ楽ではあった。

「ところでサムライよう。ピンカートンにルルを追わせてんの、カスターっていったよな」

明け方近く、前を行く馬から問いが向けられる。虎太郎より早くルルが応じた。

「そうだよ。それが?」

「ルルが自由の身になる方法が、二つある。ひとつはピンカートンをぶっ潰すこと。もうひとつはカスターって野郎をぶっ殺すことだ」

虎太郎は「え?」と問い返した。

「ピンカートンを潰すなんて、できる訳ないだろう。でも……カスターがいなくなればって、そういうものなのか?」

「そういうもんだぜ、この国はな」

ビリーは言う。アメリカは国法や州法以上に力がものを言う社会である。そして力と同じくらい契約というものが重んじられるのだと。

「ピンカートンも暇じゃねえからな。ルルを追うのは骨の折れる話だろうし、依頼主が消えりゃあ契約も打ち切りって訳だ。むしろ、かえって喜ぶんじゃねえの?」

「なるほど。とは言いつつ」

「そう。相手は軍人で、これも簡単に消せる訳がねえ」

つまり先住民がアメリカ軍と戦い、その戦いの中でカスターを討ち取るしかない。虎太郎は大きく息をついて「そうか」と応じた。

「ならば、やっぱりルルを早く送り届けないと。シャイアンの中にいれば守ってくれる人も多いだろうし」

ビリーは「そういうこと」と返し、遠く向こうを見遣《みや》った。明け方の空が白み、地平の先に橙《だいだい》色が滲み出している。

「さて。三人でいられるのも、ここまでだな」

虎太郎が呟き、ビリーが「ああ」と応じた。このまま真っすぐ行けば、目指すサンフォードまでは二日くらいだ、と。

「ありがとう、ビリー。何だかんだ、あんたがいて楽しかったよ」

ルルが寂しげな笑みを向ける。と、ビリーは目元を拭う仕草を見せ、軽く息をついた。

「一緒に戦った仲だもんな。おまえらはアウトローじゃねえけど、俺っちの仲間だ。きっとまた会おうぜ。その日まで、さよならだ」

言うが早いか、さっと馬首を返した。泣き顔を見られたくないのだろうか。まだ十四歳、斜に構えた物腰は背伸びしたい心の裏返しなのかも知れない。

取り繕うような咳払《せきばら》いをひとつ、ビリーは踵《かかと》の拍車で馬の腹を軽く蹴る。

「てな訳で、あばよ！」

駆け出した馬が右手——南へと道を外れ、荒野に闊歩して行った。

「捕まんなよ、牛泥棒」

ルルの声が渡る。背中で手を振るビリーに向け、虎太郎も大声で別れを告げた。

「また会おうな、小僧のビリー《ビリー・ザ・キッド》」

朝日に染まる荒野の中、遠ざかる馬上から「小僧って言うんじゃねえ」と、底抜けに陽気な声が届いた。

見送るルルの横顔が笑みを湛える。そして、ちらりとこちらを向いて頷き、手綱で馬の首を叩いた。

朝日の中、栗毛馬が闊歩して行く。

いざサンフォードへ。そこにシャイアン族、リトル・ローブのバンドが滞在している——。

六　アドビ・ウォールズ

短く若草の萌《も》えた野が、斜めに差す陽光で橙《だいだい》に染まっている。野の向こうにはきらきら光が跳ね、そこに水があると教えてくれた。ビリーと別れて二日後の夕刻であった。

北東から南西に延びる川には、周囲から幾つもの支流が流れ込んでいるらしい。不細工な魚の骨といった形である。

虎太郎《こたろう》は地図を広げて目に映る景色と見比べた。間違いない、ここはサンフォード。あの流れがカナディアン川だ。シャイアンやコマンチを始めとした先住民諸部族はここに集まっている。

「とは言いつつだ。この川のどこにいるか分からんし、虱潰《しらみつぶ》しに見て回ろう」

すると、馬の手綱を取るルルが「え?」と肩越しに振り向いた。

「大丈夫だよ。そんな面倒臭いことしなくたって」

「当てがあるのか?」

いささか驚いて問う。ルルはこともなげに「うん」と返すと、馬をやや速足に操って浅瀬を渡り、川の北西岸へ導いていった。

道々話を聞けば、シャイアン族が斯様《かよう》な地にある場合、四方のうち二方向以上を水に遮《さえぎ》られる場所に野営地を定めるのだという。野の獣やアメリカ兵に襲われても、それらが迫って来る進路が限られるからだ。

得心するところがある。日本でも三方を川に囲まれて攻め口がひとつという城は総じて守りが固い。遠く離れた異国、言葉も暮らしも違う民族が同じ考え方をするというのが新鮮な驚きであった。

このカナディアン川で言えば、これに当たる地は北西岸を十キロメートルほど進んだ先か、それよりもう少し東に進んだ辺りである。次第に暮れゆく河原を馬で進むと、すっかり夜の帳《とばり》が下りた頃、遠くに焚火《たきび》の灯りとティピーの群れが見えるようになった。

「あれだ。飛ばすよ」

ルルは嬉《うれ》しそうに発して尻を持ち上げ、馬の首を小気味よく押した。一気に足が速まり、見る見る焚火が近くなる。と、ティピー村から戦士と思《おぼ》しき数人が駆け出し、槍《やり》を携えて人垣を作った。馬蹄《ばてい》の音に気付いたのだろう。

「よしよし、止まれ」

手綱を引いたルルは、ゆっくり馬を闊歩《かっぽ》させて近付きながら、何やら大声で叫んだ。シャイアンの言葉であろう、何を言っているのか分からない。

応じて、戦士の中からひとりが進み出る。細身ながらしっかりした体軀《たいく》の若者で、歳《とし》は虎太郎とそう変わらないだろう。卵型の顔にやや鼻は低く、少しばかり日本人の顔に近い。

その若者は大いに驚き、目を丸くして、この上なく嬉しそうに言葉を返していた。

「ヴィッポナア、ごめん。この人に分かるように英語で話して」

ルルが馬を下りて呼び掛ける。ヴィッポナアと呼ばれた戦士は「ん？」と眉をひそめ、虎太郎の顔を見るなり突《つ》っ慳貪《けんどん》に問うた。

「おめえ誰だ」

少々面食らいつつ、ひとつを確かめた。

「君らはシャイアン族で間違いないのか」

「そうだ。それより聞かれたことに答えろ」

「ああ、すまん。俺は三村《みむら》虎太郎って日本人だ。君らの許《もと》にルルを送って来た」

虎太郎は返答して馬を下りた。長い旅がようやく終わった。ルルを無事に帰してやれた。その安堵《あんど》と、一方では祭りの後にも似た強い寂寥《せきりよう》がある。

もっともヴィッポナアは、そんなことにはお構いなしだった。

「日本人？　何だそりゃ」

知らないのは無理もない。幕末の遣米使が新聞で報じられてはいるが、新聞は白人のために作られるもので、先住民の暮らしには無縁なのだ。

「この大陸をずっと西に行って、海を渡った先に日本って国があるんだ。それより、君はルルを知っていたようだが」

するとヴィッポナアは目を吊《つ》り上げて睨《にら》み付けてくる。ルルが「待ちなよ」とそれを制し、虎太郎に向いた。

「こいつ、あたしの又従兄《またいとこ》なの」

なるほど知っていて当然だ。そして、そういう間柄の者がここにいるとなると——。

「おまえの大叔父さん。ブラック・ケトル酋長《しゆうちよう》のバンドも、皆ここにいるのかな」

ルルがヴィッポナアに「どう？」と問う。つまらなそうに「逃げきれた奴だけな」と返ってきた。素っ気ない応対に、ルルが神妙なものを漂わせる。虎太郎の面持ちが少し曇った。

ルルはカスターに両親を殺され、シャイアンのために何かしようと思って機関銃の設計図を盗み出した。だが、それによってカスターはルルを付け狙うようになり、ウォシタ川の野営地を襲って虐殺を繰り広げている。これに続くサミット・スプリングスの戦いでは、ブラック・ケトルまで命を落とすことになった。一連の事件は今もルルの心を強く苛《さいな》んでいる。

「なあ。設計図のこと、話すのか？」

「……うん」

頼りないものが滲《にじ》んでいる。が、やはりルルは心が強い。すぐに眼差《まなざ》しを改め、ヴィッポナアに向いた。

「ねえ。皆、タハケオメの小父様《おじ》を頼って来たんだろ？　今いる？」

「お？　おう。さっき話し合いが終わって戻って来たぞ」

ならば引き合わせて欲しい。ルルの求めに応じ、戦士たちは来訪した二人を水際へ導いて行った。大きめのティピーがひとつ、ヴィッポナアが中に入る。少しの後、長い髪を後ろに束ね、羽根飾りの鉢巻を付けた男と共に出て来た。この人こそタハケオメ酋長、アメリカ人にリトル・ローブと呼ばれる者であろう。五十過ぎと思しき顔だが、深い皺《しわ》が多い。

「お久しぶりです、小父様」

ルルの挨拶は英語である。リトル・ローブもヴィッポナアから粗方《あらかた》を聞いていたのだろう、虎太郎に軽く目を流して会釈すると英語で返した。

「行方知れずとなって、もう生きてはおるまいと諦めていた。また会えて嬉しいぞ、ルル」

「あたしも嬉しい。それに大叔父様のバンドの皆を守ってくれたんだよね。本当にありがとう」

鷹揚《おうよう》な笑みで「何も」と返ってきた。

「あいつは我が友だった。私が皆を迎え入れるのは当然だ」

そして、ふわりとルルを抱き締める。

「だいぶ痩せたな。おまえも辛《つら》い目を見てきたのだろう」

ルルが総身を硬直させた。端から見てもそれと分かる。

「小父様。お話があります」

異なものを察したか、抱擁が解かれる。ルルは少し躊躇《ためら》った顔だったが、すぐにその思いを振り払い、意を決して口を開いた。

「大叔父様が亡くなったの、あたしのせいなんだ」

腰の袋を探り、工場から盗んだ設計図を取り出すと、以後のことを語っていく。リトル・ローブの目から柔らかなものが消え、射すくめるような眼光を孕《はら》んだ。

「そういう訳だったか。それに……盗みを働いたとは。この大馬鹿者が」

静かながら峻烈《しゅんれつ》な叱責《しっせき》であった。シャイアンの掟に反する、と。

「残念だ。おまえに罰を与えねばならん」

そうと聞いて、虎太郎は思わず「待ってください」と口を挟んだ。

「ルルはシャイアンの皆を思ってやったんだ。アメリカ兵に、やられっ放しにならないために」

先住民がアメリカ兵と互角に戦えるように。自分たちの暮らしを守れるように。ルルは間違いなくその一念だった。そして、そのために追われる身となっている。

カスターは盗品を取り返すべく、シャイアンを襲った。しかしルルを取り逃がし、目論見《もくろみ》は崩れた。このままでは、不注意の末に機密を漏らした自分が罪に問われる——それを恐れ、揉《も》み消そうとして、ピンカートン探偵社まで雇っている。

虎太郎の話を聞いて、リトル・ロープは「ふむ」と頷《うなず》いた。

「どうやら君は、ピンカートンなる者共からルルを守ってくれたようだな」

「はい。そのためにカリフォルニアから一緒に旅をして来ました」

旅の終わりがルルへの罰だなどと、そんな悲しい話は御免蒙《こうむ》りたい。ルルを「守ってくれた」と言うほど大事に思うのなら、どうか自分の労に免じて許してやってくれないか。

頼み込む虎太郎を、向かい合う目がじっと見ていた。慈悲に満ちた眼差しである。

然《しか》るに、返答は「否」であった。

「事情は分かった。だが罪は罪だ」

皆を思ってのことだからと、それを以《もっ》て有耶無耶《うやむや》にはできない。シャイアンを潤すために、ルルは他人に迷惑をかけた。少なくとも工場でルルの上役だった者は責めを負わされたろう。

「君は虎太郎という名だったな。ひとつ考えてみてくれ。我々は平穏に暮らしたいが、アメリカ人が挑んでくるから抗《あらが》って戦う。ルルが盗みを働き、カスターに仇《あだ》を為《な》したから報復を受けた。この二つに何か違いがあるかね」

虎太郎は言葉に詰まった。違いなどない。誰かに苦汁を嘗《な》めさせれば、応分の報いは必ずあるということなのだ。

そこに、傍らから呼ばわる声があった。

「でもねえ酋長。その機関銃ってやつ、使った方がいいんじゃありませんかね。メキシコに行きゃあスペインの奴らに渡りを付けられるんでしょう？　それで作れるんだったらさあ」

ヴィッポナアである。周囲の戦士たちの中にも、躊躇いがちではあれ頷く者は多くあった。リトル・ローブは皆の顔を見回して、しみじみと頷いている。

「気持ちは分からんでもない。だが……この設計図を形にしたら、どうなるかを考えよ」

確かに、今のアメリカ軍と先住民の戦いは大きく変わるだろう。或《ある》いは勝利を得ることになるのかも知れない。しかしだ。

「それでもアメリカという国は、なくならんだろう。そして」

アメリカはきっと、この機関銃を超える兵器を作るに違いない。今以上に過酷な戦いを強《し》いられるのは目に見えている。その時アメリカ軍は、躊躇《ちゅうちょ》なくシャイアンを根絶やしにするだろう。

「そんな未来に、皆を導く訳にはいかんのだ」

厳しい面持ち、発せられた静かな言葉に、異を唱える者はなかった。ヴィッポナアも難しい顔で黙り込んでいる。

リトル・ローブは「ふう」と溜息《ためいき》をついた。

「日本人の勇士よ。君の心根は尊い。だが、それに免じて許すことはできない」

虎太郎も、何も言えなかった。

左脇でルルが小さく頷く。そしてリトル・ローブに向き、胸に手を当てて跪《ひざまず》いた。

「小父様の仰《おっしゃ》るとおりです。ごめんなさい。罰を受けます」

「よし」

リトル・ローブは設計図を摑《つか》んで念入りに破り、川を渡る風に舞わせて捨てた。

「あの品を盗み出すのに、おまえは骨を折ったろう。だが、シャイアンの掟はその労苦を認めない。ゆえに捨てた。おまえが人生の中で費やした大切な時間を、全く無駄なものに貶《おとし》めたのだ」

突き放すような固い声音と共に、リトル・ローブがゆっくりと歩みを進め、大きく右手を振り上げた。殴られると思ったか、ルルが固く目を瞑《つぶ》る。

しかし――。

「以上が罰だ。お帰り、ルル」

振り上げられた右手が、そっとルルの頭に置かれる。そして慈しむように、ぽん、ぽん、と弾んだ。

戦士たちの輪の中、ルルの目が見開かれる。涙と共に、清らかな嗚咽《おえつ》が漏れ出した。

＊

その晩はルルを歓迎する宴《うたげ》となったが、日本の宴と違って酒は供されなかった。

アメリカ先住民の暮らしには、そもそも酒というものがなかった。欧州の植民者が持ち込んで初めて知ったのだという。

酒の味を覚え、また手軽に高揚できると知って、これに溺《おぼ》れる者が増えた。勤勉だった者が酒ばかり吞《の》んで働かなくなった。酩酊《めいてい》して乱暴を働く者もあった。先住民の慎ましい暮らしが崩れていった。

諸部族の酋長や祈禱《きとう》師は、酒の快楽が堕落を招き寄せると知った。以来、多くの部族で酒を吞まぬよう呼びかけ、戒めている。

無論、素直に聞く者ばかりではない。だが少なくともリトル・ローブのバンドは酒を遠ざけていた。宴に供されるのはバイソンの干し肉、コーンの粉で作られた饅頭《まんじゅう》のようなもの、煮た芋や木の実など。飲みものは水かコーヒーである。

虎太郎は宴の料理をぽつぽつ口にしつつ、遠くにいるルルをぼんやりと眺めていた。かつて同じバンドにいた面々に挨拶をして回っている。

昔からの仲間を前にした、満面の笑み。そういう姿を目にすると、どうにも拭い去れない寂しさがあった。彼女をシャイアンに送り届ける旅は、終わったのだ。自分の役目もこれまで、数日を逗留《とうりゅう》して身を休めたらワカマツ・コロニーに戻らねばならない。

今度は単身である。ルルと一緒でなければピンカートンに追われることもない。馬も手に入れているし、ずっと楽に帰り果《おお》せるだろう。にも拘《かかわ》らず、それが物足りなく思えるのだから、おかしなものだ。行き倒れのルルを助けてから四年半、情が移ったということなのか。

いや。やはりルルにとっては、シャイアンの皆と一緒の方が良い。

自分もそうなのだろう。ワカマツには、もうスネルが戻って来ているはずだ。幼友達の、おけいもいる。兄貴分の西川友喜《にしかわともき》も、移民の皆も。何かと言えば怒鳴られてばかりだったが、畑仕事を教えてくれた松之助《まつのすけ》でさえ懐かしく思える。ファー・イーストの佐藤百之助《さとうもものすけ》には本当に世話をかけたし、早く戻って礼のひとつも言わねば――。

「虎太郎。どうしたね」

思いを巡らせていると、リトル・ローブが隣に座った。こちらの姿が手持ち無沙汰に見えたのかも知れない。

「……いえ。無事にここまで来られて良かったと。シャイアン族はバイソンを追って、あちこち移り住むと聞いていました。他の部族と一緒にいるとは思いませんでしたよ」

これはこれで偽らざる本音である。ところが、リトル・ローブが返したのは、もの憂げな笑みであった。

「ここ数年、コマンチと一緒に動いていた。狩りをするのに、そうせざるを得なかったと言う方が正しい。アメリカのハンターが我々の狩場を荒らしているのでね」

シャイアンを始め、狩りを営みの基とする部族は、殺《あや》めたバイソンを無駄にしない。肉は人々の食を支え、革はティピーや靴を作るのに使う。骨は昔なら鏃《やじり》に使っていたし、今でも装飾品の材料となる。

「だがアメリカ人は革だけ剝いで、他は燃やしてしまう。猟を楽しみとして、ただ殺すだけの者も多い」

結果、バイソンは大きく数を減らした。コマンチ族と共に行動するのは、数の力でハンターを威嚇《いかく》し、確実に一頭のバイソンを得るためなのだという。もっとも、数を束ねれば個々の取り分は否応《いやおう》なく減る。ゆえにバイソンを食料としている部族は揃《そろ》って困窮しているらしい。

「このキャンプには、今はカイオワ族とアラパホ族も集まっている。話し合いのためだ」

白人ハンターの乱獲をどうにかできないか。如何《いか》にすれば先住民の暮らしを守れるのか。各部族の代表が集い、話し合ってきたそうだ。

「どうすることに決めたのですか」

「ああ、それは――」

リトル・ローブが答えかけたところで、荒っぽい声が飛んできた。

「よう日本人。嘘《うそ》だよなあ？　正直に言えよ。おい」

ヴィッポナアであった。何だろうか、怒りを孕んだ問いかけである。とは言え何を「嘘」と言われているのか、それすら見当も付かない。

「訳が分からんぞ」

眉をひそめて返すと、ヴィッポナアは「うるせえ」と右足で強く地を踏んだ。

「俺の腕を見ろ。てめえと違って強そうだろうが」

「だから何だ」

「てめえみてえな野郎が、アメリカ人と戦ってルルを守ってきただと？　信じられるか！」

怒鳴り散らし、手にしたコップ——バイソンの角で作ったものか——を煽《あお》る。はあ、と熱く息を吐いて、ヴィッポナアはげらげらと笑った。

「大嘘つきの日本人め。ルルを騙《だま》して、どうしようってんだ！」

さすがに、おかしい。困惑していると、リトル・ローブが立ち上がってヴィッポナアのコップを取り上げる。そして鼻を近付け、強く眉を寄せた。

「これは酒ではないか。どこで手に入れた」

押し潰された声に、ヴィッポナアは「やれやれ」と眼差しを逸《そ》らした。

「アラパホの知り合いからね。付き合いってのがある。あれこれ言わんでくださいよ」

リトル・ローブが何か言おうとするも、それより早くヴィッポナアの声が虎太郎に向いた。

「日本人、俺と戦えよ。ルルを守ったたって言うなら証《あかし》を立ててみろ」

面倒なことになった。戦うのは容易《たやす》いが、しかし。

「おまえが俺と戦って、それがシャイアンのためになるのか?」

「あ? 何言ってんだ、てめえ」

呆気《あっけ》に取られたヴィッポナアを見て、リトル・ローブが「はは」と笑った。

「虎太郎、君は面白いことを言うのだな」

「あなたは、俺と彼が戦うことに意味があると?」

まさか、の思いで左隣を見る。ゆったりと首を横に振られた。

「君は『シャイアンのため』と言った。遠い異国から来た者が、我々と同じ考え方をするのが面白いというだけだ」

「……自分のためだけを考えてはいけないって、思い知らされましたから」

モドック族のキャプテン・ジャック酋長と話して、それまでの自分を恥じた。そしてルルの大叔父、ブラック・ケトル酋長の言葉を伝え聞き、本当の幸せとは何かを教えられた。

虎太郎の言葉に、リトル・ローブは鷹揚に三度頷いた。

「君は本当の戦士というものを知って、自らもそうなろうとしているのだな」

そしてヴィッポナアに向き、穏やかに語りかける。

「おまえの負けだ」

「何言ってんです。納得できるか、そんなの」

頑として聞こうとしない。或いはこの男、絡み酒だろうか。

リトル・ローブは腕組みで少し思案し、今度は虎太郎に向いた。

「どうだろう。ヴィッポナアと戦ってみないか。もしかしたら、それはシャイアンのためになるかも知れない」

驚いて目を向けた。リトル・ローブは何かを確信しているらしい面持ちである。

「分かりました」

この人がそう言うのならと、虎太郎も肚《はら》を括《くく》った。

シャイアンの戦士と日本の戦士が果し合いをする。それは宴の中で恰好《かっこう》の余興だったようで、二人が対峙《たいじ》すると両脇に分厚い人垣ができた。シャイアン族のみならず、他部族のキャンプからも見物に来ているらしかった。

「おい！　やめろ馬鹿共、何やってんだ！」

人垣の向こうからルルの金切り声が届く。虎太郎が懸念《けねん》の眼差しを向けると、リトル・ローブが頷いて後ろに下がり、少しの後にルルを連れて立会人の座に戻った。ルルは何ごとか言い聞かせられ、この戦いを認めたらしいが、それでも強い不満を隠せずにいた。

「松明《たいまつ》、掲げよ」

リトル・ローブの声に従い、夜とは思えぬ明るさになった。二十メートルも向こうのヴィッポナアは腰に手斧《ておの》、右手に槍。虎太郎は腰にひと振りの刀。両者の姿が浮かび上がると、両脇から歓声が飛び交った。

「始め」

厳かにリトル・ローブが発し、高々と右手を上げる。途端、ヴィッポナアが腰の手斧を取って投げ付けてきた。

速い。握り手を赤い糸で巻き締めた手斧が、ぶんぶんと唸《うな》りを立てて回りながら、瞬く間に迫って来る。

「む！」

虎太郎はすんでのところで左半身《ひだりはんみ》の構えを作り、どうにか身をかわした。手斧は胸を掠《かす》めて闇に消えて行く。その隙にヴィッポナアは、もう間合いを詰めていた。

「おらあっ」

槍が真っすぐに繰り出された。これも恐ろしく速い。半身の構えから前に飛んで槍を背後に往《い》なすも、左の袖を裂かれている。酒に酔っていながらこの動き、口先だけではない。

だが実のところ、突きと薙《な》ぎ払いだけの槍は動きが読みやすい。そして今、相手の槍は背中側にある。ならば――。

「もらったぜえ！」

ヴィッポナアが長柄を大きく右に引き、虎太郎の背を目掛けて打ち払いに掛かった。

「甘い！」

身を屈《かが》めて空を斬らせ、低い姿勢のまま懐に飛び込んだ。寸時のうちに右足で相手の左足首を押さえ、さらに左手を伸ばして右肘を押し、薙ぎ払いの力を増してやる。ヴィッポナアの身が宙に一回転し、地に落ちてしたたかに背を打ちつけた。相手の力を自分有利に使うのも、御式内《おしきうち》の戦い方であった。

背を打って息が詰まったか、ヴィッポナアの動きが遅れている。この機を逃さじと、虎太郎は一角の拳を相手の鳩尾《みぞおち》に突き込んだ。

「せいっ」

肺の腑《ふ》の動きを止め、しばし呼吸を奪う「胸潰し」——かつてピンカートンに襲われた時にも使った技である。

何をされたのか分からぬという顔で、ヴィッポナアが悶絶《もんぜつ》し始めた。虎太郎は刀を抜き、その喉元《のどもと》に突き付ける。

「勝負あり。そこまで」

虎太郎の勝ちが宣言され、周囲が静まり返った。三つほど数えた後、両脇の人垣から猛烈な喝采《かっさい》が浴びせられる。熱狂の中、リトル・ローブが歩みを進めて来た。

「やはり君が勝ったな」

「いえ。ヴィッポナアは強かった。酒が入っていなければ、もっと」

大きく首を横に振って返された。それは違う、と。

「実力で言えばそうだろう。だが君には本当の戦士の心がある。心に芯が通っていた」

争いごとなど、なければその方が良い。それでも戦わねばならぬ時がある。

自分が良い思いをしていても、仲間が泣いていたら幸せとは言えない。本当の戦士とは、そういう思いをせぬために戦うものだ。同胞を守り、祖国を守り、自らを守り、本当の幸せを求めようとする。

「それを皆に知らしめたくて、君に戦いを勧めた」

「どういうことです」

リトル・ローブは胸に手を当てて敬意を示し、改めて言った。先ほどは途中でヴィッポナアが割り込んだため、話が途中で止まっていたが——。

「他の部族との、話し合いの結論だ。我々はアメリカのハンターと戦うことに決めた。その戦いに君も加わってくれまいか」

周囲から、わっと歓声が上がる。熱気の奔流を受けて、虎太郎は目を見開いた。

「俺も、共に」

「シャイアンのため、ここに集った部族のために頼む。ひと区切り付くまでで構わん」

湧き上がる気持ちがあった。喜び、その一語に尽きる。シャイアンは認めてくれたのだ。三村虎太郎という異邦の男を、共にある者、共に戦う者だと。

立会人の座に目を向ける。ルルはまだ膨れ面で、そっぽを向いていた。

「なあルル。いいよな」

「あたしに訊《き》くな、馬鹿」

吐き捨てる語気、不機嫌な面持ちとは裏腹に、目には薄《う》っすらと喜びの色が滲んでいた。

やり取りの中、ようやく息ができるようになったヴィッポナアが「畜生、負けた」と悔しげに騒ぎ始めた。

＊

まばらな森の切れ目から遠目に眺める。そこにあるのは一見して廃墟《はいきょ》だった。黄土色の一塊はかつての交易基地で、日干し煉瓦《れんが》で築かれたものらしい。土台はしっかりしているが、屋根に当たる部分はあちこち崩れて見える。虎太郎は馬上で小さく呟《つぶや》いた。

「あれがアドビ・ウォールズか」

一八七四年、六月二十七日の早朝。ようやく空が白みかけたばかりで、向こうの草原はまだ青黒い。シャイアン族はもとより、前方に馬を並べるコマンチ族も固く口を噤《つぐ》んで戦いの熱を押し殺していた。

ふう、と軽く息をつく。隣の馬からヴィッポナアが鼻で笑って小声を寄越《よこ》した。

「怖《お》じ気付《け》いたか？」

ひと言「まさか」とだけ返し、右前遠くの小高い岩山に目を遣《や》った。あそこにいる斥候《せっこう》が狼火《のろし》を上げた時、七百の馬は一斉にアドビ・ウォールズを襲撃する。

「ヴィッポナア」

左手の前方からリトル・ローブが声をかけ、静かに馬を寄せて来る。自分が呼ばれた訳ではないが、虎太郎もそちらを向いた。

「重ねて忠告しておく。おまえを虎太郎と組ませるのは、互いの命を守るためだ。くれぐれも忘れるなよ」

「分かってますって。だけどさ、コマンチの酋長は犠牲を恐れるなって言ってんでしょ？　それに、生きるも死ぬも天意次第じゃないっすか」

「生死は確かに天意で決まる。が、それを以て無謀に走るのは天への甘えだ。天はそのような者から見放してゆくと心得よ」

おまえはまだ心が足りない。虎太郎と組んで動き、学んで、共に高みを目指せ。そう言って馬を返すリトル・ローブの背に、ヴィッポナアは嫌そうに溜息をついた。

サンフォードで諸部族の会議が開かれたのは、ある意味で今日の襲撃のためである。乱獲を食い止めるために交渉するか、或いは武器を取って立ち上がるか。諸部族の意見が後者に落ち着いた場合、カナディアン川の畔《ほとり》は好都合の地だった。なぜなら白人ハンターがバイソン狩りに来るに当たっては、アドビ・ウォールズをキャンプ地に使うことが多いからだ。そしてこの廃墟はあの河畔から東方二十マイル、つまり三十二キロメートルほどの至近に位置していた。

四月の会議に於《お》いて、諸部族はハンターと戦うことで一致した。とは言え先住民たちが争いを好むという訳ではない。

先住民と白人の間には今まで数多く交渉の席が設けられてきた。これに当たったのはコマンチ族である。酋長のクアナは交渉に長《た》け、他部族が居留地に押し込められる中、なお独自の営みを守ってきた人物だった。

が、今回の戦いを望んだのは、まさにそのクアナであった。

アドビ・ウォールズを含む近辺一帯は、そもそもコマンチの領土である。ゆえにこそ幾度も交渉し、狩りについての取り決めを重ねてきた。だが何をどう取り決めても、白人ハンターはこれを守ろうとしない。コマンチの土地と生活を荒らされ続け、クアナ酋長は業を煮やしていた。

斯様な次第ゆえ、コマンチが襲撃の主力となる。シャイアン、カイオワ、アラパホの三部族を合わせても全体の半分に満たない。

襲撃の目的は、アドビ・ウォールズの廃墟を押さえて今後の拠点とすることである。ハンターやアメリカ兵が襲って来ても、堅牢《けんろう》な煉瓦の建物を楯《たて》として防戦し、猟銃で狙撃できるという狙いだった。

今、アドビ・ウォールズに逗留しているハンターは二十八人。他に娼婦《しょうふ》がひとりいるらしい。岩山の斥候が廃墟を見下ろし、それに間違いないか確かめて狼火を上げる。これを合図に、まだ眠っている敵を一気に叩《たた》く算段であった。

然るに、である。

「なあ。おかしくねえか?」

ヴィッポナアの小声に、虎太郎は「そうだな」と眉を寄せた。

目指す廃墟の向こうには、もう橙色が滲み始めている。斥候はとりわけ目の良い男だそうで、これだけ明るければ敵の様子も確かめられるだろうに、未《いま》だ合図の狼火が上がる気配もない。

「……いや」

岩山を眺めていた虎太郎の目に、小さく、それこそ胡麻粒《ごま》の如《ごと》くに小さく、人影の動きが映った。どうやら立ち上がったようだ。その動きが忙《せわ》しない。慌てているのか。

だとしたら、まずい。何かあったのだ。

思った矢先、遠くアドビ・ウォールズから銃声が響いた。

「あっ」

ヴィッポナアが喉の奥で潰したような叫びを上げる。胡麻粒ほどの人影から煙が立った。胸から噴き出した血飛沫《ちしぶき》であったろう。

「酋長、これは」

虎太郎は左前方の馬上、リトル・ローブに声を向けた。

「ハンター連中、もう起きていたのでは」

誰かが岩山の斥候に気付き、他のハンターに身を隠すよう指図した。ゆえに斥候は、敵の様子を探るのに時を食ったのではないか。

「なるほど。斥候は、仕掛けてはまずいと報《しら》せようとした。そこを撃たれたか」

リトル・ローブは強く眉をひそめ、馬を前に進めた。コマンチのクアナ酋長に作戦の中止を求めに行ったのだ。

だが、食い止められなかった。銃声を聞き、また斥候が撃たれたのを目にして逆上したか、コマンチのひとりが猛然と馬を馳《は》せてしまった。あとは雪崩《なだれ》の如く、我も我もと続いて行く。リトル・ローブが動いて間もなくのできごとであった。

あろうことか、シャイアン族もこれに釣られている。リトル・ローブが外していて、指図する者がないために歯止めが利かない。奔流となった勢いに押され、虎太郎やヴィッポナアも馬を馳せざるを得なくなった。

「どうすんだ、これ」

森から草原へと出た辺りで、ヴィッポナアが忌々《いまいま》しげに怒鳴る。こちらも怒鳴って「知るか」と返した。無駄な人死にを出さぬためには、コマンチ族を宥《なだ》め、いったん退《ひ》く以外にない。だが戦いの場とは殺すか殺されるかの極限である。猛《たけ》り狂った人の心を落ち着けるのは、将たる身でも難しい。

リトル・ローブもコマンチの説得を諦めざるを得なかったようだ。少し馬を戻し、シャイアンに向けて大声で呼ばわっている。

「仕方ない。シャイアンも突っ込むぞ」

斯様な次第となったからには、それが最善なのかも知れない。ハンターはわずか二十八人、こちらは七百騎、戦力から言えば勝って当然の戦いなのだ。肚を括り、虎太郎は馬の首をぐいと押した。シャイアンやコマンチと違って尻を持ち上げた騎乗ではない。馬の脚は少々遅く、組んで動くヴィッポナアからも遅れ始めた。

もっとも、これによって虎太郎の命はまた繋《つな》がった。

勢いのままに馬を馳せた者、先陣を切ったコマンチの戦士がひとり、敵の銃声と共に頭を弾けさせた。首から血の柱を上げる体が、馬の背から落ちて後続に踏み潰される。

そうかと思えば、別の銃撃が馬を捉える。撃たれた馬は盛大に転げ、乗っていた戦士を放り出した。その戦士の体に躓《つまず》き、すぐ後ろを馳せていた馬が転げる。その馬を踏んで次が転倒した。

今少し速く馬を馳せ、あの中にいたら――思う虎太郎の少し前で、シャイアンの戦士たちが手綱を引いた。あちこちで馬が棹《さお》立《だ》ちになり、けたたましい嘶《いなな》きを上げた。

「何てこった」

虎太郎も馬の脚を止める。と、遥《はる》か前方で大声が上がった。コマンチの言葉だろうか、何を言っているのか分からない。次の刹那《せつな》、未だ疾走している馬上の戦士たちが銃を構え、誰かの号令で一斉に発砲した。

だが無駄であった。猟銃は二キロメートル先の的さえ射貫《いぬ》けるが、固い煉瓦造りの建物を崩すほどの力は持ち合わせていない。煉瓦の建物を楯に防戦して狙撃する――先住民がアドビ・ウォールズを押さえる目的そのままの戦いを、敵こそがしていた。

「シャイアンどうした。アラパホ、続け！」

遠く前方から、コマンチのクアナ酋長が交戦を呼び掛けた。建物を壊せないなら踏み込んで戦うまでだ、と。どうやらクアナは本当に犠牲を顧みていない。部族の領地を侵され続けた怒りゆえか。分からぬでもない、自分とて同じ思いで白虎隊に潜り込んだのだ。

とは言え、さすがにこれは無謀である。コマンチを押し止《とど》めることは叶《かな》わぬまでも、シャイアンには撤退を呼び掛けねば。リトル・ローブも同じ思いか、必死に周囲を宥めている。

自分にも何かできることは。思いつつ辺りを見回す目に、驚くべき光景が飛び込んできた。何とヴィッポナアが、コマンチに交じってアドビ・ウォールズに肉薄して行く。

「あの……馬鹿！」

奥歯を噛《か》んで発し、虎太郎は「連れ戻してやる」と馬を馳せた。

幸運なことに、アドビ・ウォールズからの銃撃が止まっていた。西洋の銃、最新のものは砲身を冷やす時間を長く取らずに済む。ゆえに次から次と撃ち、手持ちの弾が底を突いたのに違いない。敵が予備の弾を持っているのは明白だが、その補充の間だけは幾らか安全だろう。

「それ！」

手綱で馬の首を叩き、なお脚を速めた。と、コマンチの戦士が廃墟に辿《たど》り着き、馬を下りて踏み込んで行くのが見える。その中に、ヴィッポナアもいた。

「あいつ、後で説教だ」

さらに速く。もっと速く。思ううちに、虎太郎の騎乗もシャイアンと同じ、尻を持ち上げる格好になっていた。

ほどなく、また銃声が響いた。だが野に向けて撃たれる数は少ない。踏み込んだ者に応戦するべく、建物の内で撃っているのだ。軽めの音からして恐らく拳銃である。

「どうどう、どう！」

虎太郎も廃墟に辿り着き、手綱を引き絞って馬の脚を止める。そして、先ほどヴィッポナアが踏み込んだ辺りから煉瓦造りの中へと進んで行った。

どこにいるのだ。戦いはどうなっている。戦士の奇声と敵の銃声が飛び交う中、物陰に身を隠しながら奥へ、奥へ。すると廊下の先、丁字に交《まじ》わったところを、左から右へ何かが飛んだ。

「あれは」

握り手を赤い糸で巻き締めた手斧はヴィッポナアの得物か。丁字の左側から悔しげな叫び声が上がる。この声、間違いない。

「残念、外れちまったな。もう飛び道具はねえんだろ？　さあ、悪魔に祈りな」

聞き覚えのない声が、右から左にゆっくり動いて来る。ヴィッポナアに拳銃を向けたハンターが、いたぶるように間合いを詰めているのだ。

ならばと、虎太郎は頃合を測りながら廊下を進んだ。板張りの廊下に響くはずの足音を、草鞋《わらじ》が殺してくれている。ハンターの姿、白い顔が、丁字に交わる廊下の先に覗《のぞ》いた。

「しゃっ」

一気に飛び、左の耳孔目掛けて一角の拳を叩き込む。途端、敵が頭をぐらぐら揺らし始めた。

人の急所は概《おおむ》ね体の中央に集まっているが、少ないながら側面にもそれはあった。耳の穴から空気が抜けるか、或いは逆に空気が多すぎて圧迫されると、人は体の平衡を保てなくなる。それを狙って耳孔を打ち、一気に空気を送り込む——御式内の「耳割り」であった。

技を受けた敵が目を回し、へたり込む。虎太郎は腰の刀を抜いて一気に振り下ろした。

「らっ！」

拳銃を持つハンターの右腕が断ち落とされた。だが相手は未だ頭をぐらぐら揺らすばかりで、叫び声を上げる余裕もないらしい。ハンターの仲間がここを嗅ぎ付けないうちにと、虎太郎は廊下を左に折れる。そこは行き止まりで、ヴィッポナアはまさに追い込まれていた。

「て……てめえか。今、何やったんだ？」

「そんなのは後だ。さっさと退くぞ」

手首を摑んでぐいと引く。ヴィッポナアもこの時ばかりは素直であった。

廃墟から出ると、遠く向こうではシャイアンやカイオワの馬が散りぢりに退いていた。分散して狙いを絞らせない退き方は平原の部族に特有のものである。

建物の中では未だコマンチ族が戦っているらしく、銃声が鳴り止《や》まない。外は先ほどに比べれば落ち着いているが、それとていつまで続くものか。二人は手近な馬に跨《また》がって全力で走らせ、アドビ・ウォールズを後にした。

「よう。どうして俺を助けたんだよ」

ライフルの弾が届かぬくらいに離れた頃、面白くなさそうに問われた。虎太郎は「ふん」と鼻で笑って返した。

「俺たちを組ませたのは互いの命を守るためだって、酋長の言い付けだからな。それから」

「それから？」

「おまえが死んだらルルが悲しむ。又従兄なんだろ？」

「そうかい。ご苦労なこったな」

ヴィッポナアの声はこの上なく不服そうだった。

アドビ・ウォールズの戦いで、先住民諸部族は三人のハンターを討ち取った。しかし代償は大きい。

二十人余りの戦士が命を落とし、手負いとなった者は数えきれぬほどであった。七百騎で二十八人を襲いながら、結果は惨敗であった。

以後、先住民たちは少しずつ追い詰められてゆく――。

七　聖地パハサパ

「畜生め」

銃弾の雨の中、虎太郎《こたろう》は岩陰に身を隠しつつ毒づいた。少し離れた先、ティピーの向こうにある荷車に積み込むべく、両手に抱えられるだけの干し肉を運んでいる。

「おいルル、そっちは？」

「あとちょっと積んだら出る！　あんたも急いで」

大声に大声が返ってきた。そうこうする間に、今度は火矢が飛んで来る。それがあちこちのティピーに突き刺さり、乾いた風に煽《あお》られて燃え広がっていった。

アドビ・ウォールズでの大敗から三ヵ月余り、一八七四年の九月二十八日であった。

あの戦いではハンターたちが眠っている隙を衝《つ》く手筈《てはず》だった。だが彼らは起きていて、廃墟《はいきょ》を楯《たて》に十分な防戦をした。

何らかの形で作戦が漏れていたのだろう。だとすれば、こちらの居どころも摑《つか》まれている。ハンターへの襲撃を「アメリカ合衆国に対する反逆」に掏《す》り替えられるのは明らかで、いつ報復を受けるか分からない。これを危惧して先住民は会議を解散、サンフォードを離れた。シャイアンはコマンチやカイオワと共に南へ進み、レッド川のパロ・ドゥアロ峡谷《きょうこく》に野営地を定めた。

然《しか》るにそのキャンプも発見され、今日の夜明けと共にアメリカ軍の砲撃を受けている。

「もういかん。皆、これ以上の荷運びは諦めろ。逃げるのだ」

後方遠く、リトル・ローブが声を張り上げた。戦士たちの銃が敵を牽制《けんせい》する中、足の弱い年寄りや女子供から逃げ出して行く。虎太郎も抱えた荷を車に積み、すぐさまその車を曳《ひ》いて撤退に掛かった。

「……火の回りが速い」

虎太郎は荷車を曳きつつ後ろを振り返る。見遣《みや》る先では夥《おびただ》しい数のティピーが紅蓮《ぐれん》の炎に包まれていた。運び出せなかった荷物、山ほどの食料も灰になる。

唇を噛《か》んだ。剣術と格闘の心得はあれど、銃は素人同然なのだ。敵の襲撃を受け、端《はな》から銃撃戦となってしまった場合、応戦に加われないのが無念であった。

この日の戦いで命を落としたのは、わずか四人であった。その意味では軽微な損害だったと言える。だがティピーは四百以上が燃やされ、大半の物資も失った。加えて、各部族合わせて千四百頭の馬を奪われた。しかもアメリカ軍は、これを全て殺してしまった。先住民が馬の奪還を画策せぬようにと。

シャイアンはパロ・ドゥアロ峡谷のさらに上流、西を指して逃げた。だが同じレッド川沿いのせいか、すぐに野営地を発見されて追撃を受ける。ティピーと多くの食料を失い、また幾度もの抗戦で銃弾も底を突いた中、できるのは逃げることだけだった。

逃げに逃げ、一年が過ぎた。時は既に一八七五年の十一月を迎えている。シャイアンはレッド川沿いでの野営を諦め、なお西へ進んでニューメキシコ準州の北部に隠れ住んでいた。

二十一歳になった虎太郎も引き続きシャイアンと共にあった。リトル・ローブから「ひと区切り付くまで」と頼まれていたが、その区切りが付かぬまま月日ばかりが過ぎた格好である。昨今では食料を確保するため狩りに出る日が多く、今日も晩秋の森に潜んで息を殺していた。

「気付くなよ」

祈るように口の中で呟《つぶや》き、手製の丸木弓を構えた。三十メートルも向こう、一匹の野兎《のうさぎ》に狙いを付けて十分に引き絞る。

きり、と弦が軋《きし》んだ。兎が聞き拾い、長い耳を立てて警戒している。息を殺し、何とかなってくれと念じて弦を弾《はじ》いた。しゅっと矢が風を切って、過《あやま》たず兎の肩を射貫《いぬ》いた。

「よし！」

とは言え、ここからがまた勝負だった。野の獣は一矢のみで絶命するほど脆弱《ぜいじゃく》でなく、動きを鈍らせながらも逃げようとする。

「待てこの」

兎を追って森を駆けることしばし、ようやく向こうの足が遅くなってきた。あと少しで捕まえられようか。思った矢先、視界に入るものがあった。二十メートルも離れた木陰に馬が繋《つな》がれている。

「何だ？」

もしやアメリカ兵の斥候《せっこう》か。それにしては積み荷が軽そうだが、常に警戒は必要であった。

駆け足を止めて手近な木の陰に身を隠す。すると兎は察したものか、馬が繋がれている隣の大木の陰に入った。途端――。

「うぉわっ！　何だ、おい」

静かな森に人の叫び声。次いで銃声が響き、兎の足音が消えた。

まずい。今のは拳銃の音だったが、相手がそれを持っている以上、無暗《むやみ》に姿を晒《さら》す訳にはいかない。

自分が見付かればシャイアンのキャンプも発見される恐れがある。

「ああん？　矢が刺さってんじゃねえか」

おや、と眉が寄った。この声、どこかで——。

「おい。誰か、いやがるんだろ。出て来ねえとこの兎、俺っちが食っちまうぞ」

木陰から現れた男の姿に、虎太郎は目を見開いた。あれから一年半余り、少し背も伸びているが間違いない。

「おまえ」

木立から出た虎太郎に、驚きの声が返った。

「おお！　こんなところで会うたあ、何てこった。探してたんだぜ、サムライ」

ビリー・ザ・キッドであった。あまりにも陽気に「ヒャッハー」と笑い、飛ぶように駆け寄って来る。

「この兎、おめえが獲《と》ろうとしてたのか？　大方インディアンの食糧だろ」

どうやらシャイアンの状況は大まかに承知しているらしい。そして。

「俺を探していたって、どうしてだ？」

「正確には、おめえとルルをな」

言いつつ、頭を撃たれて息絶えた兎を手渡してくる。虎太郎は受け取って問うた。

「また会おうって、お互いに言っていたからか？」

「それもあるが、本題は別にある」

聞けば、ルルにとって大事な話を耳にしたのだという。それを伝えたくてキャンプを探していたのだ、と。

軽く辺りを見回せば、ビリーは単身のようだ。近辺に仲間が隠れている気配もない。信用できる相手ではあれ、何ごとにも慎重を要求される昨今であった。

「分かった。久しぶりに顔を見たらルルも喜ぶだろう」

「おう。元気にしてっか、あいつ」

笑みと共に「ああ」と頷《うなず》き、野営地に導いてゆく。道中、ビリーの近況が語られた。

「去年の暮れに母ちゃんが死んでな」

長くないだろうと言っていたが、ついに。虎太郎が悔やみの言葉を口にすると、ビリーは寂しげに笑みを浮かべて首を横に振った。

「で、糞親父《くそおやじ》の家を出たって訳さ。清々したぜ」

以後は「ザ・ボーイズ」なるギャング団に加わっていたそうだ。かつて馬を買ったL・G・マーフィー&カンパニーの経営者、ローレンス・マーフィーの傘下にある組織だという。

「ところがマーフィーの野郎と喧嘩《けんか》しちまってな」

マーフィーは、ビリーが自分の部下になったからと言って、盗んだ牛の買い取り値を大きく引き下げたらしい。あまりに金払いが悪くなったものだから、腹を立てて言い合いになった。そして決裂、放り出されたのだという。

「腹の虫が収まらねえからさ、商売敵のタンストールって奴に鞍替《くらが》えしてやろうと思ってな」

だが易々《やすやす》とそれを許すほどマーフィーも甘くない。昨日まで仲間だったギャング団がビリーへの追っ手となった。

「大丈夫なのか、それ」

「しばらく、ほとぼりを冷ましゃあ何とかなるだろ。今はフォート・サムナーを塒《ねぐら》にしてる」

ニューメキシコの東部、かつてアメリカ軍が使っていた砦《とりで》を元に成り立った町である。そこはビリーのようなアウトローの溜《たま》り場となっていて、これらの者から多くの話を聞けるらしい。近隣にはアメリカ社会に同化した先住民も暮らしており、彼らの噂話《うわさばなし》も併せてシャイアンの境遇を知ったのだという。

「お、見えてきたぞ。ルルは……あそこだ」

眺める先には、細い丸太を組み、木の葉を積んで屋根とした掘っ立て小屋がある。その脇に、十七歳になったルルの姿があった。虎太郎は右手を大きく振って「おうい」と声をかける。

「ただいま。珍しいお客だぞ」

「お帰り。お客……え？　あ！　ビリーじゃない」

ルルがこちらを向き、満面に喜びを弾けさせた。

＊

最も大きなティピーに入り、ランプを囲んで車座になる。奥にリトル・ローブ、その正面にビリー。ビリーの右脇に虎太郎、その正面にルルが座った。

「あんたがリトル・ローブか。初めまして、だな」

「ビリー・ザ・キッド、ようこそ。最近では風の便りに君の名がよく聞こえてくる」

ビリーはさもおかしそうに腹を抱えて笑った。相変わらず陽気ではある。一方、この一年半余りでアウトローとしての凄《すご》みを増してもいた。

「客に銃を向けて『ようこそ』だと？」

にやにや笑いながらも目が据わっている。然り、ティピーの外にその気配があることは虎太郎も察していた。

「酋長《しゆうちよう》」

小声で咎《とが》める。リトル・ローブも外の異変には気付いていたようで、いささか面持ちが苦い。

「弁明させてもらうが、私の指示ではない。君は白人で、名の知れたアウトローだ。皆の警戒は当然と思ってくれ。ただ、このティピーには私もいる。それで良しとして欲しい」

「下手なことしなきゃ、あんた諸共《もろとも》に撃ちゃしねえって訳か。分かった、それでいいや」

ビリーは「ふふん」と鼻を鳴らし、右膝の上に頬杖《ほおづえ》を突いて切り出した。

「そんでな。ルルが追われてんの、あんたも知ってんだろ？」

「聞いている。それが？」

「窮屈な身の上だよな。解放してやりてえよなあ？」

聞いて、虎太郎は目を丸くした。かつてビリーは言っていた。ピンカートンを雇ってルルを追わせている男――カスター中佐を討てば、彼らの契約は消滅するのだと。ルルを解放すると言うのなら、それができるということだ。

「カスターを闇討ちにでもするのか？」

思い付く方法を問うてみると、ビリーは「おいおい」と呆《あき》れた笑い顔を見せた。

「できる訳ゃねえだろ、そんなの」

「じゃあどうするんだ」

「どうしたらいいと思う？　考えてみろよ」

ビリーの声を受け、しばし沈黙の時が流れた。

はたと、ルルが「まさか」の目を見せる。同じ考えに至ったか、リトル・ローブの面持ちが渋い。

「君は我々に、第七騎兵隊と戦えと言うのか。そしてカスター中佐を亡き者にせよと」

「ご名答」

然り。闇討ちでないのなら、それ以外の方法はない。しかし、とリトル・ローブは大きく首を横に振った。

「できることではない。パロ・ドゥアロ峡谷で敗北してからというもの、我々はアメリカ兵から逃げるだけで手一杯なのだ」

多くの馬を失い、ティピーや食糧にもこと欠いている。弾薬も尽きた。どうやって戦えと言うのか。

リトル・ローブの言葉に、ビリーはにやりと頬を歪《ゆが》めた。

「このバンドだけで考えりゃ、確かにそうだろう。そこで情報だ。ツー・ムーンズって名を知ってるかい」

「ツー・ムーンズ……。イシャイニシュスか。北方でシャイアンを率いる男だな」

「ラコタのシッティング・ブルと、クレイジー・ホース。そいつらと同盟を結んだらしい」

リトル・ローブが「おお」と嘆じるように漏らし、しばし黙る。それが何のことか、虎太郎には話のあらましが見えない。察したのだろう、ルルが小声を寄越《よこ》した。

シャイアンは平原地帯でも大規模の部族だが、それ以上に人数を抱えるスー族がある。スー族の中にはダコタ・スー、ラコタ・スー、ナコタ・スーの三部族があり、ラコタ族は三つの中で最大なのだそうだ。

「ラコタの長がシッティング・ブル。あの人らの言葉だとタタンカ・ヨタンカって名前」

シッティング・ブルはかつて勇猛な戦士だったが、しばらく前に一線を退き、今は医者として同胞を支えている。またアメリカと巧みに交渉を繰り返してきて、ラコタのみならず他の部族からも尊敬を集める人物だそうだ。

「クレイジー・ホースは今のラコタで一番の戦士」

ラコタの言葉ではタシュンケ・ウィトコという名前らしい。ラコタを始め、スーは長らくシャイアンと不仲だったが、クレイジー・ホースがシャイアンから妻を娶《めと》って互いの橋渡しをしてきたのだという。

「それで同盟か。和睦できたなら、いいことだな」

虎太郎の声を耳に、リトル・ローブが軽く頷く。しかし腑《ふ》に落ちないものが残ると言って、再びビリーに向いた。

「それとルルの一件が、どう繋がるのだね」

ビリーは、したり顔で胸を張った。ラコタとシャイアンの同盟は、婚姻やら何やらの問題ではない。もっと実利的な話なのだと。

「ブラック・ヒルズ。あんたらの言葉じゃあ、パハサパって言うんだろ？　そこを去年からアメリカ人が踏み荒らしてんだ」

「何たる……ことか！　我らは逃げるのに手一杯で、全く知らずにきた」

聞けば、パハサパ――ブラック・ヒルズは平原の全部族に共通の聖地なのだという。

聖地そのものはラコタ領内にあり、シッティング・ブルの交渉によってアメリカとの相互不可侵を勝ち取っていた。然るに昨一八七四年、アメリカは取り決めを無視して、ここに軍隊を送り込んだ。近辺で金鉱が発見されたからだという。

ビリーは胸ポケットから紙巻き煙草《たばこ》を取り、中央のランプから火を取って煙を吐き出した。

「金鉱の大本がブラック・ヒルズにある。そう睨《にら》んで調査隊を出したって訳さ」

結果、確かに金鉱は発見された。今年に入って金の採掘工が募集され、夏には一千人が送り込まれたそうだ。あと一ヵ月もすればさらに一万人が寄越される。また採掘工の支援のため、鉄道の敷設も決定されたらしい。

「シッティング・ブルにせよツー・ムーンズにせよ、黙って見てらんねえから同盟したんだろうさ。どう？　あんたも合流したくなったんじゃねえの？」

「無論だ。聖地の危機を知った以上、及ばずながら力を貸さねば」

リトル・ローブの面持ちが珍しく険しい。それと見て、ビリーの頬に不敵な笑みが浮かんだ。

「そこでだ。あんたらの聖地を調査したの、どこの兵隊だろうね？」

ルルが息を呑《の》んだ。リトル・ローブが得心顔になる。虎太郎も頷き、問うた。

「第七騎兵隊、それもカスター中佐の部隊。そうだな？」

「そのとおり。ま、さすがに分かるか」

ラコタとシャイアンが同盟して金採掘に抗《あらが》うなら、きっとアメリカは軍を出して「叛乱《はんらん》」を鎮圧に掛かる。その時に寄越されるのは、どの部隊だ。第七騎兵隊、ではないのか。なぜならブラック・ヒルズの鉱脈調査で、カスター隊だけが一定の土地勘を備えている――ビリーの見立ては正鵠《せいこく》を射ていた。

「リトル・ローブ。あんたはアメリカ兵と戦って聖地を守りゃあいい。ルルを解放すんのは俺っちとサムライに任せとけ」

虎太郎は「え?」と眉をひそめた。

「おまえも来るのか?」

「ほとぼり冷ますって言ったろうが。それに、おまえらは仲間だ。いいだろ?」

確かに、共に死闘を生き残った間柄であり、仲間としての意識はある。しかし、どうしたものか。否とも応とも答えかね、リトル・ローブの顔を窺《うかが》う。

「構わんよ。彼は腕が立つという噂だ。戦力になってくれる」

苦笑と共に頷きが返される。ビリーが「そう来なくちゃな」と愉快そうに笑った。

もっとも、すぐに聖地に向かうという訳にもいかなかった。季節は晩秋、間もなく大平原は厳しい冬を迎える。そんな折に強行軍の旅をすれば、多くの命を無駄に損じるかも知れない。ゆえにリトル・ローブは翌年を待ち、一八七六年の二月半ばにニューメキシコを発《た》った。

出発して北へ進み、すぐに隣のコロラド準州に入る。山沿いに北上してワイオミング準州を抜け、さらに州境を越えてブラック・ヒルズのあるモンタナ準州へ。

その聖地からやや西に、ラコタ族の野営地はあった。東流するイエロー・ストーン川の、南側の支流――ローズバッド川の流域である。行程、七百五十マイル余り。千二百キロメートルを超える長旅とあって、リトル・ローブのバンドが合流した頃には夏六月を迎えていた。

「よくぞお出《い》でくださった。貴君らの助力に深く感謝の意を表する」

一行を迎えたシッティング・ブルが、椅子に腰掛けたまま鷹揚《おうよう》に発した。丸顔に左右振分けの長い黒髪、五十路《いそじ》の手前と思《おぼ》しき男である。皺《しわ》が目立つものの、赤茶けた肌の色は少し明るい。

「ひとつ申し上げておきたい。私のバンドには今、日本人と白人がひとりずつ同行している。どちらも味方だ。彼らも含めて共に戦わせてもらいたいのだが」

リトル・ローブの言葉を受け、シッティング・ブルの目が虎太郎とビリーに向いた。厳しい眼差《まなざ》しながら、その奥には柔らかな慈愛の光がある。

と、こちらに向いていた目が椅子の左後ろに流された。

「どうだね、ウィトコ」

タシュンケ・ウィトコ。クレイジー・ホースと呼ばれる者は、白人のビリーを見下ろすほどの長身である。今のラコタで第一の戦士だけに、シッティング・ブルも彼の意向を重んじているのだろう。

「構わん。我らの力となる。もし弱かったとしても頭数は必要だ」

クレイジー・ホースはいとも容易《たやす》く二人の異人を受け容《い》れた。喋《しゃべ》り方は朴訥《ぼくとつ》だが、細かいことには頓着しない男のようであった。

＊

「失礼します」

エリックは静かにドアを開けた。カスターが執務室の椅子に浅く座り、両脚を机にどかりと乗せている。こちらを見て鼻を「ふん」と軽く鳴らすのは、不機嫌だと発する代わりらしい。

「どうした、マッケンジー君。ようやくルルを捕えたのかね?」

厭味《いやみ》か、と眉が動く。とは言え腹を据えねばならない。今日はそういう話なのだ。

「二つ、お伝えしに。まず、ひとつ目。ルルを捕えて連れて来い……あなたのご依頼を半分だけ遂行したというご報告です」

「半分?」

カスターは椅子から立ち上がり、値踏みをするような眼差しを見せた。

「君はルルを伴っていない。捕えはしたが連れて来なかったとでも言うつもりか」

エリックは「ふふ」と笑った。失笑である。

「そもそも捕えておりません。それは中佐もご存じでしょう。あの娘はリトル・ローブのバンドに合流した。そのリトル・ローブは今、あなた方陸軍が追い回している」

ピンカートンが手出しできない状況なのだ。そうと知っているからこそ、初めに「ようやく捕えたのか」と厭味を言ったのだろうに。

「では、どういうことだ」

カスターの顔が、じわりと怒りに彩られる。エリックは対決する思いで胸を張った。

「簡単なことです。軍とシャイアンの戦いになった以上、我々は手を出したくても出せない。ですから……ルル自ら、あなたのところへ出向くように仕向けました」

「何だそれは」

ぐっと眉を寄せ、カスターが一歩二歩と近付いて来る。返答次第では、という顔だ。しかし怯《ひる》まず、常と変わらぬ落ち着いた声音で応じた。軍はしばらくリトル・ローブのバンドを発見できていない。では、どこへ行ったのか――。

「我々の調べで、ラコタのシッティング・ブルに合流したことが分かりました。あとは、あなた方陸軍にお任せします」

途端、カスターが泡を食って「おい」と詰め寄った。

「それでは、あの設計図がラコタにも漏れたということになるではないか。陸軍にとって脅威が増しただけだ。冗談もほどほどにしろ」

「冗談を申し上げているつもりはありません。彼らはまだスペインと接触していない。その前に叩《たた》いてしまえば問題ないでしょう。違いますか」

ひと言を境に、エリックはぎらりと目を光らせた。

「それに、あなたはいずれ必ずラコタと戦うことになる。ブラック・ヒルズを調査した時から、それはご承知だったはずだ。だからこそ、ルルのいるバンドがラコタに合流するよう仕向けたのです。この私が」

あらゆる手段を駆使した中で、功を奏した一手があった。軍がラコタを襲うに当たっては、きっとカスター中佐の部隊が組み込まれるという流言である。

「フォート・サムナーにアウトローのビリー・ザ・キッドがいましてね。彼はルルとミムラに仲間意識を持っているようでした。そこで部下のひとりにアウトローを偽装させ、潜り込ませて情報を流した」

ブラック・ヒルズ——先住民の聖地パハサパに金鉱が見付かり、採掘者が送り込まれることになった。金鉱を調査したのはカスター隊である。二つの事実をそれとなく伝えると、案の定、ビリーは動いた。

ひととおりを語ると、カスターは軽く目を見開いた。驚きゆえではない。怒りによって総身が小刻みに震えていた。

「独断か？」

「依頼の遂行に関する詳細は、これまで私に一任されておりましたから」

「貴様！　自分が何をしたか分かっているのか。わざわざ軍を苦境に立たせたに等しい。これはアメリカ合衆国への反逆だ」

カスターは怒りに任せて言葉を継ぎ、ぐいと胸倉を摑んできた。エリックはその手を摑んで胸元から引き剝がす。

「では国家反逆の罪で私を訴追なさいますか。構いませんよ」

もっとも、そのためにはカスターの不祥事を公にする必要がある。試案の段階であれ、新型機関銃の設計図は機密情報である。それを不注意で奪われたという重大な事実を。

「あなたは仰《おつしや》った。この依頼は自分の名誉を守るためではないと。アメリカ市民の平穏と発展のため、この国の明日のため……でしたか。それなら、ご自身の不祥事を明かすくらい何でもないはずだ」

カスターは「ぐ」と歯噛みして言葉に詰まった。その目を鋭く見据える。

「あなたは我々ピンカートン探偵社を金の奴隷と呼んで蔑んだ。ですが金は命を繫ぐ糧であり、世を動かす力だ。大金を支払ってまでルルを追わせた以上、あなたにとって名誉が軽いものであるはずがない。それを捨てる気がおありなら、どうぞご自由に」

「……ピンカートンの武器は信用だろう。信用を落としてまで私を脅すつもりか」

言いつつ、カスターの身の震えは怒りとは別のものに変わっている。エリックはこの上なく慇懃《いんぎん》に返した。

「私が訴えられない限りピンカートンの信用は落ちません。そして私は、あなたを脅しに来たのでもない。お伝えすることは二つあると申し上げたでしょう」

返答がない。相手が呑まれていると知って背筋を伸ばす。

「二つ目の話です。ピンカートン探偵社はこの依頼から手を引く。こちらは私の独断ではなく、社としての決定です。無論、経費は全て返上させていただきます」

カスターが歯ぎしりして右手に拳を固めた。掌《てのひら》に爪が食い込むほどに強く握っている。どうして、こんなことに――その胸中は面持ちから容易に察せられた。

軽く、溜息《ためいき》が漏れた。

「あなたが仰ったとおり、我々は信用を第一の武器とする。それとて優秀なエージェントを多く抱えていてこその話なのです」

ルルを追い続ける中で、コタロー・ミムラという異物が紛れ込んだ。剣と武術で戦うだけの、銃砲を以《もっ》てすれば取るに足らない相手のはずだった。だが結果はどうだ。

「ミムラと戦って四人が死んだ。ビリーもまとめて襲った時には、さらに二人が死んで四人が負傷しました。右の肺を潰された者、左の脛《すね》を砕かれた者もあり……ああ、これはミムラではなくビリーの拳銃によるものですがね。彼らの傷は既に癒えましたが、もうエージェントとしては働けないでしょう」

「だから私を裏切ると？」

エリックは、きっぱりと首を横に振った。

「我々はこれ以上の損害を出す訳にいかないのです」

「馬鹿な！　東洋の蛮族に負けたままで悔しくないのか」

悔しくないのかと言われたら、確かに悔しい。あと一歩でミムラの息の根を止められる。ルルの身柄を奪える。何度もそこまで持ち込んだのだ。しかし、その「あと一歩」が遠かった。

思って、エリックは「ふう」と長く息をつく。そして穏やかに言った。

「私は一面でミムラを尊敬してもいる。常に不利な状況にあり、何度も死にかけながら、彼はいつも乗り越えてきた」

自らの力、機転で切り抜けたこともあった。ビリー諸共に襲った夜は仲間たちの助けによって生き延びた。崖から落ちた時などは運に守られていたのだろう。懸命に捜索して、なお足取りが摑めなかった日もある。それは、このアメリカ大陸の自然に守られたのだ。

「彼には天運がある。そして、人との繋がりを力に変える何かがあった。しかし」

真っすぐにカスターを見つめた。

「あなたにはそれを超え得る力があるでしょう。軍権ですよ。多くの兵を動かし、山ほどの銃砲を運用する権限だ」

これを使ってラコタとシャイアンに勝てば良い。できないこと、ではないはずだ。

カスターが、ごくりと固唾《かたず》を呑む。エリックは苦い笑みで応じた。

「だから私は、ルルとミムラが……リトル・ローブのバンドが、ラコタに合流するよう仕向けたのです」

図らずも、今までの侮辱や愚弄《ぐろう》に返礼する形になってしまった。だが、それが本意ではない。せめてカスター自身の手で決着させられる余地を残したかった。

「依頼遂行に失敗したエージェントの、あなたに対する礼儀として」

「もう……いい。分かった」

カスターは放心したように呟き、少し黙った。三つ四つを数えるほど経《た》つと、その目にじわりと光が戻る。六つ、七つ数えた頃には、その光は極度の覇気に——否、狂気に変わっていた。

「私がやる！　ミムラを必ず殺してやる。ルルを捕えて」

奪われたものを取り返してやる。犯してやる。ずたずたに切り刻んでやる。そう叫んで、低く押し潰した声で悪魔のように笑った。

これで良いのだろうか。分からない。しかし、少なくとも自分が成すべきことは成し終えた。あとは成り行き次第であろう。思いつつ、エリックは丁寧に敬礼して執務室を去った。

＊

河原にひとつの小屋が建てられている。とは言っても石を積んで壁と成し、木の板を屋根にしただけの簡素なものだ。そこから十メートルほど離れた辺りで穴を掘りながら、虎太郎は眉を寄せて苦言を呈した。

「おまえも手伝えよ」

視線の先にはヴィッポナアがおり、河原に寝そべって空を見上げている。リトル・ローブのバンドが合流して数日、一八七六年六月八日の昼下がりであった。

「ビリーでさえ色々やってるんだぞ」

なお促すと、不機嫌そうに「うるせえな」と返ってきた。

「あの野郎は女の尻を追っかけてるだけだろうが」

「女衆が重いのを運ばんでいいように、木の運び役を買って出たんじゃないか」

ヴィッポナアは「やれやれ」と起き上がり、胡座《あぐら》をかいて溜息をついた。

「他の女はいい。でもルルはだめだ」

「どうして」

「てめえだけでも面倒なんだよ。おまけに、あの白人は根っからの女好きだろうが」

そういうことか、と苦笑が漏れた。とは言え皆が総出で働く中、ひとりだけ怠けていてはラコタ族にも心証が悪い。ヴィッポナアの許《もと》に進み、穴を掘るための棒を押し付けた。

「おまえらの儀式だろう」

「はいはい。分かりましたよ」

儀式――大平原の部族が行なう「太陽の踊り」である。ヴィッポナアは面白くなさそうに立ち上がり、虎太郎を手伝って穴を掘り始めた。これが終わると既に夕刻で、掘り上がった穴には供物としてバイソンの脂が入れられた。

ローズバッド川は両脇を高台に挟まれている。その向こうに隠れかかった西日が早瀬に乱れる中を、先が二股に分かれた木が運ばれて来た。男も女も羽根やビーズの付いた衣装を着飾り、馬に乗ったまま運んでいた。儀式の中心となる柱にするための木で、会津《あいづ》の山でも目にしたことがある。恐らくは箱柳の若木だろう。

柱とする木を伐るのは四人の処女と定められ、ルルにはその役が与えられていた。伐った木を運ぶ際には一度たりとて地に触れさせてはならない。七、八メートルもある幹を十何ヵ所も縄で括《くく》り、馬に乗った者たちが左右から持ち上げる格好で運ばれている。

「よし。柱を立てる歌を捧《ささ》げよ」

祈禱《きとう》師らしき初老の男が声を上げる。ラコタとシャイアンが揃《そろ》って歌を口ずさみ、バイソンの脂を入れた穴に木を立てていった。

虎太郎にとっては耳慣れぬ節回しだったが、その歌には素朴かつ滑らかな響きがあり、心の奥底をくすぐられる思いがした。全ての人、全ての民族は、もしかしたら根の国で繋がっているのかも知れない――。

「チャン・ワカンが立ったぞ」

神秘の木が立った。その声と共に皆が手を叩き、儀式の始まりを讃《たた》えた。

立てられた柱にはバイソンと人間の小さな人形が吊《つ》るされた。人形はバイソンの革で作られたもので、人間を模した方は股間に巨大な男根を備えている。どちらも豊穣《ほうじょう》の象徴であるらしい。

次いで、煙草の葉が入った革袋が柱に結び付けられる。二股になった柱の天辺は、先住民に伝わる雷の精霊ワキンヤン――神鳥サンダーバードの巣を表しているのだとか。

「それでは明日から四日、踊りの日だ。踊り手のキミメラは、これより儀式小屋で身を清める」

祈禱師の宣言に従い、柱を囲む中から二十歳を少し過ぎたくらいの女が進み出《い》でる。キミメラは全ての服を脱ぎ棄《す》て、赤い腰布一枚を身に着けると、昼の間に建てられた件《くだん》の小屋に入って行った。

そして、一夜が明けた。

虎太郎とビリーは日の出前に起こされ、ルルとヴィッポナアに導かれて河原に進んだ。すると昨日の小屋から踊り手のキミメラが姿を現す。祈禱師の手で顔が色とりどりに塗られていった。

柱の周りは何メートルか、丸く開けられている。キミメラの舞台であろう。人垣の最も前には幾人かの祈禱師がいて、それらは小脇に抱えられるくらいの太鼓を携えていた。

「何で俺っち、付き合わなきゃなんねえんだ？　眠いってのによ」

ビリーが欠伸《あくび》を漏らす。ルルが「おい」と睨み付け、山向こうに目を遣った。

「始まるよ」

と、少しして山入端《やまのは》に朝日が弾けた。同時にキミメラが大きく手を広げ、裏返った声で儀式の歌を歌い始めた。目は常に太陽に向いたまま両手を動かし、足を運んで踊っている。朴訥とした動きながら、抗えぬ力に圧倒される舞であった。

「この踊りで神秘と話をしてんだ」

左脇からルルが小声を寄越した。

大自然の全てが大いなる神秘の下にあり、日常の全てが万物の真理との対話――それがラコタやシャイアンの考え方らしい。ルルの大叔父、ブラック・ケトル酋長は「人も草木も動物も天意で命が決められている」と教えたそうだが、大本の考え方はここなのだろうか。

「なあルル。キミメラはずっとお天道様を見ているけど」

目を焼かれはしないのかと問うと、ルルは「んん」と口籠もりながら控えめに答えた。

「それも天が決めるの」

今日から四日間、踊り手は日の出から日の入りまで、太陽を見つめながら踊らねばならないという。踊り手の役目を終えるまでは水も食料も口にせず、夜にはまた儀式の小屋に入って身を清めるらしい。

「……大丈夫なのかな」

ぽつりと、再びの懸念《けねん》が口を衝いて出る。

大丈夫ではなかった。ただし、違う意味で。

「おうい！　敵、敵だ！」

遠くから慌ただしい蹄《ひづめ》の音が駆け寄る。儀式を守るために出ていた斥候が、馬の背から大声を寄越した。

「アメリカ兵だ。ちょっと南の川まで来ていやがるぞ」

儀式は始まって早々に中止され、各々のバンドを率いる者たちで対応が協議された。ラコタからはシッティング・ブル、先んじてラコタと同盟を組んでいたシャイアンのツー・ムーンズ、これにリトル・ローブが加わった。

＊

しばしの間——とは言え十数分だろうか、その協議が終わってリトル・ローブが戻る。ざわめきの中、斥候が持ち帰った話を皆に告げていった。

兵が寄越されたのは、やや南方に流れるタン川の対岸辺りらしい。数はそれほど多くないが、後続があるのは明らかだという。虎太郎は目元を引き締めて問うた。

「カスター中佐でしょうか」

「いや。クルックという将軍の部隊だそうだ」

もっとも、仕掛けて来るなら迎え撃たねばならない。シッティング・ブルはクレイジー・ホース以下二百の戦士を差し向け、まず様子を探らせることに決めたという。

落ち着かない一日を過ごし、中々に寝付けない夜を明かす。明けて六月十日、クレイジー・ホースは朝一番で戻り、出迎えた皆に仔細《しさい》を報告した。

「斥候の報《しら》せに間違いはなかった」

アメリカ軍はここに野営地があることを察している。が、未《いま》だ正確な位置までは把握していないらしい。クレイジー・ホースはそれと見て森に隠れ、タン川を渡ったら戦いになると、声だけを響かせて警告した。そして遠巻きに銃を放って威嚇《いかく》したという。

「だが、少しだけ進軍を遅らせたに過ぎない」

警告したところでアメリカ軍は必ず襲って来る。ゆえに姿を見せず、銃も遠くから放った。森の中、どの辺りに潜んでいるか分からない。そう思わせれば敵は警戒して足を鈍らせる。

「では、稼いでくれた時間で備えを講じねばなるまい」

シッティング・ブルの声に、戦士たちが「よし」と応じる。各々のバンドが急ぎ抗戦の支度に取り掛かった。

皆が槍《やり》や弓矢、手斧《ておの》、銃などに手入れを施してゆく。また馬に与える飼い葉を増やした。

そして七日が過ぎた。

盛夏とあって、六月十七日は朝から酷《ひど》く暑い日であった。眠りから醒《さ》めた者がローズバッド川で行水し、一日に備えている。

そこを、不意の銃声が掻《か》き乱した。

「来たのか?」

朝餉《あさげ》の支度をしていた虎太郎は、気を張って辺りを見回した。既に日は高く、川に跳ね返った光がちらちらと鬱陶しい。ティピーから出たルルが身を低くして耳を澄ました。

「川沿いじゃないよ。東だ」

声に従ってそちらに目を向けた。何も見えないし、聞こえもしない。しかしルルの耳の良さはかねて承知している。それを信じて大声を上げた。

「ラコタ! シャイアン! 東、東だ」

銃声が聞こえて以来、戦士たちは行水を切り上げて支度に掛かっている。銃や槍を携えた者から順に、馬を駆って東へと向かって行った。虎太郎も袴《はかま》の裾を括り、足に草鞋《わらじ》をしっかり結び付けて、腰に刀を佩《は》いた。

そうこうするうち、やや南、ラコタ族の馬が繋がれている方からビリーの声が飛んできた。

「おうサムライ。おまえ用の馬、連れて来たぞ」

自らの馬を疾駆させつつ、後ろにもう一頭を曳いている。こういうのは牛泥棒で慣れているらしく、曳かれる側の馬も嫌がる様子ではなかった。

「ありがたい」

虎太郎は曳かれて来た馬にひらりと跨《またが》り、手綱を取る。ビリーの「イヤッハア」を合図に、二人して馬の腹を蹴った。そのままラコタの戦士を追って疾駆すると、少ししてヴィッポナアも追って来た。ビリーと同じでラコタの馬を拝借したらしい。

「よう日本人。白人のてめえもだ。足手纏《あしでまと》いになるなよ」

虎太郎が「もちろんだ」と返す。ビリーは「誰に言ってんだ」と怒鳴り、瞬く間に腰の拳銃を抜いてヴィッポナアに向け、にやりと笑った。

三人で競い合うように馬を駆る。先行した戦士に追い付くのに、そう時はかからなかった。

「あ? おいおい、ありゃ何だ」

ビリーが素っ頓狂な声を上げた。前方ではクレイジー・ホースを始めとするラコタ戦士たちが馬を連ね、輪を描くように駆けて敵を閉じ込めていた。その輪が次第に小さくなり、じわじわと追い詰めている。

「狩りの要領だ。知らんのか、白人」

ヴィッポナアが大声を寄越した。バイソン狩りの折、平原の部族はこうして獲物を追い詰め、八方から銃や弓矢で狙うそうだ。なるほど、確かに人を相手の戦いにも有効ではあろうが――。

「そういうこと訊《き》いてんじゃねえ、この馬鹿野郎」

ビリーが怒鳴り返したとおりである。取り囲まれた敵方の徒歩兵は、アメリカ人ではない。ラコタやシャイアンとは装いこそ違えど、間違いなく先住民の赤茶けた肌であった。

先住民にはアメリカ社会に同化する者もある。ならば戦いに手を貸す者もあるということか。とりあえず事態を呑み込んで、虎太郎は馬を進めた。

と、前方で輪を描く馬上から、中央に向けて矢が放たれた。濁った叫び声が上がり、馬蹄《ばてい》が巻き上げる土煙の向こうで幾人もの姿が倒れていった。もっとも敵とて戦士である。されるがままの訳もなく、輪の中から銃で応じてきた。

猟銃の太い音が周囲の丘や森にこだまする。射貫かれた馬が倒れて血煙を上げた。包囲に隙ができると、そこから敵の戦士が抜け出して来る。それらは或《あ》るいは逃げ、或いは先住民の野営地を目指して駆けた。

「甘えんだよ！」

ビリーの拳銃が火を噴き、ひとりの太腿《ふともも》を捉える。ヴィッポナアが「やっ」と叫んで手斧を投げ、別の敵の首を刎《は》ねた。虎太郎は腰の刀を抜いて、二人が討ち漏らした者の肩を断ち割って回る。そうこうするうちに敵は総崩れとなり、取り囲む馬の輪に隙間を見付ける度に逃げ出して行くようになった。

「キャンプに向かった敵は？」

クレイジー・ホースが馬の輪から外れ、声を飛ばしてくる。ヴィッポナアが「ひとり残らず食い止めたっすよ」と返すと、大きく頷いて馬を寄せてきた。

「シャイアンとアウトロー、それにサムライか。援軍に感謝する」

虎太郎は「はい」と応じ、ひとつを訊《たず》ねようとした。

「タ……シケ。あれ？　ああ、タシュケ。いや……その」

「タシュンケ・ウィトコ。言いにくければ『ホース』で構わん」

くすっ、と笑って返された。朴訥そのものながら、どこか穏やかな声であった。

「すみません。では、ホース。あの兵たちは同じ先住民のようでしたが」

「ショショーニ族だ。真理の民たる誇りを忘れ、アメリカの手先となっている」

やはりそういう次第だったか。得心していると、向こうで何やら叫ぶ者がある。ラコタの言葉だろう、何を言っているのか分からない。

「あんたのお仲間、何て言ってんだ?」

ビリーの問いに、クレイジー・ホースは「ああ」と頷いた。

「ショショーニはこの辺りを良く知っている。逃がせばまた道案内をされてしまう、と」

つまり追撃を仕掛けようということか。しかし、と虎太郎はひとつを確かめた。

「奴らが道案内なら、後続にアメリカ兵がいるはずだ。そいつらも?」

「第一陣が逃げて来たのを見れば、後続の二陣も乱れるものだろう」

クレイジー・ホースの眼差しが戦士のそれに戻った。ヴィッポナアが「やったろうじゃん」と腕を撫《ぶ》し、虎太郎も「分かりました」と応じる。ビリーは「了解」と煙草に火を点《つ》け、拳銃に弾を足して腰に戻した。

＊

「ヤァーフウッ!」

ビリーが馬上から拳銃を連射する。アメリカ兵が三人、四人と肩を撃ち抜かれ、周囲の兵が怯んで足を止めた。そこへヴィッポナアが馬を馳《は》せ、槍を振り回して真っすぐ駆け抜ける。敵兵が二つに分断され、両翼からラコタ戦士の馬が個々に包囲していった。

「何てこった」

「どうすんだ、これ。おい！」

混乱に陥った敵兵の中には、馬を捨てて逃げ出そうとする者がある。虎太郎はそれらに馬を寄せると、自身も下馬して立ちはだかった。敵が持つのは猟銃で、その長い銃身は近くを狙うのに向かない。これを利して一気に飛び、相手に応対する間すら与えず間合いを詰めた。

「しゃあ！」

右の拳を人中——口元に突き込んで、前歯をまとめて折ってやる。次いで体を背中側に回転させ、隣の兵の顎に左肘の一撃を叩き込んだ。歯を折られた痛み、顎を外された痛みも然《さ》ることながら、敵兵はむしろ流れるような虎太郎の動きにこそ慄《おのの》いたのだろう。口々に「魔法か」「いや悪魔の子だ」と腰を抜かし、銃を捨てて両手を上げた。降参の合図だ。

「分捕《ぶんど》れ！」

ラコタ戦士たちが、降参したアメリカ兵から銃を毟《むし》り取る。そして奪った銃を即座に使い、さらに多くの敵兵を蹴散らしていった。

「ひ、退《ひ》け！　撤退だ！」

隊長らしき一騎から慌てた声が飛び、アメリカ軍が後退してゆく。ラコタ戦士たちはなお追撃を仕掛けたが、敵もただで蹴散らされはしない。ほどなく増援が到着し、敗残兵の撤退を支援するために銃撃を加えてきた。

「これだけ叩けば十分だ。森に入れ」

クレイジー・ホースは深追いを慎んで、戦士団に帰還を呼び掛ける。平原の部族が撤退する時の常で、密集していたラコタの馬は三、四騎ずつに分かれて森に消えていった。

虎太郎はビリーやヴィッポナアと共に、ラコタの馬に続いて森に入った。どう進めば野営地に戻れるのか、この地を知り抜いている彼らに付いて行くのが一番である。もっともラコタはシャイアン以上に馬術に巧みで、あれよという間に引き離されてしまった。

「おい、困ったことになったぞ」

ヴィッポナアが舌を打つ。ビリーは「はあん」と小馬鹿にしたように笑った。

「ここまで付いて来たんだからよう、どっち行きゃあいいか大まかに分かるだろ」

あとは勘と、そして木漏れに差す日の向きを頼りに森を抜ければ良い。そう言われて、虎太郎は「む」と首を傾《かし》げた。

「牛泥棒の時、おまえ、森の中から出て来たっけな」

「そうそう、それと一緒って訳。まあ何とかなるさ」

戦いの最中だというのに何とも気楽な男である。だが不思議と納得してしまうものが、ビリーにはあった。

果たして三人は過たずキャンプに帰り着いた。とは言え他の戦士たちから大きく遅れての帰還である。その頃にはローズバッドの河原も戦場と化し、銃声に包まれていた。

「三人とも、戻ったか」

クレイジー・ホースが南方の高台に向けて銃を放ち、次の弾を装塡しながら声を寄越した。

戦況を聞いておきたく思い、虎太郎は一歩を進める。と、顎で「向こうだ」と示された。シッティング・ブルが使う大型のティピーである。少し休めということか。或いは銃撃戦の中で相手をしている暇はないという意志かも知れない。

ともあれ、これに従ってティピーに向かう。中には数人の老婆――太陽の踊りの時に見た祈禱師と二人の戦士に囲まれて、シッティング・ブルの姿があった。

「良くぞ戻った。君らの活躍は聞いているぞ」

さすがに歴戦の勇士である。銃弾の応酬の中、穏やかで落ち着いた語り口であった。

「遅くなって申し訳ありません。今、どうなっているのです」

虎太郎の問いに、戦の流れが語られていった。

敵は先陣をクレイジー・ホース以下に当てて陽動し、こちらの主力を野営地から引き離した上で、二つの別働隊を発していた。このキャンプの南北には川を挟んで各々小高い丘があるが、そこを押さえに掛かったものである。戦の定石、高地を取って敵の動きを把握しながら兵を動かすためだ。

「今の戦いは、その敵兵を退けるためですか」

ならば自分も加わろう。その眼差しに対し、シッティング・ブルはゆったりと首を横に振った。

「君は体術と剣で戦うのだろう。銃は扱い慣れていないと聞いている」

高所の敵を叩くには、射程の長い猟銃、または大砲があればそれに頼るのが最善である。虎太郎の銃は素人同然、ヴィッポナアにしても得物は槍と手斧、ビリーは拳銃のみであった。

では、さほど多くの銃を持たないシャイアン族はどうしたのか。問うと、シッティング・ブルの目が戦士としての光を宿した。

「外にウィトコがいただろう」

クレイジー・ホースである。敵の銃撃に応戦していたが、それだけが目的ではない。派手に銃を放ち続け、高台にある敵の注意を引いて隙を作るためらしい。シャイアン戦士団は、ツー・ムーンズが北の高台に、リトル・ローブが南の高台に、それぞれ進んでいるという。

「シャイアンの支度が整ったら伝令が来る」

それを受けて、クレイジー・ホースは正面から敵に迫る。銃撃を加えて敵に反撃させ、少しずつ下がって見せれば——。

虎太郎は「なるほど」と膝を叩いた。

「自軍有利と思えば、アメリカ兵はこっちに攻め寄せて来る。高台が手薄になったところで、別働したシャイアンの二隊が後ろから仕掛ければ」

「まさに、それだ」

シッティング・ブルが大きく二度頷いた。まずはシャイアンの伝令を待とう、と。

しばらくの後、ツー・ムーンズがひとりの戦士を寄越してきた。北の高台にある敵は一隊のみで、人数は三十人もいないという。わざわざ引き剝がして叩くまでもなかろうという見立てであった。

「分かった。ならば北はシャイアンのみで叩いてくれ」

シッティング・ブルが「はいよ」と立って、勇躍、戦場に戻って行った。

少しすると、北の台地と思しき辺りから喊声《かんせい》が聞こえ始めた。ツー・ムーンズが仕掛けたのだろう。

リトル・ローブの伝令が到着したのは、ちょうどその頃であった。南の台地の、さらに南に回り込んだ。いつでも動けると一報を受け、シッティング・ブルが「よし」と立ち上がった。

「私も出るぞ。仲間と共に戦う」

ラコタを束ねるシッティング・ブルが姿を現せば、敵の目は嫌でもキャンプだけに向く。偽って下がるクレイジー・ホースの動きを疑いもせず、ラコタの大将を討ち取ってやれと躍起になって、誘《おび》き出されるに違いない。

老練な戦士はそれを承知し、作戦を完成させるという決意を眼差しに滲《にじ》ませて、座っていた椅子の後ろから銃を取った。傍らにある二人の戦士も「ようし」と意気を上げ、この人を討たせてなるものかと猛々《たけだけ》しいものを撒《ま》き散らした。

三人に続いて虎太郎たちもティピーの外に出た。

シッティング・ブルの姿を見て、クレイジー・ホース以下の戦士たちが「おおお」と雄叫《おたけ》びを上げる。そして彼らは馬に跨り、銃を乱射しながら南の高台へと突っ掛けた。

これらとは別に、周囲からばらばらと戦士が集まる。シッティング・ブルを中心に三十人ほどの徒歩の一団ができ上がり、やはり銃を放ちながら高台に迫って行った。

パロ・ドゥアロ峡谷でアメリカ軍に襲われた時と同じで、長射程の銃撃戦になると虎太郎は何もできない。もどかしくはある。だがシッティング・ブルの堂々とした戦い、作戦や戦士としての心の持ちようには学ぶところも大きかった。

クレイジー・ホース以下は手筈どおり、銃撃を繰り返しては下がって来る。そして、やはりアメリカ兵はシッティング・ブルの姿に誘き出された。少しずつ高台を下っているのだろう、銃弾の出どころが丘の頂から中腹辺りに移ってきている。

「……来た」

虎太郎は小さく呟いた。

高台の頂から、遠く聞こえる。甲高く叫びつつ口に手を当て、離しを繰り返す、先住民のウォー・

クライだ。アワワワワと響く勇ましい声と共に、リトル・ローブの一団がアメリカ兵の背を襲い始めた。これを機にクレイジー・ホースたちが反転し、再び高台に迫って行く。

しばしの戦いの後、南北の高台は奪回された。アメリカ軍は不利を察したか、高台で蹴散らされた兵を救援しつつ撤退に転じていった。

「追撃だ。虎太郎、ヴィッポナア、ビリー。君らにもまた戦ってもらうぞ」

シッティング・ブルに促され、三人は再び馬を駆った。

ラコタ戦士と共に進むうち、やがてリトル・ローブの一団と合流できた。三百を超える数となった先住民の部隊に追われ、敵はまさにほうほうの体である。虎太郎は刀、ビリーは拳銃、ヴィッポナアは槍、三人三様に暴れ回って敵を追い散らした。

ローズバッド川の戦いは朝の八時頃に始まり、午後二時半に終わった。クルック将軍率いる一千の兵を見事に撃退、ラコタ・シャイアン連合の勝利であった。

キャンプに引き上げながら、虎太郎は軽く溜息をついた。

「なあビリー。カスターじゃなかったな」

「あん？　気が早いねえ、おまえ。今日勝ったのは大きいぜ」

アメリカ軍は何としても先住民の聖地を奪い取り、採掘工を送り込んで金を掘らせたい。ならばきっと、近いうちに次の襲撃があるはずだとビリーは言う。

「何にしても、勝ち続けりゃいいいんだよ」

「そうか。うん。そうだな」

この地に来る前にビリーは言っていた。先住民が白人の金採掘に抗おうとするなら、アメリカはその「叛乱」を鎮圧に掛かる。その時こそカスターが寄越される公算が大きい。聖地パハサパの調査によって、少しなりとて近辺に土地勘があるからだと。

次か。その次か。カスターが寄越された時こそ――。

八　リトル・ビッグ・ホーン川の決戦

ラコタとシャイアンは谷間《たにあい》を進み、ローズバッド川を遡っていた。

数日前にクルック将軍の襲撃を退けた。先住民にとっては大事な戦勝だったが、キャンプ地を知られたことは不利となる。敵が兵力と銃の数に勝る以上、再び襲撃されたら守りきれるとは言い難い。ゆえに先住民はローズバッド川のキャンプを捨てて移動することに決した。

六月の半ば過ぎ、雨の少ないこの地は朝から極めて暑い。川の水さえ干上がりがちで、流れのあちこちが細くなっている。照り付ける日差し、焼けた川辺の石から渡る熱が汗を誘う。

「会津《あいづ》なら梅雨入りの頃か」

蒸して鬱陶しい季節だと思っていたが、この暑さに比べればずいぶんましだ。虎太郎《こたろう》は腰の革袋から水を含み、跨《また》がる馬の頭と首筋にも少しかけてやった。

「よう、コタロー」

馬を幾らか速足に闊歩《かっぽ》させ、ヴィッポナアが後ろから近付いて来る。虎太郎は軽い戸惑いを覚えた。これまで日本人、日本人と突《つ》っ慳貪《けんどん》に呼ばれていたのだが。

「どうしたんだ？　俺の名前、まともに」

「うるせえ。どうでもいいだろ、そんなの」

口を尖《とが》らせ、少し照れ臭そうにそっぽを向いてしまった。何かしら心境の変化があったのだろうか。根掘り葉掘り聞いては頑《かたく》なにさせる。名前のことはここまで、話を切り替えるのが良い。

「ところで、おまえ行き先は知っているのか」

「さっき酋長《しゆうちよう》に聞いた。油草の川だそうだ」

油草の川——グリージー・グラス川は、ローズバッド川を遡って低い山をひとつ越えた辺りだという。虎太郎は懐から地図帳を取り出した。カリフォルニアのワカマツ・コロニーを出て五年半、あの頃から使い続けているだけに汚れと傷みが目立つ。

「これか。多分」

アメリカ製の地図にはリトル・ビッグ・ホーン川と記されている。南から北西へ向けて流れる川だが、酷《ひど》く曲がりくねって、みみずか何かがのた打ち回っているようだ。

「どんなところだろうな」

ヴィッポナアに向いて問うも、即座に「知らねえ」と返ってきた。

「その地図で分かんじゃねえか?」

「地形だの何だの、そんな細かいところまで描かれてないんだよ」

もっともラコタ族が次の野営地に選ぶくらいである。アメリカ軍に見付かりにくい地には違いあるまい。虎太郎のその言葉に、ヴィッポナアは「どうだかな」と溜息《ためいき》をついた。

「ショショーニ族の奴らが、敵に手ぇ貸してやがったろ」

近辺の地理に詳しい者が斥候《せつこう》を務める以上、遅かれ早かれ発見される。まず、いったん態勢を整え直す程度の時間しか稼げまい。それがヴィッポナアの見立てであった。

「だとしたら、アメリカの兵が来るまでどのくらいかかるかな」

「分かんねえ」

素っ気ない返答ひとつ、そして三つ四つ数えるくらいの間を置いて、ヴィッポナアは思い切ったように「なあ」と続けた。

「昨日の晩、ルルに聞いたんだけどよう。おめえ、俺たちと似た身の上らしいな。今こうして戦ってんの、そういうアレなのか？」

「ああ……」

ヴィッポナアの中で何かが変わったのなら、恐らくこれだ。だが何と答えたら良いのだろう。シャイアン族、或《ある》いは先住民と似た身の上なのは間違いないとしてもだ。

「同情か？」

続けられた問いに、虎太郎は「違うよ」と苦笑を浮かべた。

「先住民の力になりたいって気持ちは、もちろんある」

ひと区切り付くまでで構わない、共に戦ってくれとリトル・ローブに頼まれた。シャイアン族の皆も自分を仲間と認めてくれた。何よりアメリカという国の、先住民への扱いに憤りを覚えている。戦うことは確かに自らの意志だ。

「けど他にも理由があってな。そもそも俺がアメリカに来たのは、この世にやり残したことを見付けるためだった」

「何だそりゃ」

きょとん、とした顔が向けられた。

分からなくて当然だろう。ひとつ頷《うなず》いて虎太郎は語った。日本で官軍に抗《あらが》い、白虎隊に紛れ込んで戦ったこと。皆で自刃するはずが、ひとり生き残ってしまったこと。朋友《ほうゆう》の永瀬《ながせ》や猟師の甚助《じんすけ》に生きるよう諭され、自分が成すべき何かを見付けようと思ったこと——。

ヴィッポナアは少し驚いたようだった。ルルに聞いたと言っていたが、ここまで細かい事情は知らなかったらしい。

「じゃあ俺たちと一緒に戦うのが、おめえの命の使い道って訳だな」

虎太郎は「いや」と遠く西の空を仰いだ。

「そう思っていた。だけどモドックの酋長と話して、勘違いだったって思い知らされた」

モドック族のキャプテン・ジャック酋長は言った。私は常に、共にある者の幸せを思ってきたのだと。それを聞いて自らの思い違いを恥じた。

「俺がモドック族に味方したのは、詰まるところ自分のためだった訳だからな。逆なんだよ。仲間のために何かして、皆が幸せになって、それが自分のためにならなきゃいけない」

「あ……俺が戦いを挑んだ時、言ってやがったな。戦うのがシャイアンのためかって。そういう訳か」

「ああ」

「で、見付かったのか？　成すべきこと、てえのは」

大きく溜息をついて、力なく首を横に振った。

「まだ……だよ」

「だけど、おめえシャイアンのために戦ってんじゃねえか」

「そうかも知れない。だけど、その先もある」

リトル・ローブに頼まれたとおり、ひと区切り付くまでの助力なのだ。カスターとの戦いに勝ち、この宿敵を討ち取れば、ルルは追われる身から解放されるだろう。これこそが区切りとなるはずだ。

「その後はカリフォルニアのワカマツ・コロニーに戻らなきゃいけない。ルルをシャイアンに送り届けたら帰るって言って、旅に出たんだ」

コロニーに戻ってからの方が長いのだ。自分の成すべきこと、日本からの移民という仲間たちを支える道は、改めて探さねばならない。

ヴィッポナアは少し無言だった。が、やがて深く溜息をつき、ぼそぼそと応じた。

「いや、まあ。おめえにはその方がいいだろうし、俺もその方が嬉《うれ》しいんだが」

「どうした?」

「うるせえ日本人! 俺ぁ悔しいんだよ。おめえが、そういう奴だから」

たった今の小声から一転、強く吐き捨てて馬の脚を速める。少しばかり歩み寄れたと思っていたが、呼び方も「日本人」に戻ってしまった。

*

それにしても、アメリカの国土は広い。

リトル・ビッグ・ホーン川に到着したのは、ローズバッド川の野営地を引き払って六日目のことだった。距離にして九十マイルほど、およそ百五十キロメートルも南西に離れている。日本でこれだけ移動すれば、国の境を二つくらいは越えるだろう。対してアメリカでは、ローズバッド川もリトル・

ビッグ・ホーン川も同じモンタナ準州の中であった。

辿《たど》り着いた川は渓谷といった流れで、川幅は然《さ》して広くない。太いところでも三十メートルあるかどうか。水嵩《みずかさ》も少なく、騎兵ならば楽に渡り果《おお》せるだろう。しかも渓谷よろしく東西の丘に挟まれて、敵の襲撃を防ぐのに好都合の地とは言えない。

ただし野営地に定めた辺りには、東南と北西——上流と下流に森があった。アメリカ陸軍の多くは騎兵隊で、この森を進むには時を食う。木立に遮《さえぎ》られて、銃を多く持つ強みも活《い》かしにくいだろう。必然、敵の主力は野営地の正面、短い草が萌《も》えるだけの丘から仕掛けるより他にない。リトル・ローブのバンドに合流した折のカナディアン川も然《しか》り、防ぐべきを一方向に定めるのは平原に生きる部族の原則であった。

野営のティピーで一夜を明かし、六月二十四日を迎える。その昼前、朝一番で出た斥候が茹《う》だるような暑さの中を戻り、急を報《しら》せた。

「来たぞ。アメリカ兵だ」

斥候の声を聞いて、皆がシッティング・ブルのティピーを前に参集した。クレイジー・ホースを始め、シャイアンのツー・ムーンズとリトル・ローブも歩を進めて来る。多くの戦士たちに交じり、虎太郎もルルやヴィッポナア、ビリーと共に駆け付けた。

ヴィッポナアの予見どおり、ショショーニ族の助力を得たアメリカ軍の動きは実に速かった。ラコタとシャイアンは移動に馬を使ったが、その足跡や糞《ふん》、或いは荷車の轍《わだち》を目敏《めざと》く見付け、行き先はリトル・ビッグ・ホーン川と見当を付けたらしい。

「敵の数は?」

「千と五百くらいだ。第七騎兵隊、テリー将軍ですよ」

シッティング・ブルに問われ、斥候はさも嫌そうに答えた。どうやらテリー将軍なる人物を相当に嫌っているらしい。以前に戦って、酷い目に遭わされているのだろうか。

思いつつ傾けていた虎太郎の耳に、聞き捨てならないひと言が飛び込んできた。

「そうか。ならば敵の主力はカスター中佐だろうな」

ジョージ・アームストロング・カスター。シャイアンの宿敵にしてルルの父母の仇《かたき》。ウォシタ川で虐殺を繰り広げ、ピンカートン探偵社にルルを追わせた男――。

「カスター中佐だって？」

やっと来た。この時を待っていたのだと声を上げる。ぜひ自分にも戦わせてくれと。

しかし、シッティング・ブルの言葉は「ならぬ」だった。穏やかな面持ちで、ゆっくりと首を横に振る。

「君とビリーが戦いに加わった事情は承知している。カスター中佐の名を聞いて黙っていられないのは分かるが、敵は正面の高台から銃を放ってくるぞ」

射程の長い猟銃相手の戦いとなる。必然、こちらも大半の銃を野営地に集めて抗うことになるだろう。然るに、虎太郎は銃の扱いに暗い。

「剣と体術で戦う君は、この野営地に踏み込まれた時の備えだ。まずは黙って聞いていなさい」

「しかし！」

と、右後ろから袖を引っ張られた。肩越しに振り向けば、ルルが「だめ」と目で制している。

「今は、どうやって敵を追い払うかの話じゃない」

「でも、おまえ」

カスターを討ち取れば、もう追われずに済むのに。その思いで発したひと言に、なお厳しい眼差《まなざ》しが向けられた。

「あたしのことは二の次。どうするのが皆のためか、ちゃんと考えな」

「いや。まあ……うん」

虎太郎は口籠った。皆のため、この一語に尽きる。

「怒られてやんの」

ルルの後ろから、ビリーが「ひひ」と笑い声を寄越《よこ》す。じろりと一瞥《いちべつ》してシッティング・ブルに向き直り、頭を下げて詫《わ》びた。

「すみませんでした。続けてください」

斥候の報告によれば、敵は南北から兵を進めているらしい。カスター隊は南から七百騎で進軍しており、北からはギボン大佐の四百五十騎が迫っている。

「挟み撃ちか。いや……。そう見せかけるだけだろうな」

東南の上流、北西の下流には森が広がっている。速さと銃、騎兵隊の持つ強みを二つとも殺される地を通って攻め寄せるとは考えにくい。

それでも、その方面から兵を進めている以上、まずは森から仕掛けて来るだろう。これを以《もっ》て陽動と成し、野営地の数を分散させた上で、正面の高台から一気に叩《たた》く作戦に違いない。それがシッティング・ブルの読みであった。

「虎太郎、どう思うね」

いきなり話を向けられて、いささか驚いた。先ほどのことがあったせいか、気を使ってくれたらしい。君も大事な戦力だと言ってくれている。

「あなたの見立てに間違いないと思います」

「ありがとう。だが如何《いか》に陽動であれ、放って置く訳にもいかん」

仕掛けられた時に戦士たちを差し向ければ、野営地の備えはどうしても薄くなる。敵の狙いどおりに運ばせてはならない。

シッティング・ブルの懸念《けねん》を受け、虎太郎はひとつ頷いた。

「なら、上流と下流の森に伏せ勢を置くのはどうでしょう」

陽動の兵は本気で仕掛けて来る訳ではない。だが陽動である以上、相応の攻撃はあるだろう。あわよくば森を踏み越えて野営地の横腹を窺《うかが》うという、その構えには違いないのだ。

「なるほど。そこを伏兵で奇襲するか」

「木立の中は敵の馬も足が遅くなるし、銃も使いにくい。そこで不意打ちを仕掛ければ、少ない数でも敵を乱して退けられる。キャンプの兵力を割《さ》かずに済みます」

騎馬と銃の利を殺される地なら、ある程度遠い間合いで戦える槍《やり》が向いている。虎太郎の考えに、シッティング・ブルは大きく頷いた。

「二つの森に槍の戦士を八十ずつ置く。他はこの野営地を守ろう」

伏兵はシャイアン族と決められた。上流、東南の森にはウッドン・レッグ——アメリカ人にそう呼ばれる男——が、北西の下流にはツー・ムーンズが潜む。リトル・ローブのバンドからも槍使いを助力させることとなり、ヴィッポナアはツー・ムーンズ隊に配された。

「明日の朝には敵が到着するだろう。伏兵の皆は今夜のうちに森に潜んでくれ」

これにて伏兵の面々が支度に掛かり、余の者はいったん解散となる。虎太郎もルルやビリーと連れ立って、やや下流寄りのティピーに戻って行った。

道中、ルルが後ろから声をかけた。

「ごめんね、虎太郎」

右に並ぶビリーと揃《そろ》って後ろを向けば、ルルは俯《うつむ》いていた。

「さっきの話だよ。あんたの気持ち、蹴っ飛ばした」

拍子抜けして、幾らか頰が緩んだ。

「いや。シッティング・ブルの言うとおり、確かに銃撃戦の中じゃあ俺の戦い方は足手纏《あしでまと》いになりかねない。それに」

カスターの名を聞いて逆上し、重んじるべき「皆のため」を忘れかけていた。ルルに言われて思い出したのだから、むしろ、ありがたいことだった。

そう言うと、少し嬉しそうな笑みが返される。傍らのビリーは呆《ほう》け顔で「うん」と背を伸ばしていた。

「そんなもんかね。俺っちにゃ分かんねえや」

「分からんでいい。これは俺の事情だよ」

虎太郎は苦笑して軽く息を抜いた。

＊

そして明くる日、六月二十五日を迎えた。

伏兵の二隊は夜半に森へ向かい、既に潜んでいる。野営地に残った戦士たちは斥候の報せを待ちながら水浴びをして、朝からの暑気を飛ばしていた。

やがて正面、東の丘を越えて朝日が差し込む。ほぼ同時に二騎の斥候が駆け込んだ。

「見て来たぞ！」

「こっちもだ」

戦士たちが水浴びを切り上げて河原に上がる。虎太郎も小袖を纏《まと》って皆に続いた。

シッティング・ブルのティピーを前に、四百余の戦士が人垣を成した。斥候の二人はそれぞれ上流と下流を探っていて、各々が見て来たことを報告してゆく。

ところが、その報告には奇妙な食い違いがあった。

上流、南方から寄せるカスター隊は、かなり近くまで迫っているらしい。あと三十分もしないうちに襲って来るのではないかという。

対して下流、北方を進軍するギボン隊は、まだずいぶん離れた辺りで小休止を取っているそうだ。この野営地に至るには二、三時間もかかるという見立てであった。

「おかしいな。アメリカ軍の足並みが乱れるとは」

シッティング・ブルも眉をひそめ、やや困惑の体である。考えあぐねたか、少しすると傍らに立つクレイジー・ホースに目を向けた。

「どう思う。君は幾度かカスターと戦って、どういう男か知っているのではないかね」

クレイジー・ホースは腕組みで軽く目を伏せ、二つ三つと呼吸を繰り返した頃に口を開いた。

「多分、抜け駆けを考えている。あいつは目立ちたがりで功名心が強い。それにギボン大佐と仲が悪いからな」

皆が「なるほど」と頷いている。だが虎太郎は軽い違和を覚えた。

何か引っ掛かる。カスターは本来、用心深い男ではないのか。ルルひとりを追うのに、わざわざピンカートンを雇ったほどだ。功に逸《はや》っただけで作戦を無視するだろうか。

或いは。

ここにルルがいるから、ではないのか。リトル・ローブのバンドに合流していることは、当然ながらピンカートンから報告されているだろう。

ルルが盗み出した設計図はリトル・ローブが粉々に破り捨てている。しかしカスターはそれを知らない。

不仲のギボン大佐がルルを捕え、設計図の一件が明るみに出ることを恐れているのだとしたら。

そして、自分の手で片を付けるために抜け駆けを企《たくら》んでいるのなら。

カスターにはきっと成算がある。抜け駆けを成功させる何かの策があるのだ。それは何だ。分からない――。

沈思する間にも、戦士たちは野営地を固める支度を整えている。傍《はた》から見れば、ぼんやりしているように映ったのだろう。クレイジー・ホースが少し苛立《いらだ》った声を向けてきた。

「君も支度を済ませろ。遠からず――」

その言葉が終わらぬうちに、上流の森に勇ましいウォー・クライが上がった。カスターが仕掛けて来て、伏兵が戦いを始めたのだ。

虎太郎はひとまず考えるのをやめ、動きやすいようにと袴《はかま》の裾を括《くく》った。その間にも上流一帯が戦場の喧騒《けんそう》に包まれてゆく。

シッティング・ブルを見れば、川を前にして椅子に腰掛けたまま微動だにしない。自らの見立てと伏兵の力を信じ、いずれ押し寄せる敵の主力を迎え撃つことだけ考えている。同族のみならず、近隣の他部族からも尊敬を集める人の風格が漂っていた。

どれほど過ぎた頃か、右手――上流の森からひとりの戦士が伝令に参じた。シッティング・ブルの前で馬を下り、早口に捲《まく》し立てる。

「こっち、そろそろ終わるぜ」

周囲から「おお」と歓声が上がる。シッティング・ブルは「そうか」と柔らかに笑み、ひとつを問うた。

「敵の数は、どのくらいだった」

「二百ってとこだな」

カスター隊の三分の一にも満たない。陽動のために隊を分け、残る五百騎を率いて野営地の正面から仕掛ける肚《はら》だろうか。抜け駆けを成功させる策としては真っ正直に過ぎる気もする。

「皆、そろそろ備えておくように。陽動隊が仕掛けて来てから、かなり経《た》つ。幾らもしないうちにカスターの本隊が来るぞ」

シッティング・ブルの声に従い、銃と弓矢の戦士が川縁に散開していった。キャンプにある戦士はおよそ四百、そのうち銃と弓矢は概《おおむ》ね百五十ずつである。残りの百は槍や手斧《ておの》で戦う者で、これらは荷車を並べた即席の楯《たて》に身を隠してゆく。虎太郎とビリーもそれに倣った。

「面白くなってきたなあ、サムライ」

「気楽な奴だな、おまえは」

軽口に苦笑を返し、二人揃って息をひそめる。やがて正面遠くから、束になった馬蹄《ばてい》の音が迫って来た。丘の上に土煙が上がり始めたのを見て、シッティング・ブルが椅子を立つ。そして良く通る甲高いウォー・クライで開戦を合図した。

「撃て、放て！」

野営地に備えた戦士の銃が火を噴き、弓の戦士が矢の雨を降らせてゆく。アメリカ軍も負けてはいない。猛然と迫る馬の背から一斉に応射してきた。

「ひょお！　すげえ音だな」

ビリーが嬉しそうに肩をすくめる。だが虎太郎は、またも違和を覚えた。

「いや。少しおかしい」

「何がだよ」

「カスターが陽動に回したの、二百って話だったろう。ならば残るは五百だ」

その全てが銃を持っている。これが一斉に放ってきたのなら、もっと轟音《ごうおん》になるはずなのだ。今の音は如何にも軽い。恐らく三百挺《ちょう》余りではないか。白虎隊に潜り込んで戦った時、官軍の三百ほどが撃ってきたのと同じくらいの響きであった。

ともあれ、と楯の隙間から川向こうを窺う。土煙の中に駆ける馬を目で追うのは難しいが、やはり五百という数には見えなかった。隊をさらに分けて動かしているのなら、カスターには別の思惑がある。それは何だ。

考えながら戦況を窺うこと、しばし。虎太郎は「待てよ」と眉をひそめた。

「ギボン大佐は、もう」

カスターの抜け駆けを耳にしているだろう。しばらく離れた地で小休止をしているという話だったが、手筈《てはず》と違う戦いが始まっていると知れば、作戦の崩壊を恐れるに違いない。一刻も早く駆け付けようとするはずだ。

「その上で、ギボン大佐はどう動く」

「おいサムライ。さっきから何をぶつぶつ言ってんだ?」

日本語で呟《つぶや》いていたせいだろう、ビリーが怪訝《けげん》な眼差しを向けてきた。

「すまん。少し黙っていてくれ」

短く返し、また考えた。ギボンが駆け付けたら、その時にはどう動くのだろう。正面のカスター隊に合流して攻め寄せるだろうか。

否。不仲の男が仕掛けた抜け駆けになど、手を貸したくないのが人情だ。

カスターとてそれは承知しているだろう。その上で、ルルを捕えるか殺すかするために抜け駆けしたのなら。陽動に二百を割き、この野営地に三百余りで仕掛けた。まだ二百近くを温存している意味は――。

「あ!」

恐ろしい考えが頭に浮かび、思わず立ち上がって楯の上に身を晒《さら》した。もっとも敵兵の銃は川縁の戦士に向くばかりで、異なる出《い》で立ちの男がひとり姿を現したところで目もくれない。それを良いことに、虎太郎は戦場を検分した。

「糞《くそ》ったれ。どれが誰やら」

確かめようとしたのは、今戦っている三百ほどの中にカスター当人がいるかどうかだった。だが、そもそもカスターの顔すら知らない。さらに虎太郎の目には、白人はどれも同じに見えてしまう。服装で見分けようとしても、敵の軍服がどういうものかも知らない。全員が首に深紅のマフラーを着けているると分かるばかりだ。

「虎太郎！　何やってんだ、あんた」

少し左手、川の下流に行った方のティピーから、ルルが鋭い声で咎《とが》めてきた。またも自らの身を囮《おとり》にしたと思ったのだろうか。

「ただの確認だ。ルルこそ、もっと安全なところへ――」

はたと思い当たって言葉が止まった。カスターの容貌を、ルルは知っているではないか。

「待った！　こっちへ来てくれ。おまえの助けを借りたい」

「は？」

眉を寄せた不服そうな顔である。それでも改めて「頼む」と叫んだ。

ルルは背の低い楯に身を隠しながら、渋い面持ちで三十メートルも這《は》って来た。

「何だってのよ」

「おまえ、カスターの顔は覚えてるか」

「忘れるもんか。父様と母様が殺された時、工場の時、ウォシタ川の時、三回も見てんだ」

「なら頼む。楯の隙間から見てくれ。あの中にカスターはいるか」

訳が分からないという眼差しながら、ルルは言われたとおりに戦場を検分し始める。そして三十と幾つかを数えた頃、小さく首を横に振った。

「いないね。間違いない」

虎太郎の頭から、さっと血の気が引いた。

「何てこった。まずいぞ。シッティング・ブルと話して来る」

＊

楯の陰から素早く駆け出し、身を低く進む。シッティング・ブルの許《もと》に至ると、虎太郎は左脇に跪《ひざまず》いた格好で声をかけた。

「お話があります」

そして語った。正面から迫る敵の数が少ないこと、その中にカスターの姿がないことを。敵にはまだ別の策があるはずだ、と。

「ふむ……。数が少ないとは思っていたが、君の言うとおりなら確かにおかしい」

「カスターの顔はご存じないのですか」

「私はしばらく前に戦士から身を引いたのでね。ウィトコなら分かると思うが」

タシュンケ・ウィトコ、つまりクレイジー・ホースは川縁で盛んに銃を放っている。シッティング・

ブルが大声で呼んだ。幾度か繰り返されるうち、その人が面倒そうに戻って来る。

「どうしたのです。この忙しい時に」

「虎太郎が言うのだ。あの敵の中にカスターがいないらしい」

「え?」

クレイジー・ホースは驚いた顔を見せ、戦場に目を凝らした。

「本当だ。いない」

聞けば、カスターは顔を知らずとも見分けられるのだという。隊の兵には深紅のマフラーを着用させているが、カスター当人はさらに軍服の襟《えり》を金糸で派手に彩っているのだとか。

虎太郎は「やはり」と頷いた。カスターの策――先ほど考えたことが確信に変わっていた。

「少し聞いていただけませんか」

シッティング・ブルが静かに頷き、クレイジー・ホースはやや苛立った目で呆《あき》れたように「ああ」と返す。二人の承諾を得て頷き、順序立てて語っていった。

カスターの抜け駆けは、もうギボン大佐の耳に入っているだろう。今頃は急いでこちらに向かっているはずだ。作戦を崩壊させまいと慌てているのに違いない。だがそれ以上に、カスターの身勝手に怒っているのではないか。二人が不仲なら、なおのことである。

「それでも軍としての目的は、まずこの戦いに勝つことだ。だったらギボン大佐は、恐らく正面の戦いには合流しない。むしろカスター隊の動きを陽動に見立てようとする」

正面の激戦を尻目に下流の森を抜ければ、このキャンプの背後を取れる。さすれば勝つのは容易な話、ギボン自身の功となる上に、不仲のカスターをやり込める材料にもなると考えるのではないか。

虎太郎の読みに、クレイジー・ホースが苛立った顔を見せた。

「易々《やすやす》と森に踏み込むものか。伏兵があるというのに」

「森に伏兵がいることを、ギボン大佐は知らんでしょう」

「あ……。そうだな」

「だけどカスターは違う」

彼は自分の隊から二百を割き、先んじて上流から仕掛けた。その陽動は森に伏せた戦士たちが撃退したが、これを以てカスターは悟ったはずだ。下流の森にも同じように伏兵が置かれているぞ、と。

「始めの陽動が二百で、正面から仕掛けて来たのは三百くらいだ。カスター当人の手許《てもと》には、まだ二百ほどの兵があります」

その数を温存しているのは、なぜだ。ギボン大佐が到着して森に踏み込み、伏兵に捕まる時をまっているから、ではないのか。

「伏兵の相手をギボン大佐に押し付ける。その隙に自分がこっそり森を抜けて、このキャンプを背後から襲う。そういう肚じゃないでしょうか」

「……あり得るな。後ろに二百も回されたら、とても勝てん」

シッティング・ブルが眉間《みけん》に皺《しわ》を寄せた。固く目を瞑《つぶ》って考えている。少しの後、その目が薄く見開かれてクレイジー・ホースに向いた。

「百ほど連れて下流に向かってくれ。川を越えてカスターを探し、ギボン大佐が来る前に叩いて欲しい」

カスター隊が崩壊すれば、敵の作戦は完全に潰《つい》える。ギボン隊も諦めて撤退するだろう。説かれて、クレイジー・ホースは「なるほど」と頷いた。

「分かった。だが私は戦いになると熱くなって、周りが見えにくくなる」

前線で戦っていながら、カスターの姿がないことに気付かなかった。ギボン大佐が伏兵の存在を知らないことさえ見誤ったくらいだ。そう言って、こちらに向く。

「虎太郎も来てくれ。今の話を聞いて思った。君なら私の至らぬところを補える」

シッティング・ブルが軽く眼差しを流し、それを以て「どうする」と問うてくる。何を迷うことがあろう。カスター当人を叩くためなら望むところだ。

「分かりました。全力を尽くします」

かくて前線から銃の戦士を二十人、弓矢の戦士を三十人割いて、別働隊が組まれた。さらには楯の後ろに控えていた槍の戦士が五十人、これに加わる。

「行くぞ！」

勇ましい一声を合図に、戦士を乗せた馬が駆け出した。虎太郎は先頭近く、クレイジー・ホースの左隣に轡《くつわ》を並べている。と、後ろから駆け寄る馬があった。

「ようサムライ。こんな面白そうなこと、俺っちを置いてくなよ」

ビリーがへらへらと笑っていた。この男はいつも底抜けに陽気である。だが眼差しは笑い顔と裏腹に、銃を構えた時の剣呑《けんのん》な殺気を孕《はら》んでいた。

曲がりくねった川を右手に見て荒野を進む。あと三百メートルも行けば、この流れも森に呑《の》み込まれてゆくだろう。カスターはその東方、川向こうの丘にきっといる――。

＊

「誰か、伏兵に伝令を頼む」

下流の森に入ってすぐ、クレイジー・ホースがひとりの戦士を走らせた。これから百騎でカスターを叩きに行くが、伏兵はそのまま待機して、ギボン大佐が到着した場合に備えて欲しいと伝えるためであった。

以後は木立の中を静かに進む。河原に至ると森が切れ、対岸に聳《そび》える丘が目に入った。

「あの辺りだろうな。虎太郎、どう思う」

「細かいことは。でも丘の上なら色々と見渡せますから」

ギボンに貧乏くじを引かせる気なら、カスターはそちらの動きも把握せねばならない。目の前の丘は緩やかながら二十メートル余りの高さがあり、物見には打って付けであった。

「ではここから登る。虎太郎の戦い方では不利だ。後ろに回って槍と一緒に付いて来い」

「あなたと一緒にいなくていいのですか？」

「後ろにいた方が戦場を広く見られる。それに」

クレイジー・ホースは続けた。多くの銃を持たない我々が勝つには、戦い方は限られてくるのだと。銃と弓矢を前に出し、撃ち合いながら間合いを詰める。その上で槍持ちが敵を取り囲み、殲滅《せんめつ》する以外にない。

「君の剣と武術はその時に頼りになる。槍持ちと一緒にいる方がいい」

「分かりました」

「それと、私が熱くなり過ぎていたら罵ってくれ。どんな言葉でも構わん」

「じゃあ、そういう時は『おんつぁげす』で」

「オンツァ……ゲス？」

会津の言葉で「大馬鹿者」の意味だ。英語とラコタ語ばかりの中では際立って耳に入りやすいだろう。そう言うと軽い笑いが返された。

「では」

馬上で一礼して列の後ろに向かう。ビリーも今の話を聞いていて、一緒に付いて来た。

「おまえも後ろに回る気か？　銃で戦うのに」

「援護してやろうってんだよ、サムライ。仲間だろ？」

言いつつ、銃を収めた腰のホルスターを軽く叩いた。

戦士たちは川を渡り、対岸に聳える丘の裾に辿り着いた。以後は警戒しつつ登って行く。すると、少しして頂から声が降って来た。

「これは驚いた。インディアン如《ごと》きが私の作戦を読むとはな」

侮蔑《ぶべつ》と嘲弄《ちょうろう》に満ちた声音は、これこそカスター中佐であろう。

「一気に行くぞ。怯《ひる》むなよ」

クレイジー・ホースが短く鼓舞し、百の戦士が気勢を上げる。先手に三十騎の弓矢、二番手に二十騎の銃が続く。後ろに控える槍の戦士五十騎の先頭、アメリカ人にレイン・イン・ザ・フェイスと呼ばれる男のウォー・クライが、戦いの始まりを告げた。

各隊が馬の腹を蹴り、猛然と突っ掛けて行く。応じて、丘の上に敵の五十騎ほどが現れて銃を構えた。

「行っくぜえ！」

誰かが声を上げ、味方の矢が一斉に放たれた。これに対し、敵陣でカスターの号令が響く。

「皆殺しだ。撃て！」

一斉に銃が放たれ、弓の戦士が四人五人と馬の背から叩き落とされる。後続の馬がそれを飛び越えて進み、五月雨《さみだれ》の如くに銃弾と矢を見舞った。一斉射でないだけに命中しにくく、射貫《いぬ》いたのはひとりだけである。しかし間断なく放たれる銃の音は、確かに敵を怯ませた。

「広がるぞ」

銃の戦士たちの中、クレイジー・ホースが声を上げる。味方の馬は大きく横に広がり、そうかと思えば中央に固まりを繰り返しながら、射撃を続けた。敵の狙いを散らし、かつ、こちらの矢玉の出どころを絞らせない動きであった。

こういう馬の進め方は、虎太郎にはかなり難しい。だが何としても付いて行かねばと必死で手綱を操った。土埃《つちぼこり》を立てながら丘を登り、敵陣に迫ってゆく。中腹に至る頃になって、ようやくカスター隊の二百騎ほどが全て見えるようになった。

「後続、槍の二十！　左へ」

敵の懐まであと百メートル余り、クレイジー・ホースが声を上げた。レイン・イン・ザ・フェイスが「おう」と吼《ほ》え、五十の槍隊から二十が流れを別《わか》つ。それらは左手――敵から見た右翼へと大きく迂回《うかい》して行った。

アメリカ軍は先住民の動きに苦慮しているらしかった。猟銃の射程は長いが、拳銃のように小回りが利く訳ではない。縦横無尽に動き回られると狙いを付けにくいのだ。やがて敵も狙うのを諦めたか、こちらと同じ乱れ撃ちの体となってゆく。戦場を銃弾で埋め尽くしてやれ、という構えであった。

敵と味方の間が流れ弾だらけになり、これが先行する馬に当たって二つ三つと倒れた。

巻き上げられた土煙に視界が遮られる。刹那《せつな》、虎太郎の乗り馬が激しく嘶《いなな》き、右前脚の付け根から血飛沫《ちしぶき》と肉片を飛び散らせた。

しまった。流れ弾をもらったか。思う間もなく鞍《くら》から放り出され、体が前へと飛んだ。

「南無三！」

体に染み付いた御式内《おしきうち》の動きが、ここでも身を助けた。右手の指先から荒れた丘の肌に飛び込み、手の甲から手首、肘、肩と、節々を曲げながら前転して受け身を取る。手首と肘を擦《す》り剝いて血が滲《にじ》んでいるが、骨を損じてはいない。

と、動きを止めた虎太郎を敵の銃弾が狙い始めた。三発、四発が足許近くを穿《うが》ち、乾いた土くれを乱れ飛ばせている。

これを救ってくれたのは、ビリーであった。

「ガッデム！」

左の少し前で叫び声が上がり、六つの銃声が立て続けに響く。弾丸の全てが敵の馬に命中していた。痛みに狂乱して馬が暴れ、敵兵が次々と落馬する。それらの兵を先住民の銃が捕え、噴き上がる血の柱を作った。

ビリーはリボルバーの弾を替えては撃ち、撃ち尽くしては替えを繰り返している。そこにわずかばかりの猶予を見出《みいだ》し、虎太郎は周囲を見回して使える馬を探した。

そうした中、ビリーが叫んだ。

「サムライ、おまえも向こう行け。馬に頼るな、走れ！」

薄《う》っすらと煙の上がる銃口が、レイン・イン・ザ・フェイスの一団——先ほど左に迂回した二十の槍戦士を指し示している。なるほど、そちらに向けて放たれる弾は少ない。敵は二十ばかりの別働隊より、正面から迫る銃の方が厄介と踏んでいる。

ならば別働隊に加わる方が安全であろう。しかし、と虎太郎は声を張った。

「ビリーはどうするんだ」

「弾がなくなっちまった！　何とか敵の拳銃をかっぱらって、それから後を追う」

「おまえを置いて行けってのか」

「うるせえ。おまえがこんなとこで死んだら、ルルが悲しむだろうが」

そこへ、前方からクレイジー・ホースの声が渡って来た。

「虎太郎、ビリーの言うとおりに！　私なら大丈夫だ」

近接戦の者には、まだ敵との間合いが中途半端だ。ならば狙われていない別働隊を追い、そちらで暴れてくれ。クレイジー・ホースの言葉にはそういう響きがある。これに背を押され、虎太郎は脱兎《だっと》の勢いで駆け出した。

「死ぬなよ、ビリー」

「見くびんじゃねえっての」

敵正面から離脱すると、虎太郎に向く銃弾は一気に減った。やはり敵にとっては銃や弓矢の方が厄介なのだ。これなら早いうちに別働隊に追い付くだろう。

――シャイアンの戦士たちも、確かに命懸けで戦う。でも、命懸けと命を粗末にするのは違うんだ――

モドック戦争の折、ルルに言われたことを胸に噛み締めた。

カスターを討ち取ればルルは追われなくなるだろう。そのために懸命に戦っている。だからこそ簡単に死ぬ訳にはいかなかった。ビリーの言うとおり、自分が死んでルルが悲しむのなら何の甲斐《かい》もない。

思いつつ必死で走る。次第に右手と右足、左手と左足が同時に前に出るようになった。一瞬で敵の懐に飛び込む時の動きであった。

*

「あそこだ」

別働隊に追い付いた頃には、既に槍の戦士たちが敵の横合いを急襲していた。双方入り乱れた揉《も》み合いとなって、敵も銃を使える状態にない。

これなら自分の間合いだ。虎太郎も刀を抜いて乱戦の中に駆け込んだ。

「らっ！」

袈裟《けさ》懸《が》けの一刀が敵兵の肩を割る。斬られた兵が濁った叫び声を上げるも、すぐに誰かの槍が喉《のど》を貫いて、これを黙らせた。

小回りの利く刀は乱戦の中で極めて有効であった。砲身の長い敵の銃には、至近にある者を狙いにくいという難点がある。そこを衝《つ》いて間合いを詰め、次々と斬り付けてゆく。確実に討ち取る必要はない。斬られたという驚き、噴き出す血を目にすれば、大概の者は取り乱す。止《とど》めを刺すのはラコタ戦士の槍に任せれば良かった。

そうして何人を斬ったろう。刀身にべったりと血脂が貼り付き、斬れ味が落ちてきている。ならばと虎太郎は得物を鞘《さや》に納め、御式内の動きで戦い始めた。

ひとり、二人、三人。流れるような動きで敵の間を縫って進み、すれ違いざまに拳を叩き込んでいった。兵の動きを殺してしまえば剣撃を加えたのと同じである。これらも次々にラコタの槍の餌食となっていった。

奇妙な動き方で戦う、小袖に括り袴の男――虎太郎という「異物」の存在は、あれよという間に敵を怖《お》じけさせた。

「な、何だこいつ。魔法でも使ってんのか?」

「死ぬのは俺たちじゃない! インディアンだろ? そうだろ?」

アメリカ兵が半ば泣きながら叫び、逃げ惑って、混乱に陥ってゆく。虎太郎はなお身を躍らせて暴れ回った。

「せい! やっ! しゃあ!」

ひとりに左の拳を突き込み、次いで体を右に反転、後ろの敵に回し蹴りを食らわせる。銃を振り上げて殴り掛かる者があれば、身を低く沈めて空を切らせ、振り下ろしの勢いが乗った顎を掌打で叩き上げて昏倒《こんとう》させた。

さらに五人、六人と片付けて、敵を崩してゆく。近辺の混乱が、やがてカスター隊の全てに広がっていった。

正面から襲い掛かるクレイジー・ホース以下が、この時を逃さじと猛攻を加えた。矢と銃弾に援護されて、槍使いの戦士たちが猛然と突っ掛けている。ついにカスター隊の中枢が四分五裂の体に陥った。

それと見て、別働隊はさらに意気を上げた。虎太郎の拳も勢いを得て、なお七人、八人と急所を打ち抜いてゆく。その度に敵兵は悶絶《もんぜつ》し、或いは痛みに泣き叫んで動きを止め、取り囲まれては殲滅されていった。銃に頼りきって戦っていたせいか、アメリカ軍は近接戦が不得手のようであった。

カスター率いる二百に仕掛けてから、どのくらい過ぎたろう。息の上がり具合からして一時間は経っているはずだ。敵はもう初めの半分も残っていない。

そして遠く向こう、騎兵の中央に、その声が上がった。

「ひ、退《ひ》け！　退却だ」

命令を下し、いち早く馬首を返す男に目を向ける。一見して他の兵より上等な軍服、金色の目立つ襟。間違いない、あれがカスター中佐だ。乱戦の中で馬の足は遅いものの、彼我の間合いは軽く二百メートルも離れている。これでは追いかけられない。

クレイジー・ホース以下、カスターの至近にある戦士たちに向け、虎太郎は大声を上げた。

「カスターを逃がすな！　誰か追ってくれ」

喧騒の中、声は届いたのかどうか。十騎ばかり固まって退こうとする一団を追う者はない。皆が周囲の敵兵を討ち、銃や弾丸、軍装を奪い取ってばかりいた。

「何てこった」

虎太郎は歯嚙みした。助《すけ》っ人《と》として戦う自分と違い、先住民には今日の戦いが全てではない。ここで勝ったとしても、アメリカ軍とはいずれまた戦うことになる。自前で弾丸を作れない先住民にとって略奪は必須なのだ。

どうする、とカスターの動きを目で追った。川から真っすぐ後ろ——すなわち東方に下がってはおらず、北西へと続く尾根伝いに馬を進めている。

そちらにはギボン大佐が進んで来ているはずだ。これに合流しようとしているのか。不仲の相手、しかも利用しようとしていた者に助けを求めるとは恥を知らぬ男である。

蔑みつつ、虎太郎は「だが」と奮い立った。

自分はカスター隊の右翼、つまり北側から仕掛けた。カスターが尾根伝いに北西を指して逃げるなら、こちらに近付いているとも言えよう。山道で馬を駆けさせるのは難しく、いささか時を食うのは間違いない。

或いは先回りできるのではないか。思って、声を限りに叫んだ。

「誰か！　一緒に来てくれ。カスターを討ち取りに行く」

さもなくば森に行って伏兵のツー・ムーンズに伝えてくれ。すぐに動いて尾根の北側に向かえば、カスターを討ち取れるかも知れない。そうすればギボン大佐も、もうここには来ない——。

と、三、四十メートルも向こうから大声が寄越される。別働隊を率いるレイン・イン・ザ・フェイスであった。

「客人！　それは本当か」

「できるかも知れない。試す値打ちはある」

「分かった、後で何人か回す。君は先に行け」

大きく「頼みます」と応じ、虎太郎は走り出した。

大丈夫だ。必ず先回りできる。峻険《しゅんけん》極まりないシェラネバダの山に比べれば、こんな荒れ地くらい何でもない。

息が上がる。草鞋《わらじ》の内で足裏の豆が潰れる。それでも懸命に駆けた。ただひとつ、カスターを討ち取ることだけを考えて。

*

「……いない」

尾根の北端近くに至り、弾む息で呟いた。北方五百メートルほど先に平地を見渡せるが、そこにもカスターの姿はない。既にギボン隊に合流して、逃げてしまったのか。

「あと少しだったのに」

歯ぎしりして悔しさに拳を結ぶ。強い風が、ただ南から吹き抜けるのみ。

だが、その風に乗って聞こえた。

幾つかの馬が闊歩して、近付いて来る音だ。

驚いて右後ろを見上げれば、五十メートルほど離れた高みに十ほどの騎兵があった。中央の馬には戦場で見た金色の襟がいる。

遅かったのではない。早かったのだ。そう思うと汗みどろの体に今一度の力が湧いた。

「カスター中佐か」

逃げるのに精一杯で、こちらには気付いていなかったのだろう。一声を受けて騎兵たちにざわめきが生まれる。それらの中、カスターと思《おぼ》しき者が声を上げた。

「その姿……おまえがミムラとかいう蛮族か」

ピンカートンからの報告を受けているのだろう。こちらの名前くらいは知っていて当然だ。虎太郎は「そうだ」と声を上げ、右半身《みぎはんみ》の構えになった。

「ようやくだ。あなたを討ち取りに来た」

カスターの口から狂気の滲む哄笑《こうしょう》が上がった。

「のぼせ上がるな！　たったひとりで何ができる」

「そう思うなら、好きに撃てばいい」

言うなり、丘の緩やかな肌を飛んだ。向こうまでの距離は五十メートル、高さの違いは四メートルに満たないくらい。その間合いを御式内の動きで瞬く間に詰める。

「何をしている。撃ち殺せ！」

カスターが荒々しい声で命じる。兵たちは虎太郎の動きにうろたえていたが、この声に衝《つ》き動かされて銃を構えた。

だが遅い。兵が銃を構え終える前に、虎太郎は一団まで十メートルの辺りに肉薄していた。射程の長い銃でこの至近、左右に身を振ってやれば狙いは付けられない。

「せい！」

気合の掛け声ひとつ、残る十メートルの間合いを消し去るが如くに飛ぶ。そのまま敵兵の間を縫って進み、居合に抜いた刀で斬り付けていった。先ほどの戦いで切れ味は鈍くなっていたが、腕や脚を断ち落としてやる必要はない。

「えい！　やっ！　たっ！」

刀を舞わせ、四人、五人の足に傷を付けてゆく。相手は敗残の兵、逃げる最中に加えられた痛みによって、瞬く間に覇気を萎えさせた。

「い、嫌だ。死にたくない」

「逃げろ」

慌てふためいた声、声、声——アメリカ兵たちが泡を食って逃げ出して行く。残ったのはカスターと轡を並べる一騎のみ。馬上にあってカスターより頭二つ大きい巨漢だった。

「君も逃げた方がいいんじゃないのか。俺はカスター中佐以外に用はない」

「俺は副官だ。そういう訳にいくか」

幾らか肝の太そうな声が返る。だが眼差しは少し泳いでいて、心を揺らしているのが分かる。

「そうか。なら」

心の揺れを大きくしてやれば良い。虎太郎は刀を鞘に戻し、身を低く沈めて御式内の動きで飛び込んだ。そして。

「おらっ！」

掌打で左足の靴をかち上げ、大男を馬の向こう側に叩き落としてやった。馬が驚いて駆け出して行く。

「妖《あや》しげな武術を使うと聞いていたが……」

地に転げた大男の向こうから、馬上のカスターが驚愕《きょうがく》の目を向けてくる。虎太郎はそれを睨《にら》み付け、右半身の構えになった。

「さっき、たったひとりで何ができると言ったな。だが」

五十メートルの間合いを瞬く間に詰め、懐に入って見せた。兵たちに斬り付けて怯ませ、逃走させた。これだけのことができたのだ。あと二人を仕留めるくらいは。

その闘志を受けて、ついにカスターの面持ちが強張《こわば》った。

「ジャック、殴れ！　こいつを銃で殴り付けろ」

慌てた声が飛ぶ。命令を受けた大男は怯みながらも、長い猟銃を振り被《かぶ》った。

「死ね！　死んでくれ！」

叫びながら殴り掛かって来る。だが甘い。体の正面を見せている。鳩尾《みぞおち》を打ち抜き、息を詰まらせてやれば終わりだ。

そう思い、懐に飛び込んだ矢先であった。

銃声が響いた。

撃たれたのは虎太郎ではない。目の前の、大男の頭だった。額から滝の如き血を迸《ほとばし》らせ、殴り掛かろうとした勢いのまま、男の体が覆い被さって来る。

「な……」

避《よ》ける間もなく下敷きになった。その隙にもうひとつ銃声が渡る。

「がっ！」

虎太郎の右腿《みぎもも》に、焼け火箸《ひばし》を突き込まれたような熱が走った。撃たれた。太腿から溢《あふ》れる生温かい感覚で、それが分かる。

カスターが、裏返った声で高らかに笑った。

「エリックから聞いていたよ。動きが命だとな。しかし封じたぞ」

「何てことを……。そのために部下を殺したのか」

苦痛に顔を歪《ゆが》め、兵の骸《むくろ》の下から這い出して卑劣を咎める。カスターは勝ち誇り、馬を下りて拳銃を向けてきた。歪んだ喜悦に目が血走っていた。

「楽しいなあ。何もできん奴を、いたぶって殺す。いや楽しい。遺言くらいは聞いてやってもいいが、どうするね」

追い詰めたのに。あと一歩だったのに、これまでなのか。その悔しさに、歯を嚙み割らんばかりに食い縛る。

と、少し遠くに馬蹄の音がした。尾根続きの南方である。

もしや味方か。後で何人か寄越してくれると、レイン・イン・ザ・フェイスが言っていた。期待を込めて目を向ける。

だが馬は一騎のみ。しかも、誰も背に乗せていない。ただし虎太郎は見た。誰も「背に乗せていない」だけだということを。

「おまえの味方が来たのかと思って、少し驚いてしまったよ。だが空馬《からうま》とは」

カスターはそう言って、壊れたように笑った。今から嬲《なぶ》り殺しにしてやる――その快楽を弾《はじ》けさせながら。

絶体絶命となりながら、しかし虎太郎は「ふふ」と含み笑いを返した。

「馬鹿みたいに笑っている暇があったら、さっさと殺したらどうだ。でないと、そっちが死ぬことになるぞ」

「んん？　負け惜しみかね。これは愉快だ」

さもおかしそうに、なお笑う。

しかし。次の一瞬、その哄笑がぴたりと止まった。

「何？」

カスターが驚いて、たった今まで拳銃を構えていた右手に目を向けていた。

その右手が、なかった。手首から先が綺麗《きれい》さっぱり消え失《う》せている。手斧が投げ付けられ、断ち落とされたのだ。

「ノー、ノオッ！　ノーウェイ！」

手首から激しく血が噴き出すと共に、カスターは苦悶の絶叫を上げた。

「だから言ったろう」

にやりと笑う。と、先ほど馳《は》せて来た馬から遠く声が渡った。

「虎太郎！」

それと共に馬の左脇から飛び降り、駆けて来る者がある。ルルであった。

カスターが「馬鹿な」と叫んだ。

「空馬だったのに。そうだ！　確かに空馬だった」

虎太郎は「違うな」と返し、動く左脚を支えに身を起こした。

「そっちからは見えなかった。それだけのことだ」

ルルは馬の左側、横腹にしがみ付いて手綱を操っていた。馬術に長《た》けた平原の部族ならではの技である。遠くからこちらの様子を窺って危急を知り、その騎乗に切り替えたのだろう。虎太郎の側からは見えるように。馬の体に遮られて、カスターからは見えないように。

そしてルルは手斧を投げ付けた。隙を作れたら十分だと思っていたのかも知れない。手首を断ち落としたのは、ただの偶然だったのかも知れない。だが、いずれにせよ形勢は逆転した。

「覚悟しろ」

肩で息をしつつ立ち上がり、左半身に構えた。右太腿を撃たれて、力を出せるのは一度きりである。だが十分だ。必ず仕留めてやると右手に一角の拳を固める。

「おらあっ！」

右足の踏み込みと同時に、右の拳を突き込む。

カスターの眉間に一撃。

次いで肘を畳み、口元の急所・人中《じんちゅう》に一撃。

さらに胸椎へ肩で体当たりの一撃を加える。

三つの急所に瞬時の三連撃を見舞う大技「熊殺し」であった。

叫び声も上げず、カスターの身が吹っ飛んだ。対して虎太郎は、右足の踏み込みで腿に激しい痛みを覚え、その場にくずおれている。

「虎太郎、あんた！」

ようやくルルが駆け寄って来て、小刻みに震えるこちらの肩を抱きかかえた。

「お、おのれ、おのれ蛮族！」

カスターが身を起こして左手を伸ばした。断ち落とされた右手から拳銃を取り、こちらに向けている。

「……浅かったか」

右太腿の負傷ゆえに拳の力を伝えきれなかった。それが全てである。

カスターは狂気の眼差しでこちらを睨み据えていた。左手に持った拳銃は震えているが、わずか三メートルの間合いなら外しはすまい。

と、丘の裾から駆け上がる馬がある。それが耳に届いた刹那、あの声が響いた。

「ゴー・トゥ・ヘル！」

ビリーである。同時に銃声が轟《とどろ》き、カスターの左肩を撃ち抜いていた。

「チィッ！　しくじったか」

恐らく左胸を狙ったのだ。しかし敵の姿が目に入るなり撃ったせいで、少し狙いが外れたらしい。カスターはまだ生きていて、力なく「あああ」と呻《うめ》きながら、それでも身を起こして逃げようとしている。

「逃がすか」

虎太郎は再び身を起こして腰の刀に手を掛けた。が、やはり先の大技が傷に響いていて、がくりと腰が落ちてしまう。

「何やってんだ馬鹿！　無理すんな」

ルルが金切り声で咎める。けたたましさに耳を押さえつつ、虎太郎はビリーに向いて声を上げた。

「もう一発、頼む」

「今ので最後だ。かっぱらった二挺、ここへ来るまでに使いきっちまったんだよ」

やり取りの間にも、カスターはふらふらと遠ざかって行く。追わねばならぬが、ルルに肩を押さえ込まれて身動きが取れない。

「放せよ。おい」

「追わなくていい。大丈夫だから」

言いつつ、袴の前と後ろを確かめている。両側に穴が開いていて、弾は貫通しているということであった。

括り袴の裾を解いてたくし上げると、ルルは気が抜けたように「はあ」と息をついた。

「大丈夫、危ないとこは外れてる。縛って血止めするから、痛くても我慢しなよ」

手当てと共に、ルルがここに来た訳が語られた。

野営地での戦いは、敵を殲滅して勝った。下流から迫っていたギボン隊も負け戦を察して撤退した。

クレイジー・ホース以下の戦いにも関わりがある話ゆえ、報せに来たのだと。

「でも……そしたら、こんなことに」

同じ報せは森の伏兵にも届けられていて、既にカスターの退路を断ちに動いているという。

「下流の森の伏兵、八十人もいるんだから。何があろうとカスターは生き延びらんない」

虎太郎は「なるほど」と大きく息をついた。ビリーもようやく馬を寄せて来る。そして「よっこらしょ」と下り、ルルの頭をぽんぽんと叩いた。

「逃がしても大丈夫っての、そういう訳か。でもようルル。止《とど》めを刺すの、他の奴に任せて良かったのかよ。サムライから刀でも借りて、おまえが仕留めてやりゃ良かったんじゃねえの？」

ルルは「うん」と頷き、しかし「いいんだ」と続けた。

「カスターは父様と母様の仇だけどね。でも、それだけじゃない」

設計図を取り戻そうとして、ウォシタ川で虐殺を働いた。ルルひとりを狙うために、他の皆まで殺して愉悦に浸っていたのだ。

「シャイアン全体の仇なんだ。だから、あとは皆に任せようって。そう思って」

語って小さく笑みを浮かべ、しかしルルは不意に涙声になった。

「それより虎太郎。あんた、どうしてひとりで戦ってたんだよ。死んだらどうすんの？　カスターがいなくなったって、それじゃあ何の意味もないのに」

「いや……後で何人か寄越してくれるって話だったから、ひとりで先に来たんだ。そこでカスターと鉢合わせてな。だけどさ、死のうと思って戦った訳じゃないぞ」

誓って違《たが》えていない。ルルはこちらの目を見て「でもさ」と口を尖らせ、手当ての仕上げに鹿革の帯で傷をきつく縛った。そして、その包帯の上からパンと強く平手打ちを加える。

「はい終わり。帰るよ」

「痛っ。おい！」

「騒ぐな弱虫。ビリー、こいつ馬に乗せてやって」

この上ない、むくれ顔である。が、そこには無上の安堵《あんど》も同居していた。

カスターはこの後、森から動いたツー・ムーンズ隊に討ち取られた。カスター隊七百は数人の将校を残して全滅となった。

虎太郎にとっての全てが、終わった——。

エピローグ　人と人

リトル・ビッグ・ホーン川での戦勝から二十日余りが過ぎている。その間、虎太郎《こたろう》は撃たれた右太《ふと》腿《もも》の治療を施されてきた。

戦いの中では忘れがちになるが、シッティング・ブルは戦士としての立場を退き、今は医師として部族を支えている。薬草を知り尽くした男のお陰で既に傷は粗方《あらかた》塞がっていた。あと少しの間は長い距離を歩かないよう注意されているが、馬に乗るにはもう障りない。

そして。

傷の順調な回復は、ラコタ族やシャイアン族との別れを意味していた。

旅立ちの朝、ティピー村の外れまで静かに歩く。ビリーも共に先住民の許《もと》を去ることになっていて、自身の馬を曳《ひ》いて虎太郎の傍らに歩みを進めた。

「ひと区切り付くまでと頼んでいたが、ずいぶん長くなってしまったな」

見送りに来たリトル・ローブが右手を胸に当て、謝意を示しながら言う。虎太郎は「いえ」と柔らかな笑みを返しつつ、一方では懸念《けねん》を申し述べた。

「本当に良いのですか。アメリカ軍、負けたままでは済ませないと思いますが」

ゆったりと、首を横に振られた。

「我々の戦いがどういうものか、君も分かっているだろう」

アメリカ軍はいずれまた必ず襲って来る。先住民は暮らしと伝統を守るために抗《あらが》い続けるが、その戦いに終わりはない。

「終わるとしたら、我々が抵抗を諦めた時か、白人が我々を同じ人間と認めた時だ。だが白人の側は当分変わらんよ」

言葉の裏に織り込まれた思いが伝わってくる。虎太郎は曖昧《あいまい》に「はい」としか返せなかった。

リトル・ローブは「それに」と続けた。

「カスター隊を完全に潰したことで、しばらく戦いはなかろう。君の旅はルルを我々に送り届けるためだったはずだ。なのに二年も共に戦ってくれた。そろそろ本来の仲間……君が共にあるべき者の許へ帰る時だと思う」

本来の仲間。ワカマツ・コロニーの、皆の許へ。思えば、ルルと旅に出てから実に五年半が過ぎていた。

あの頃のコロニーは資金繰りに苦しんでいた。皆を率いるスネルは資金調達のため日本へ向かっていて不在だった。もう、とうに戻っているだろう。久しぶりに会ったら何と言われるだろうか。

スネルの妻で幼友達の、おけい。無事に帰れば彼女は喜んでくれるに違いない。

御式内《おしきうち》の技を伝授してくれた西川友喜《にしかわともき》も、今頃はコロニーの茶を売り歩いて日々を忙しく過ごしているのではあるまいか。

農作業を教わっていた松之助《まつのすけ》には、まだ嫌われているのだろうか。

コロニーに助力し、またルルと自分の旅を助けてくれた、ファー・イースト・プロダクトの佐藤百《さとうもも》之助《のすけ》。あの人にもきちんと礼を言わねば。

コロニーの皆がこの上なく懐かしい。一方で、先住民の皆とも離れ難い気持ちだった。何と嬉《うれ》しいことだろう。自分は日本人移民の仲間であり、この人々ともかけがえのない縁を得た。だからこそ、ありきたりに「さようなら」とは言いたくない。

「……また、あなた方に会いに来ます」

「いつでも歓迎するよ、我らが兄弟。そしてビリーも」

ビリーは「イヤッハハ」と笑い、ひらりと馬に跨《また》がった。

「俺っちは多分もう来ねえ。元々、ほとぼりを冷ますだけのつもりだったからな」

リトル・ローブは「ふふ」と笑った。

「何にせよ、君らにはいくら感謝しても足りん。心ばかりの礼を受け取って欲しい」

そう言って後ろに目を流す。と、ヴィッポナアが面倒臭そうに二つの革袋を差し出した。ビリーの袋にはひとり用のティピーと道中の食糧を少し、さらに純金の粒がひと握り入っていた。虎太郎にはそれに加え、右脚の傷に塗る薬が添えられている。

「おいルル。早くこっち来て、日本人に手綱を渡してやれ」

ルルは少し離れて馬を曳いていたが、ヴィッポナアに促されて進み出《い》でる。そして仏頂面で手綱を押し付けるように渡してきた。

「……さっさと帰れ、馬鹿」

「何て言い種《ぐさ》だよ、おまえ」

苦笑しつつ、虎太郎の胸を切ない思いが締め付ける。リトル・ローブがルルの肩に手を置き、穏やかに窘《たしな》めた。

「きちんと挨拶をしなさい」

「でも」

「虎太郎は、また会いに来ると言っている」

ルルは拗《す》ねたように目を逸《そ》らし、俯《うつむ》いて瞼《まぶた》を閉じた。

すると――。

「その前に、私に挨拶をさせてくれないか」

少し向こう。先住民のキャンプとは逆の方向から、聞き覚えのある低い声が届いた。驚いてビリーと共に目を向ける。

そこにいたのは思いも寄らぬ男だった。

「おまえは……」

大柄で屈強な体軀《たいく》に輝く銀髪。忘れるはずもない、エリック・マッケンジーである。

ざわ、と周囲の空気が凍り付いた。ルルから不安の空気が伝わる。

虎太郎は奥歯を噛《か》み締め、無言のまま刀に手を掛けた。ビリーの右手もホルスターの銃に添えられている。

しかしエリックは悠々としたものだった。

「いきなり、ずいぶんな挨拶じゃないか」

虎太郎は「何だと」と目を吊《つ》り上げた。

「当然だろう。あんたには何度も殺されかけたんだ」

「それを言うなら、君も私の部下を何人も天国に送ったろう。当の私も君に胸を斬られている」

じりじりと焼けつくような空気の中、互いに静かな言葉を交わす。虎太郎の傍ら、ビリーの目にはどす黒い狂気が宿っていた。

「で？　その報復に来たって訳か」

エリックは「ははは」と高らかに笑い、大きく首を横に振った。

「それが私のビジネスだから戦うことになっただけで、君らが憎くて狙った訳ではない。とは言え今回は見事に失敗したのだが」

分からない。では何のために。虎太郎の目からその気持ちを読み取ったか、エリックは軽く一度頷《うなず》いて続けた。

「一応、報《しら》せておこうと思って来たのだよ。ピンカートンはもうルルを追っていない。私も君らの敵ではなくなった」

「……カスターが死んで、契約がなくなったからか」

「契約はそれ以前から消えている。社の決定で彼の依頼からは手を引いた。君らのお陰で、私もチーフの肩書を失ったよ」

ビリーが「ざまあ見やがれ」と頰を歪《ゆが》める。エリックは少しばかり悔しそうな顔を見せたが、すぐに元の面持ちに戻って皆を見回した。

「ミムラとルルは、もう何も警戒する必要はない。ビリーはニューメキシコに戻るのかね。それまでは手を出さんと約束しよう」

「ああ？　戻ったら、また的にする気か？」

「アウトロー狩りは我々のビジネスだ。嫌なら足を洗うことだな」

「それができりゃあ苦労はねえんだよ」

減らず口を返されて苦笑をひとつ、ビリーに流れていた目が虎太郎に向いた。

「ミムラ。君はそれでもまだ、私と戦うつもりかね？」

「いや……御免蒙《こうむ》る。ピンカートンには二度と関わりたくない」

「そうしてくれると私も助かる。では」

恭しく一礼して、エリックは去って行った。

何とも言えない空気の中、しばし誰もが無言だった。それを破ったのは、やはりビリーの陽気な「イヤッハァ」であった。

「ルル！　何はともあれ良かったじゃねえか」

ゆるりと皆に笑みが戻る。ルルも「うん」と顔を綻ばせ、そのままの顔で歩みを進めて来た。

「エリックが来て、ちょっとびっくりしたけど。改めて……お別れだね」

皆が見守る中、ルルは虎太郎の前に立って右手を胸に当てた。

「今日まで、ありがとうね。あんたに拾われて死なずに済んだ。あんたがいたからシャイアンに戻れた。追われなくて済むようになったのも、あんたのお陰」

ありがとう。本当に、ありがとう。繰り返して言うほどにルルの目が涙で滲《にじ》んでゆく。

「コロニーの皆に言っといて。あたしは大丈夫だって。ありがとう、って」

「ああ。分かった」

ルルの大きな両目から、ひと筋ずつの涙が零《こぼ》れる。虎太郎はそれを指で拭ってやり、そのまま右手を差し出した。

「またな」

「うん」

固く握手を交わす。ルルの手は小さく、ごわごわと荒れて、そして温かだった。

別れの挨拶を済ませて馬に跨り、ビリーと共にそれぞれの帰路に就く。ルルたちの姿が見える限り、虎太郎は幾度も振り返って大きく手を振った。

皆が見えなくなると、ビリーは胸のポケットから紙巻き煙草《たばこ》を取り出して火を点《つ》け、紫の煙を吐き出した。

「さてサムライ、おまえこの先どう行くんだ？　俺っちはニューメキシコに帰ってフォート・サムナーの溜《たま》り場だが、その近くまで一緒にどうだい」

虎太郎は「いや」と返し、懐から地図帳を取り出した。

「ここ、モンタナ準州だろう？　南に行ってワイオミングに入ったら、すぐ西だな」

そうすれば谷間《たにあい》の地を通ってアイダホ準州に抜けられる。さらに西へ向かってオレゴンへ、そこから南に進んでカリフォルニアへ。

ワカマツ・コロニーに帰るなら、ワイオミング準州の南部まで進む方が近い。そこから西へ進めばソルト・レイク・シティに出られる。あとはゴールド・ラッシュ当時に金掘りが使った道を辿《たど》るだけなのだ。

しかし虎太郎には、帰る前に寄り道したいところがあった。

「モドック族の皆にも挨拶しておきたいんだ」

「そうかい。じゃあ近いうちにお別れだな。気を付けて行けよ」

ビリーは軽く微笑《ほほえ》み、また煙を吐いた。

二人での旅は概《おおむ》ね五十マイル、つまり八十キロメートルほどの道のりである。馬を使っているとは言え、虎太郎の傷の癒え具合を考えて無理はせず、この距離を進むのに三日をかけた。

*

ビリーと別れて六十日ほど、オレゴンとカリフォルニアの州境近く、クラマス族の居留地に辿り着いた。九月の半ばに差し掛かろうかという頃であった。

モドック族はクラマス居留地に間借りして細々と暮らしている。そこでクラマス族と思《おぼ》しき若者を捉《つか》まえ、スカーフェイス・チャーリーの居どころを問うてみた。

この上なく嫌な顔をされた。二つの部族は元々が不仲で、それは今も変わらないらしい。もっとも、シャイアンにもらったバイソンの干し肉ひと塊で教えてくれたのだから、良しとするべきか。

話に聞いた辺りへ馬を進めれば、二十メートルも向こうに懐かしい姿がある。虎太郎は「おうい」と声を張った。

「チャーリー、久しぶりだな。俺を覚えているか」

振り向いたチャーリーは寸時、呆《ほう》けた顔をした。が、すぐに目を見開いて驚き、陽気に叫んで返す。

「おいおい、誰かと思ったらタイガー・ボーイかよ。ルルとの旅、終わったのか？　ずいぶん長くかかったみたいだな」

あれこれ問われ、これまでのことを掻《か》い摘《つま》んで話す。チャーリーは「参ったね」と笑い、こちらの肩を幾度も強く叩《たた》いた。

「送って行った先で、また戦ってたのか」

「成り行きでね。まあ、いい具合に区切りが付いたんだが」

「そうか。ともあれ、こっち来い」

導かれて皆と顔を合わせる。一年に亘《わた》って共に戦った仲間を、モドック族はきちんと覚えてくれていた。

虎太郎は大いに歓迎され、その日はささやかな宴《うたげ》となった。さらには長旅の疲れを抜いて行けと引き留められる。旅の再開は十日ほど過ごした後になった。

カリフォルニアに入り、エルドラド地方のゴールド・ヒルに到着した頃には、既に十月を迎えていた。

いつも魚獲《と》りをしていた早瀬に沿って進むと、行き倒れになっていたルルを拾った辺りの森に至った。あの時を思い起こせば、寂しい笑みが浮かぶ。長く苦しかった旅、しかし楽しかった旅は終わってしまったのだ。

虎太郎は「過ぎたことだ」と軽く頭《かぶり》を振って感傷を払い除《の》けた。コロニーは共にあるべき移民たちの住処《すみか》だ。皆のために自分ができること、それを以《もっ》て自分の幸せと言える何かを探し、今も繋《つな》がっている命の使い道を探そう。思いつつ森を抜ける。

しかし。その先には、目を疑う光景が広がっていた。

「何だよ……これ」

辺り一面、昼下がりの陽光に照らされた荒れ地であった。皆で苦労して植えた茶の木が一本残らず消えている。住んでいた三棟の家には人の気配すらない。

「西川さん！　スネル殿！」

血相を変えて叫び、家に駆け寄る。入り口の扉には南京錠《なんきんじょう》が掛けられていて、開けることも叶《かな》わない。

「おけい、いないのか！　松之助さん、どこに隠れてんだよ」

人々の名を呼びながら駆け回る。荒れ果てた土地が「無駄なことを」と告げていても、虎太郎には他にできることがなかった。

「馬鹿な。どうして」

やがて息が上がり、汗みどろになってへたり込む。乗って来た馬が少し向こうでブルルと声を漏らした。

「皆に。会えると思って」

だから、後ろ髪を引かれながらシャイアン族と別れて来たのだ。

スネルに旅の土産話をしたかった。御式内が幾度も窮地を救ってくれたと、西川に礼を言いたかった。ルルがシャイアン族の許に戻ったと、おけいに報告したかった。世話になった佐藤百之助にも、改めて礼を言わねばと――。

「……いや。佐藤さんは」

そうだ。コロニーの皆とひと括《くく》りに考えていたが、佐藤はサンフランシスコの商会に勤め、コロニーの産物を売り出すべく手を貸していた人だ。ワカマツ・コロニーがこの有様でも、佐藤の勤め先まで同じだとは思えない。

「佐藤さんなら、何か知って」

虎太郎は立ち上がり、馬の手綱を取って鞍《くら》に飛び乗った。そして、かつてコロニーだった丘の肌を馳《は》せ下り、急ぎサンフランシスコに向かった。

佐藤の勤めるファー・イースト・プロダクトに到着したのは、明くる日の夜遅くだった。

「すみません。開けてください！　佐藤さん。いないんですか」

とうに閉店の時分を過ぎてからの来訪に、応対してくれる者はない。それでも諦めずにドアを叩き、懸命に佐藤の名を呼んだ。

すると根負けしたか、或《あ》るいは日本語での呼びかけを聞き拾ったか、当の佐藤が顔を出した。

「どなたです。こんな夜中に何のご用――」

無愛想な声でドアが開く。ランプの灯りで虎太郎の顔が照らされると、佐藤は軽く震えるほどに驚いたらしい。

「三村《みむら》君じゃないか」

「佐藤さん、教えてください。皆どこに行ったんです。コロニーは？　どうして、あんな」

噛み付かんばかりの勢いに面食らいながら、佐藤は「落ち着け」とこちらの肩を摑《つか》む。そして神妙な面持ちで溜息《ためいき》をひとつ、虎太郎を招き入れた。

「まず入って、私の部屋へ。話はそれからだ」

居ても立ってもいられない。その焦燥、寄る辺《よるべ》ない思いを持て余しながら、佐藤に従って暗い廊下を進む。一室に入ってドアが閉められると、驚くべきことを告げられた。

「コロニーは潰れたよ。君が旅に出て一年も経《た》たないうちだった」

愕然《がくぜん》と立ち尽くした。佐藤は椅子に腰掛け、言葉を選びながら、噛んで含めるように告げていった。

「スネル殿は資金の調達で日本に行ったきり、ついに帰らなかった」

決してコロニーを見捨てた訳ではない。スネルの資金繰りは、幕末に売った武器の未払いを米沢《よねざわ》藩から取り立てるというもので、実際に日本外務省を通じてこの申し立てをしている。

「だが日本政府に却下されてね」

以後、行方が分からない。スネルの母国・プロイセンの公使も、何も知らなかった。明治維新に際しての戦争で、スネルは一貫して旧幕府軍に肩入れした。そういう男ゆえに敵も多く、或いは闇討ちにされたのかも知れないという。

「結果、コロニーは行き詰まった」

移民として海を渡った二十人ほどの中には、日本に帰りたいと望む者もあった。これについては佐藤から日本外務省に渡りを付け、帰国の手続きを取っている。

「とは言え、皆が一度に帰る訳でもない」

アメリカに残るという者も、初めのうちは相応にあった。だが時が経つにつれて里心が付き、帰りたいと言い始める。その度に佐藤が骨を折り、西川友喜がそれらの者を引率して日本に連れ帰っているらしい。

聞くほどに、虎太郎の顔は蒼白《そうはく》になっていった。そして嗄《か》れた喉《のど》でひとつを問う。

「おけいは？　あいつはスネル殿の女房だった」

佐藤の顔が強張《こわば》った。そのまま、しばし何も言わない。しかし虎太郎の食い入るような眼差《まなざ》しに耐えかねたか、やがて観念したように目を伏せた。

「亡くなったよ。コロニーが潰れた年のうちだった」

スネルが帰って来た時のために、自分はここで待っていなければ。おけいはそう言って、あの家に残ったそうだ。だが移民たちの恨み言を聞き続けたこと、そして夫の安否さえ知れぬという心労が祟《たた》り、ついには病を得た。以後は、あれよという間に没してしまったという。十九歳の、あまりにも早すぎる死であった。

「何てことだ……」

虎太郎の目から悔し涙が溢《あふ》れ出た。佐藤は「さもあろう」と神妙に頷《うなず》き、掠《かす》れ声で告げた。

「おけい殿の墓がある。同じゴールド・ヒルのビーアカンプ農園だ。君とは不仲だった男だが、松之助君がそこで働いている」

本当は松之助も日本に帰るつもりだったらしい。が、おけいが死んでからは「墓を守ってやりたい」と言って、ビーアカンプ農園に住み込みで働くようになった。

「……そうか。松之助さん、おけいが好きだったみたいだからな」

「せめて墓参りだけでもどうだ。君の気持ちも少しは落ち着くかも知れん」

少し考えて、虎太郎は小さく頷いた。

「そうします」

「なら、ひとまず今夜は休むといい」

空き部屋が二つあるから、ひとつを使ってくれ。佐藤はそう言って、虎太郎を別の一室に導いた。

「明日、発《た》つのかい?」

「そのつもりです」

「分かった。では早くに起こすよ。お休み」

静かに言ってドアを閉める。が、すぐにまた開けて、もうひとつを告げた。

「言い忘れていた。十日後の昼頃だが、西川君が来る」

「え？　日本から……ですか？」

佐藤は軽く頷いた。引き上げを決めた移民が二人いて、それを引率するためだという。

「三村君も日本に帰るつもりなら、私から外務省に報せてあげよう。もっとも手続きの都合で半年くらい待つことになるがね。西川君が来たら話し合って決めるといい」
＊

明くる日の朝早く、虎太郎はビーアカンプ農園に向かった。コロニーがあった丘から一キロメートルほど南に離れた辺りである。そこに農園があったことは知っていて、六年近く過ぎてなお幾らかの土地勘が残っていた。

一夜明けた日の昼過ぎ、ビーアカンプ家に至って松之助に面会を求める。虎太郎が訪ねて来たと知って、松之助は農作業の手を止めて顔を見せてくれた。

「お武家小僧。いや……虎太郎。帰って来たのか」

そう呼ばれ、小さく笑みが漏れた。

「また怒鳴られるかと思っていたけど、違うんだな」

「おけいさんも死んじまったしな。おめえを嫌う理由も半分は消えちまった」

寂しそうな笑みである。大男の松之助が何とも小さく見えた。

そして――。

「南無阿弥陀仏《なむあみだぶつ》」

ひと言を唱え、おけいの墓に手を合わせた。松之助が住まう家の小さな庭に、形ばかりの墓標を立てたものである。胸中で旅の経緯を報告すると、虎太郎は大きく溜息をついて目を伏せた。

「線香もない。仏花もない。そこらへんで摘んだ花を供えただけだ。ごめんな、おけい」

ぼそりと漏らし、ぼんやりと瞼を上げる。左脇にある松之助が「いいや」と労《いた》わるように応じた。

「おめえが無事に戻って来たんだ。きっと喜んでるよ」

「だと、いいんだけどな」

コロニーを発った頃、おけいの顔には常に疲れの色が見えていた。まさか、その果てに黄泉《よみ》に渡ってしまうとは。ルルの大叔父、ブラック・ケトルの「人の命は天意で決まる」という教えを思い出した。おけいの命もそうなのだろうか。

だとしたら天は意地が悪い。おけいは十九歳で死に、二つ年下の自分はそれを知らぬまま二十二歳の今も命を繋いでいる。いつ死んでもおかしくない旅と戦いを続けてきたのに。

命があるのは、生きて成すことが残されているから。会津《あいづ》の猟師・甚助《じんすけ》にそう諭され、辿るべき道を探してきた。ワカマツ・コロニーはそのために拠《よ》って立つ土台であった。なのに、それがもう残っていない。道標《どうひょう》を失って、いったい何を目指して生きてゆけば良いのだろう。

「……いや。何かある。きっと」

ここで挫《くじ》けて、おけいに顔向けできようものか。その思いで漏らした呟《つぶや》きを聞き拾い、松之助が怪《け》訝《げん》な目を向けてくる。虎太郎は「何でもない」と笑みを作り、軽く首を横に振った。

「松之助さん、ありがとう。あんたが墓守をしてくれていたから、こうして手を合わせることもできた」

「おけいさんのために何もできねえでいたからさ、俺」

この先もアメリカに残ってビーアカンプ農園で働き、おけいの菩《ぼ》提《だい》を弔っていく。松之助はそう言って軽く洟《はな》をすすった。

「虎太郎はどうすんだ。日本に帰るか」

「分からない。でも……八日後になるのか。日本から西川さんが来るっていうから、色々と話して決めるよ」

「そうかい。なら、これが永の別れになるかも知れねえな」

言いつつ、右手を差し出してくる。それが嬉しかった。農作業を教わっていた頃には、あれだけ怒鳴られ続けたというのに。虎太郎も右手を伸ばし、互いに固く握り合った。

墓参りを終えて農園を後にすると、十月の陽光はもう傾き始めていた。胸の内には何とも言えぬ思いが漂ったままで、真っすぐ佐藤の許に帰る気にもなれなかった。

松之助が「永の別れになるかも」と言っていたとおり、もしかしたら自分は日本に帰り、二度とアメリカの土を踏むことはないのかも知れない。そう思うと、もう一度だけコロニーの跡地を見ておきたくなった。

「寄り道して帰るか」

サンフランシスコに戻るなら西だが、敢《あ》えて北へ、移民たちの夢の跡地に向かった。

辺りの景色を目に焼き付けておきたい。ゆえに馬に乗らず、轡《くつわ》を取って歩く。自分の足音と、のんびりとした馬蹄《ばてい》の音だけが、荒れた山肌の細い道に響いていた。

その音に、東から別の馬が駆けて来る音が重なった。こんな道に誰だろう。思って右手の遠くを眺める。

目が丸くなった。馬を馳《は》せて来たのは——。

「虎太郎！　やっぱり虎太郎だ」

赤茶けた肌に、後ろで束ねた長い黒髪。吊《つ》り気味の大きな目に映る、勝ち気な心根。

ルルであった。

だが、どうしてここに。戸惑っている間にも、ルルは巧みな騎乗で近付いて来た。そして手綱を引き、こちらの馬の脇にぴたりと付ける。

頭が混乱してきた。或いは、あまりの寂しさで幻でも見ているのか。

「おまえ、どうして」

何とかそれだけ問う。ルルはひらりと馬を下りて、柔らかな笑みを見せた。どうやら幻ではない。長らく旅を共にした娘の匂い、確かな気配があった。

「シャイアンから追放されてさ。仕方なく、あんたを頼って来た」

「あ？　え？　いや、追放って。ええ？　どうしてだよ。誰が決めたんだ、そんなの」

ルルは「ふふ」と楽しそうに笑った。

「ヴィッポナアが言い出したんだ。工場で盗みを働いて掟を破ったのに、大した罰を受けていないじゃないかって」

そしてリトル・ローブに訴え出て、皆で話し合いが持たれた。結果、ヴィッポナアの訴えのとおりに部族からの追放という罰が与えられたのだという。

「あの馬鹿、何考えてんだ。リトル・ローブも、他の皆にしたって」

強く眉が寄る。だがルルは、少し照れ臭そうに首を横に振った。

「違う。あたしのためにそうしてくれたんだ。ずっと塞ぎ込んでたから」

ルルをシャイアンの許に送り届けたら、虎太郎はコロニーに帰る。それはルルも承知の上だった。だが、いざ虎太郎が去ってしまうと寂しさばかり募るようになったのだという。

「あんたに拾われて、コロニーで暮らして、ずっと一緒だったからさ。情が移ったって言うか、何て言うか」

もごもごと言葉尻を濁しつつ、しかし、きちんと言わなければとばかり、真摯《しんし》な眼差しを向けてきた。

「あんたはずっと、あたしを支えてくれた。あんたと旅をするのが楽しかった。あんたがいてくれたから嬉しかった」

虎太郎が去って昔の暮らしに戻った。しかし心は違った。コロニーに身を寄せた日々、虎太郎と旅した年月で芽生えた気持ちだけは、どうしても元どおりにならなかった。

「あんたがいなくなって一ヵ月くらい。あたし気が付いたんだ。自分はもうシャイアンとは別の人になっちゃったんだって」

ルルは言う。ヴィッポナアはそれを察して追放を云々《うんぬん》し、リトル・ローブを説き伏せたのではないか。それが証《あかし》に、追放される時には馬と食料、路銀まで与えられ、皆も見送りに来てくれたそうだ。

そして虎太郎から一ヵ月遅れで、ひとりカリフォルニアに向けて旅立った。追われずに済む身として、昼の馬車道に堂々と馬を馳せた。傷の癒え具合と相談しながら旅し、しかも遠回りしてモドック族の許に立ち寄った虎太郎に追い付くくらい、馬術に長《た》けたルルには容易だったろう。

「でも、ごめん。あんたとの旅、全部なかったことにしちゃったよ」

じわりと目頭が熱くなってきた。

ようやく分かった。既に、見付けていたのだ。その気持ちが胸に迫り、答える声が揺れた。

「……なかったことになんて、なってない。俺たちの旅は」

「許してくれんの？」

「許すも許さないもあるか」

ルルが笑みを見せた。喜びと瑞々《みずみず》しい生気に満ちている。

「良かった。あたし、これからは畑仕事も覚えるよ。ワカマツで、あんたと一緒――」

言葉は、そこで止まった。虎太郎がルルの細い体を抱き締め、涙を落としたからだ。

「え？　何これ？　え？　あの。え？」

どぎまぎした言葉を耳に、虎太郎は呟いた。参ったな、と。

「……参った。本当に」

嬉しかった。ルルの顔を見て、心の底から嬉しいと思った。追って来てくれた。自分に支えられてきたと、そう言ってくれた。

そうだ。とうの昔に、見付けていた。共にある者のために何かを成し、翻って自分の幸せとなる。それが命の意味、命の使い道であるなら、自分は既に見付けていたのだ。生きて成すべきこと、進むべき道を。

ルルを守ってやりたい、幸せに暮らせるようにしてやりたいと願った。だから苦難の旅を共にしたのだ。そして旅を続けるうちに、互いが共にあって当然と思うようになっていた。

こんな簡単なことに、今まで気付かなかった。いつも見えていたのだ。見えているのが当然だった。だからこそ、ずっと気付かずにいた。

「ちょ、痛い！　痛いっての！　少しは加減しろ」

腕の中のルルが、怒って腹を殴ってきた。虎太郎は「はは」と笑って腕を解き、またひと筋の涙を落とす。ルルが苦笑して、たった今殴った腹を軽く撫《な》でた。

再会した二人は、連れ立ってコロニーの跡地へ向かった。

旅に出た後のコロニーがどうなったのかは、道中で語って聞かせた。当然ながらルルは驚いていて、荒れ果てた土地を目にすると悲しげに呟いた。

「そうか。なくなっちゃったんだ。あんたも寂しい……よね？」

頼りなげな眼差しを向けてくる。小さく頷いて、笑みを返してやった。

「ああ。でも、おまえの顔を見て元気が出た」

「あたし、あんたの支えになれるかな」

「お互いに、そうであり続けたいな」

しばし荒れ地を眺めた後、二人は馬を闊歩《かっぽ》させて、そこを離れて行った。

「ねえ。これからどうすんの？」

左に轡を並べてルルが問う。虎太郎は「さあて」と天を仰ぐ。そろそろ夕日の頃であった。

「二人とも客人として、シャイアンの厄介になるか？　おまえを連れて日本に帰るのもいいし、サンフランシスコに住むのもいいかも知れん。佐藤さんに頼めば、仕事のひとつくらい世話してもらえるだろう」

この先がどうなるかは分からない。だからと言って憂《うれ》いはなかった。自分の生が進む方向だけは、はっきり見えているのだから。

天から目を戻し、左脇の馬上に笑みを流した。

「とりあえず西川さんと話してからだな。近いうちに日本から来るそうだ」

「友喜？　あたしも会いたい。百之助にも、ちゃんとお礼言わなきゃ」

「よし。じゃあ急ごう」

手綱で馬の首を叩き、足を速める。丘の肌が茜《あかね》に染まり始めていた。

主要参考文献

『会津落城　戊辰戦争最大の悲劇』　星亮一　著／中央公論新社
『会津戦争全史』　星亮一　著／講談社
『怪商スネル』　高橋義夫　著／大正出版
『アメリカ・インディアンの歴史［改訂］』　富田虎男　著／雄山閣
『アメリカ・インディアン史』　W・T・ヘーガン　著、西村頼男・野田研一・島川雅史　訳／北海道大学図書刊好会
『わが魂を聖地に埋めよ　アメリカ・インディアン闘争史（上・下）』　ディー・ブラウン　著、鈴木主税　訳／草思社
［図説］アメリカ先住民戦いの歴史』　クリス・マクナブ　著、増井志津代　監訳、角敦子　訳／原書房
『アメリカ西部開拓史』　中屋健一　著／筑摩書房
『ネイティヴ・アメリカン　――写真で綴る北アメリカ先住民史――』　アーリーン・ハーシュフェルダー　著、猿谷要　監修、赤尾秀子・小野田和子　訳／BL出版
『先住民VS．帝国　興亡のアメリカ史　北米大陸をめぐるグローバル・ヒストリー』　アラン・テイラー　著、橋川健竜　訳／ミネルヴァ書房

本書は書き下ろしです。

吉川永青（よしかわ・ながはる）
一九六八年東京都生まれ。横浜国立大学経営学部卒業。二〇一〇年『戯史三國志　我が糸は誰を操る』（講談社）で第5回小説現代長編新人賞奨励賞受賞。二〇一六年『闘鬼斎藤一』（NHK出版）で第4回野村胡堂文学賞受賞。主な作品に『悪名残すとも』（KADOKAWA）、『治部の礎』（講談社）、『老侍』（講談社）、『憂き世に花を』（中央公論新社）ほか多数。

虎《とら》と兎《うさぎ》

二〇二四年三月三十日　第一刷発行

著　者　吉川永青
発行者　宇都宮健太朗
発行所　朝日新聞出版
〒一〇四-八〇一一　東京都中央区築地五-三-二
電話　〇三-五五四一-八八三二（編集）
〇三-五五四〇-七七九三（販売）

印刷製本　共同印刷株式会社

Published in Japan by Asahi Shimbun Publications Inc.
ISBN978-4-02-251894-1
定価はカバーに表示してあります。
落丁・乱丁の場合は弊社業務部（電話〇三-五五四〇-七八〇〇）へご連絡ください。
送料弊社負担にてお取り替えいたします。

ぜにざむらい
吉川永青